Cuando los ángeles lloran

MaryLu
Tyndall

Traducido por Iván N. Faúndez Herrera

Cuando los ángeles lloran

Publicado por RansomPress
San José, CA 95123

ISBN Ebook: 979-8-9896046-8-5

Los datos de catalogación de la Biblioteca del Congreso están archivados en la Biblioteca del Congreso, Washington, D.C.

Este libro es una obra de ficción. Los nombres, personajes, lugares, incidentes y diálogos son producto de la imaginación de la autora o se utilizan de forma ficticia. Cualquier similitud con personas, organizaciones y/o eventos reales es pura coincidencia.

Diseño de la portada por Ravven
Ransom Press
San José, CA

Dedicado

A todos los que anhelan su venida

[10]Por cuanto has guardado la palabra de mi paciencia, yo también te guardaré de la hora de la prueba que ha de venir sobre el mundo entero, para probar a los que moran sobre la tierra. [11]He aquí, yo vengo pronto; retén lo que tienes, para que ninguno tome tu corona.

Apocalipsis 3:10-11 (RVR 1960)

Prólogo

Queridos lectores, este libro no pretende ser un estudio de teología. Es una obra de ficción, una historia de aventuras y romance que espero les entretenga e ilumine. Basado en muchos años de investigación personal sobre las Escrituras y las profecías del fin de los tiempos, he presentado un posible escenario de cómo podría ser el futuro. Me doy cuenta de que hay una variedad de opiniones y teorías con respecto a estos tiempos importantes. También he notado que hay muchos puntos de vista diferentes sobre la predestinación, el libre albedrío, los dones del Espíritu Santo y la salvación eterna. Sin embargo, la Palabra de Dios que es citada y emulada por los personajes pretende ser lo más cercana a la verdad. Si tienen preguntas o incluso objeciones, les animo a que busquen en las Escrituras por ustedes mismos y le pidan a Dios que les revele, personalmente, Su verdad. Dicho todo esto, si están preparados para un intenso viaje espiritual, ¡Den vuelta la página y empecemos!

También debes saber esto: que en los postreros días vendrán tiempos peligrosos. Porque habrá hombres amadores de sí mismos, avaros, vanagloriosos, soberbios, blasfemos, desobedientes a los padres, ingratos, impíos, sin afecto natural, implacables, calumniadores, intemperantes, crueles, aborrecedores de lo bueno, traidores, impetuosos, infatuados, amadores de los deleites más que de Dios, que tendrán apariencia de piedad, pero negarán la eficacia de ella; a estos evita.

2 Timoteo 3:1-5 (RVR 1960)

Capítulo 1

A mediados de Julio, Fort Lauderdale, Florida – En un futuro cercano

No, Padre, no puedo. ¡No lo haré! ¡No a él! A cualquiera menos a él."

Angelica escuchó las palabras desafiantes fluir de su boca, aunque podría jurar que todavía estaba profundamente dormida, segura en su cama. Sin embargo, la visión del ángel, todo resplandeciente y lleno de paz, permanecía aún con ella y la instruía con una autoridad y una dulzura que nunca había experimentado de nadie en la Tierra. Sacudía la cabeza, desesperada por despertar, porque no quería oír, nuevamente, el mensaje del ángel.

Una brisa salada giraba a su alrededor, seguida por el graznido de una gaviota, en el momento en que ella entreabría los ojos para ver aparecer su dormitorio entre las sombras. «Solo fue un sueño», exhaló. Como tantos otros que habían tenido antes.

Apartó la sábana, bajó las piernas al borde de la cama, se pasó una mano por la frente sudada y puso la cabeza entre sus manos, mientras decía. «Padre, ¿estás seguro? A lo mejor es posible que…» , pero claro que estaba seguro. Había logrado ignorar los dos primeros sueños, sacándolos de su mente, pensando que solo eran producto de un corazón herido. Pero este había sido más real, más insistente; aunque todos decían lo mismo.

Con esfuerzo, se levantó y caminó hacia la ventana abierta. Se arrodilló, y apoyó los brazos sobre el borde. Al otro lado de la calle, una media luna flotaba sobre un mar azabache, que iba dejando rastros de plata sobre las aguas. Una brisa cálida le agitaba el cabello y traía consigo un olor a sal y a vida. Miró el reloj. Eran las 3:00 a.m. Con razón la calle Ocean Boulevard, allá abajo, estaba desierta—excepto por un solo auto que avanzaba lentamente sobre la línea amarilla.

El sonido de las olas la calmaba, y alzando el rostro hacia el cielo, salpicado de miles de estrellas, dijo: «Padre, ¿por qué yo? ¿No puedes enviar a otra persona?»

Pasaron unos momentos mientras apoyaba su barbilla en las manos y miraba fijamente el mar.

Te he escogido a ti. La voz suave surgió desde dentro, encendiendo su espíritu y reafirmando la fuente.

«¡Dios mío!» Frunció el ceño, pero luego volvió a mirar al cielo y exclamó. «He aquí tu sierva.»

«No tengo todo el día, Sra. Clipton. Le dije que necesitaba ese documento para las cinco». Daniel se obligaba a contener su ira mientras la anciana revolvía papeles en su escritorio.

«Lo siento, pastor Cain. Lo tenía aquí hace un momento. He estado muy ocupada con Marie y Jason preparando su salida a misiones esta semana. Espero que pueda perdonarme...»

La mujer divagaba, mientras Daniel miraba su Rolex en su muñeca. «¿Tiene usted idea de lo importante que es esta reunión? Si consigo que la municipalidad esté de acuerdo, podremos añadir otros veinte acres a nuestra propiedad y abrir un refugio para mujeres. Piense en las almas que podríamos salvar».

«Sí, Pastor». La mujer tanteaba, mientras sus ojos empezaban a llenarse de lágrimas. «Tome». Exhaló y le entregó la carpeta, con las manos temblorosas.

Daniel no soportaba la incompetencia. La Sra. Clipton le caía bien. Era una viuda sin hijos que quería a todos los que conocía. Sin embargo, a pesar de su extenso currículum, a menudo era olvidadiza y desorganizada. Suponía que era la vejez; no obstante, ella no tenía otra fuente de ingresos, así que, por la bondad de su corazón, la había contratado como su administradora ejecutiva. Daniel se preguntaba hasta dónde esperaba Dios que llegara con su caridad.

Cogió la carpeta, se la metió debajo del brazo y se volvió para saludar con la cabeza a su equipo de seguridad. Colocándose a ambos lados, los dos hombres lo escoltaron desde las oficinas administrativas de la Iglesia de la Gracia de Fort Lauderdale hasta el enorme vestíbulo. Las lámparas de araña colgaban de los techos abovedados, la luz del sol se filtraba por las vidrieras que representaban escenas de la vida de Cristo y una cruz de madera de olivo de Jerusalén de tamaño natural ocupaba toda la pared oriental. Cruzó la lujosa alfombra azul y salió por unas gruesas puertas de madera al sol abrasador de Florida.

Había contratado a dos fornidos exmarines después de que un loco le disparara el año pasado durante un mitin en el estadio de la FAU. Si lo admitiera, le gustaba bastante, estar flanqueado por hombres armados con trajes negros. Le hacían sentirse importante, valorado. Alguien a quien valía la pena salvar. Algo que nunca habría imaginado diez años atrás, cuando fundó esta iglesia con una banda de rock y diez indigentes en la playa. Ahora, quien lo diría, casi veinte mil personas asistían a la IGFL cada semana. Le daba trabajo a más de doscientos empleados y era propietario de los cincuenta acres en los que se levantaban el templo, las oficinas y los edificios de la escuela.

Todo en solo diez años.

Su pastor asociado, Tomás Benton, se reunió con él al final de las escaleras, en donde una limusina estaba en marcha, lista para llevarlo a su reunión en la municipalidad. Con su pelo rubio claro perfectamente peinado hacia atrás, Tomás se parecía muy poco al salvaje e inseguro hijo de pastor del que Daniel se había hecho amigo en el seminario.

«Estamos atrasados» Tomás se ajustó su traje Hugo Boss de tres piezas y miró fijamente a Daniel a través de unas gafas de sol, Gucci.

«Otra vez la señora Clipton», espetó Daniel, justo cuando vio a una hermosa mujer caminando hacia él por la escalinata de entrada; una mujer hermosa y vestida con poca ropa. Sus matones se abalanzaron inmediatamente hacia la damisela.

Algo en ella, en su forma de caminar y de comportarse, hizo que Daniel se detuviera y la mirara. No es que no valiera la pena mirarla. Unas piernas bien torneadas salían de una minifalda negra, mientras que un top de lentejuelas se ceñía a las curvas en los lugares adecuados. Era imposible que escondiera un arma con ese atuendo.

«Daniel... Pastor Daniel», Le dijo, deteniéndose ante sus guardias, uno de los cuales extendió un brazo para impedirle continuar. «¿Unas palabras, por favor?»

«Vamos, caballeros.» Daniel apartó a los hombres. «Sin duda, esta dama no es una amenaza. ¿Qué puedo hacer por usted, señorita?» Su pelo rubio, color miel, colgaba en un corto bob alrededor de una cara atractiva que estaba cubierta con demasiado maquillaje, pero eran sus ojos los que lo hipnotizaban: verdes como el jade, estudiándolo desde el interior de unas pestañas densamente maquilladas y una brillante sombra de ojos verde.

Ella siguió mirándolo, como si esperara que dijera algo. Un sudor frío le recorrió la nuca y, por primera vez en muchos años, se sentía incómodo en la presencia de una mujer.

Tomás lo agarró del brazo. «Tenemos que irnos. Ahora

mismo». Arqueó una ceja incriminatoria, y Daniel asintió y se volvió para seguirle.

«No estás preparado», le dijo finalmente la mujer.

Daniel la enfrentó. «¿Perdón, cómo dijo?»

«No está preparado», le repitió. «Tu luz se ha apagado».

Esa voz. ¿Dónde la había oído antes? Lo rodeaba, despertando algo en lo más profundo de su ser... algo de una vida vivida hace muchos años.

Tomás se aclaró la garganta. «Muy bien. Muchas gracias, señorita». Tiró de Daniel e hizo un gesto a guardaespaldas para que la mantuvieran a distancia. «Los servicios de la iglesia son el domingo a las 9:00, a las 11:00 y a las 13:00».

Sin embargo, ella ya se había dado la vuelta y se iba alejando.

«Qué raro». Daniel comentó mientras se acomodaba en los lujosos asientos de la limusina, agradecido por el aire acondicionado.

«Es sólo una prostituta loca, sin duda. No deberías detenerte a hablar con gente así. No se ve bien».

Los guardaespaldas se sentaron, uno adelante con el conductor y otro atrás con ellos, y la limusina salió a toda velocidad.

«¿No se supone que debo ayudar a los perdidos a encontrar la salvación? » Daniel le echó una mirada a su amigo.

«Por supuesto. Y lo haces. En tus sermones cada semana».

Daniel suspiró. «Quizás ella necesitaba ayuda. Una palabra de aliento».

«Entonces puede venir a la iglesia. Aunque espero que con ropa más recatada». Contrariamente a su tono crítico, Tomás no dejaba de mirar a la mujer a través de la ventana con vidrios polarizados.

Daniel se sirvió agua mineral del minibar y se volvió a sentar, tratando de apartar a la mujer de sus pensamientos. «¿Qué quería decir con que mi luz se estaba apagando?».

«Probablemente, esté drogada», dijo Tomás con desdén.

«De hecho, creo que la reconozco. Trabaja en un club nocturno local, El Bar de Las Sirenas, como copetinera o algo así. Definitivamente no es alguien con quien debas relacionarte».

«¿Y cómo sabes tú de ese club nocturno?», preguntó Daniel, arqueando una ceja burlonamente.

Tomás se rió y apartó la mirada. «Uno de nuestros miembros recayó y me llamó desde allí para que fuera a recogerlo».

Daniel observaba a su amigo. Buena explicación. Quizás demasiado buena.

«Escucha, Daniel, Tomás se apoyó en sus rodillas. No puedes arriesgarte por alguien así. Eres demasiado importante. La gente de Fort Lauderdale te necesita. Es más, Washington D. C. te necesita, y pronto el mundo entero. Si eso no es suficiente, entonces Dios te necesita».

Daniel sonrió y bebió un sorbo de agua. Tomás tenía razón, por supuesto. Tenía que ver el panorama general, concentrarse en todo el océano y no en los pececillos que nadaban en él.

Zadquiel y Azazel estaban parados uno al lado del otro en las escaleras de la Iglesia de la Gracia de Fort Lauderdale. Azazel observaba cómo la limusina se alejaba por el camino de entrada, mientras Zadquiel no perdía de vista a Angélica, que abría la puerta de su coche y se subía a él.

Así que por fin se han vuelto a encontrar, dijo Azazel, incapaz de ocultar la emoción en su voz.

Zadquiel cruzó los brazos sobre su enorme pecho. Sí. Ella obedece al Padre.

Azazel, el más alto de los dos guerreros angelicales, agarró la empuñadura de su espada y bajó un escalón antes de mirar a su amigo. «Te lo agradezco. ¿Crees que ella puede llegar a él?».

La mirada de Zadquiel pasó de Angélica a Azazel. «Si él escucha».

«Si ella sigue obedeciendo», respondió Azazel.

«Ella seguirá obedeciendo».

Azazel dirigió su atención a la limusina que se alejaba. «Es terco. Temo por él».

«No temas. El temor no es del Creador. Confía y haz tu trabajo».

Azazel bajó otro escalón, apretando con fuerza la empuñadura de su espada. «Si tan solo pudiera—".

«No puedes». Zadquiel le habló con la autoridad de su cargo. «Ahora ve y protege».

Azazel le dio la razón a su amigo y desapareció.

Zadquiel hizo lo mismo, mirando fijamente el coche de Angélica.

«Está bien, Padre, lo hice». Angélica repetía, por tercera vez esta mañana, desde que se había levantado de la cama después de haber dormido solo 4 horas. « Hablé con él, tal como me lo pediste ».

Secándose el sudor del cuello, cerró la ventana de su dormitorio, luego las ventanas de la sala de estar, antes de encender el aire acondicionado desde el controlador montado en la pared. Las 7:00 a.m. era lo más temprano que les permitían usar el aire acondicionado, e incluso después de eso, solo podían hacerlo funcionar en segmentos de dos horas con una hora de descanso entre ellos. Después de las 11:00 p.m., tenían que apagarlo por la noche, todo como parte de algún mandato estatal para conservar energía. Pero en el calor del verano de Florida, era insoportable.

Abrió el refrigerador, agarró la caja de huevos, el tocino, la leche, el jugo de naranja y el pan y los extendió sobre la encimera de la cocina. Esta mañana, ella les iba a preparar a todos un desayuno poco habitual. Por primera vez, tenían auténtico tocino y no tenía intención de desperdiciarlo. Abrió su Biblia sobre el mostrador, encendió la pequeña pantalla del televisor y, como era su costumbre, cambió al canal de internet para ver las noticias de la mañana. Velad y orad. ¿No les ordenó el Señor que hicieran precisamente eso?

Dos presentadores de noticias estaban discutiendo el reciente colapso económico mundial, mientras la cámara enfocaba las filas para comprar alimentos que se habían convertido en una imagen recurrente en la mayoría de las ciudades. Angélica los silenció, por un momento, y leyó un pasaje de 1era de Juan. Las santas palabras depositaron sobre ella un manto de paz, mientras oraba por la provisión de Dios para aquellos necesitados y le agradecía por cuidar siempre de ella y de Isaac. La lectura de la Biblia se había convertido en una parte tan importante de su mañana desde que descubrió que no podía hacer mucho más hasta que hubiera absorbido las palabras de vida.

Mientras lo hacía, echaba huevos en un bol, y la noticia daba un giró hacia un meteorito que acababa de estrellarse en el sur de Rusia.

"Padre, oro para que nadie haya resultado herido", susurraba mientras miraba un video casero de la bola de fuego dirigiéndose hacia la Tierra.

Luego, cambiaron de escenario otra vez y mostraban la gente que saqueaba y se amotinaba en las calles de Chicago; algunos de ellos hambrientos, otros simplemente enojados. Todos ellos devorando todo a su paso como un ejército de langostas, mientras arrojaban piedras a la policía local. Antes de que pudiera siquiera orar por ellos, la historia cambió a un ataque terrorista en España que mató a cincuenta y un civiles en un tren, y luego a las crecientes tensiones en el Medio Oriente entre Irán, Rusia y los EE. UU., junto con continuas bajas civiles en los ataques a Damasco.

Angélica elevó una serie de oraciones por todos los involucrados mientras ponía a calentar una sartén en la cocina.

El presentador continuaba: «Las fuerzas de paz de la ONU no han logrado detener la reciente violencia producida en el Monte del Templo en Jerusalén. Solo la semana pasada, veinte israelíes y dos palestinos fueron brutalmente apuñalados en continuos altercados sobre la propiedad del lugar más sagrado del mundo».

Tú eres el dueño del lugar sagrado, Padre, le dijo Angélica. "Por favor, ayúdalos a ver eso ».

"En una noticia más alegre», continuaron las noticias. LiberateTech ha anunciado que más de 100.000 estadounidenses ya han recibido el chip implantado, que no solo pondrá fin al robo de identidad y a los pequeños hurtos, sino que contendrá todo su historial médico y financiero en caso de emergencia.

Exhalando profundamente, Angélica se quedó mirando la pantalla. Oh, querido Señor, está comenzando". Con el corazón apretado, agregó rodajas de tocino a la sartén caliente; el chisporroteo le impidió escuchar las historias restantes. Quizás eso fue algo bueno. Las malas noticias no tenían fin. Cada día se producían nuevas crisis y cada día se cumplían las profecías predichas en el precioso libro que estaba abierto ante ella. Ella batió los huevos y luego puso el pan en la tostadora.

Sin embargo, muy pocas personas eran conscientes de lo cerca que estaban del final.

Ella daba vuelta el tocino mientras sus pensamientos se dirigían a Daniel. Había envejecido, por supuesto, pero los años habían sido más que generosos con él. Tenía mucho más cuerpo — Estaba más grueso y musculoso. Pero su cabello era el mismo, ese hermoso castaño con una pizca de patillas recortadas a lo largo de su barbilla y mandíbula. Y esos ojos... de un azul profundo como el índigo. La miró como si fuera una extraña. Aun así… pensó que habría visto un destello de reconocimiento detrás de su mirada.

Por supuesto, había pasado más de una década y ella misma había cambiado mucho. Ella ya no era aquella universitaria de ojos soñadores: delgada, alegre y con ganas de pasar un buen rato. Y él ya no era un chico tímido que pensaba que nunca llegaría a nada. No, se convirtió en un pastor mundialmente famoso con su propio reino para gobernar.

No obstante, ¿a qué precio? La sorpresa, la puso rígida cuando lo volvió a ver, cuando se acercó y vio la oscuridad que lo rodeaba: sombras cambiantes y cadenas. Donde había oscuridad, siempre había cadenas. Pero ha visto tantos. Tal vez no debería haberse sorprendido después de lo que había leído sobre él, después de los pocos sermones que lo había visto predicar en la televisión.

La tostada estaba lista, la untó con mantequilla y puso dos rebanadas más en el tostador.

En cualquier caso, ya había entregado el mensaje y su tarea estaba cumplida.

Entonces, ¿por qué sentía que el Espíritu le decía que esto apenas había comenzado?

"No, Padre, no puedo." Puso lo último del tocino en una toalla de papel. "No me lo pidas." Aun así, la punzada persistía. Tal vez era solo la conmoción emocional, sentimientos residuales que aún no había superado. ¿Qué más podía hacer por Daniel? "Bueno, Padre, si quieres que lo vuelva a ver, muéstrame su rostro hoy." Sonrió, sabiendo que no podría ver a Daniel, ni en persona ni por televisión. Estaría ocupada con los niños, los recados y las tareas domésticas antes de volver a trabajar esa noche.

Hola, mamá."

Angélica levantó la vista y sonrió cuando Isaac entró en la sala de estar, arrastrando su mochila. Vestido con sus jeans y su polera de siempre, su pelo parecía como si lo hubieran metido en la secadora. Sus ojos se iluminaron al entrar en la cocina.

"¡Tocino!" Se le iluminaron los ojos al entrar en la cocina"¿Por qué?"

"Porque te amo." Ella lo abrazó. Su cabeza aún cabía perfectamente bajo su barbilla, pero sabía que no sería así por mucho tiempo. Estaba creciendo rápido, demasiado rápido para su gusto.

"¿Terminaste la tarea anoche?"

"Sí", murmuró. "Pero era una tarea tonta". Se dejó caer en la silla junto a la mesa.

"¿Por qué?" Angélica echó los huevos en el sartén.

"Tonterías que nos están enseñando en Ciencias. Cosas sobre extraterrestres de otros planetas que llegaron aquí y crearon nuestro mundo."

"Mmm." Tomó una cuchara y revolvió los huevos. "Pero tú sabes que no es así."

Él asintió con la cabeza. "Es solo que es difícil porque tengo que leer el libro y responder preguntas. Y luego hacer un examen."

"Solo hazlo lo mejor que puedas." Angélica deseaba haberle dado un mejor consejo, pero no podía hacer nada. La educación en casa estaba prohibida y no podía permitirse una escuela privada. Aunque no enseñaban nada diferente debido a las leyes estatales. Diez años era una edad muy tierna, y odiaba que a su hijo lo llenaran de mentiras y engaños.

"¡Mira quién está preparando el desayuno!". Con ropa deportiva y un camisón rosa de Victoria's Secret, Francisca apareció desde el pasillo, de la mano de su hijo de siete años, Joel.

A pesar de que su largo cabello negro estaba despeinado, su figura alta, esbelta y su exótico rostro la hacían parecer más una modelo que una cajera de Walmart. Ella y Angélica se conocieron en un club de padres solteros y se hicieron amigas al instante. Vivir juntas tenía sentido, ya que Angélica cuidaba a Joel durante el día mientras Francisca trabajaba, y por la noche, Francisca cuidaba a Isaac mientras Angélica trabajaba.

Joel corrió a sentarse junto a Isaac, que estaba jugando con su teléfono.

Frunciendo el ceño, Francisca señaló la Biblia abierta de Angélica. "¿Qué es esto?"

"¡Uf!" Angélica hizo una mueca. "Lo siento. Me levanté tarde y aún no había terminado mi lectura de hoy."

Francisca refunfuñó. "¿Quieres que nos arresten a todos?"

“Lo siento.” Angélica se secó las manos con una toalla, reprendiéndose en silencio dijo “La guardaré en mi habitación como prometí.”

“¿Quién sabe quién nos está mirando?” Francisca recorrió con la mirada la habitación, posándose con recelo en el televisor.

Era difícil imaginar que alguien estuviera espiando a dos madres solteras que apenas llegaban a fin de mes, pero tal como estaba el mundo, ¿quién sabe?

“¿Por qué no la tiras y compras la versión aceptada?” Francisca bostezó y se sirvió café.

“Porque la NVMA (Nueva Versión Mundial del Amor) ha sido alterada.”

“Solo quitaron las partes malas, lo ofensivo y arcaico.” le dijo Francisca y le dio un sorbo a su café.

“¿Te refieres a la verdad?” le dijo Angélica, esbozando una sonrisa. ¡Oh, cómo oraba para que Dios le abriera los ojos a su amiga! "Hoy no discutamos, ¿ok? Disfrutemos de un buen desayuno". Francisca tomó un plato de la alacena y se lo entregó.

“No veré estas noticias horribles". Agarró el control remoto y empezó a cambiar de canal.

Una voz familiar hizo que Angélica casi botara el plato. Con el corazón en la mano, levantó la mirada hacia el televisor, en donde el rostro de Daniel Cain aparecía descomunal en la pantalla.

La religión pura y sin mácula delante de Dios el Padre es esta: Visitar a los huérfanos y a las viudas en sus tribulaciones, y guardarse sin mancha del mundo.
Santiago 1:27 (RVR 1960)

Capítulo 2

Angélica extendió su toalla de La Sirenita debajo de una palmera, dejó su bolso de playa en la arena y se giró para echarle protector solar a su hijo.

"Mamiii", se quejó Isaac. "Ya no soy un bebé. Puedo hacerlo solo". Intentaba apartarle la mano.

"Siempre te dejas zonas sin cubrir y tú sabes cómo te quemas". Ella continuó aplicándole la crema hasta que estuvo satisfecha, luego le tomó la barbilla y le besó la frente. "Ahora, ve a divertirte. Pero vuelve cuando veas a Anna".

Agarrando su tabla de surf, salió disparado, tirando arena con los pies al pasar.

"¡Cuidado con la resaca!", le gritó, y luego oró por su seguridad mientras rápidamente se conectaba con el espíritu. El ser de luz apareció, caminando junto a Isaac, más bajo que otros ángeles que había visto y más ancho, pero completamente armado y siempre al lado de su hijo. Gracias, Padre. Si había algo que hacía orar más a una persona, era tener un hijo. Y si algo había ayudado a Angélica a comprender el amor de Dios por ella, era el amor que sentía por Isaac. Siempre le decía al Padre que, si Él la amaba, aunque fuera la mitad de lo que ella amaba a Isaac, no tenía nada que temer. A lo que Él siempre respondía: "Te amo mucho más que eso".

Ella sonreía. No había tenido un padre terrenal, y la inseguridad y la búsqueda de amor resultantes le habían costado muy caro. Si tan solo hubiera aceptado a Dios como Padre antes en su vida; si tan solo hubiera recibido su amor incondicional, podría haberse evitado tanto dolor — tanto para ella como para los demás.

Pero entonces no tendría a Isaac. Su risa atrajo su mirada hacia él, sentado sobre su tabla a varios metros de la orilla. Él le hacía señas para saludarla, y ella le devolvió el saludo, agradeciendo a Dios por convertir sus errores en una bendición tan gloriosa. Ahora, si tan solo pudiera criar a Isaac conociendo a Dios como Padre, él podría evitar cometer esos mismos errores.

Angélica se recostó en su toalla, guardó el protector solar y observaba cómo su hijo cogía una ola y se abría paso entre las espumosas olas hasta la orilla. Viviendo tan cerca del océano, se había convertido en un nadador experto y un surfista bastante bueno; tanto es así, que muchos de los chicos que frecuentaban la playa se habían hecho amigos suyos. Su personalidad extrovertida y encantadora atraía a la gente de forma natural, tan parecida a la de su padre. Sin embargo, por suerte, sus similitudes terminaban ahí.

Las nubes se disiparon y el intenso resplandor del sol hizo que Angélica se pusiera las gafas de sol. Aunque era temprano por la mañana, la playa ya estaba llena. Las familias instalaban sus sombrillas y neveras portátiles, los niños arrastraban cubos y palas a la arena mojada, las adolescentes con bikinis de tiras se aplicaban protector solar, riéndose de los chicos que las miraban con curiosidad a la distancia. Un partido de voleibol comenzaba a unos metros a su izquierda. Detrás de ella, el zumbido del tráfico en Ocean Boulevard., acompañado por el crujido de los carritos de supermercado empujados por personas en situación de calle por la acera.

El sábado no era el mejor día para ir a la playa si se buscaba paz. En pocas horas, apenas habría un espacio libre en la arena para extender una toalla. Pero era el mejor momento para ayudar a otros a ver la luz de la verdad de Dios. Algo en lo que ella no era especialmente buena, pero con el apoyo de otros creyentes, Dios había bendecido sus reuniones del sábado. Algunas personas que recordaba de la semana anterior, ya la saludaban y comenzaban a reunirse en su lugar habitual.

Se quitó las gafas de sol y se dirigió al agua antes de que llegaran los líderes, Anna y Clay. De niña, había pasado muchas horas en la playa —buceando, nadando y practicando surf— y nunca se cansaba del agua tibia y salada, del olor a mar y del horizonte que parecía extenderse hasta la eternidad. Luchando contra las olas, se metió en el agua hasta la cintura y luego se zambulló. El abrazo del mar la aliviaba como un masaje líquido, aliviando sus tensiones y silenciando los sonidos del mundo exterior, atrayéndola a un lugar tranquilo donde la violencia, la tristeza y el mal no podían existir. Nadando, se sumergió a toda velocidad, disfrutando de unos preciosos momentos de paz y calma antes de que la falta de aire la obligara a emerger.

Tras ver a Isaac a varios metros a su izquierda enseñando a un niño a surfear, nadó hasta la orilla y se dirigió a su toalla.

Angélica se recostó en su toalla, guardó el protector solar y observaba cómo su hijo cogía una ola y se abría paso entre las espumosas olas hasta la orilla. Viviendo tan cerca del océano, se había convertido en un nadador experto y un surfista bastante bueno; tanto es así, que muchos de los chicos que frecuentaban la playa se habían hecho amigos suyos. Su personalidad extrovertida y encantadora atraía a la gente de forma natural, tan parecida a la de su padre. Sin embargo, por suerte, sus similitudes terminaban ahí.

Las nubes se disiparon y el intenso resplandor del sol hizo que Angélica se pusiera las gafas de sol. Aunque era temprano por la mañana, la playa ya estaba llena. Las familias instalaban sus sombrillas y neveras portátiles, los niños arrastraban cubos y palas a la arena mojada, las adolescentes con bikinis de tiras se aplicaban protector solar, riéndose de los chicos que las miraban con curiosidad a la distancia. Un partido de voleibol comenzaba a unos metros a su izquierda. Detrás de ella, el zumbido del tráfico en Ocean Boulevard., acompañado por el crujido de los carritos de supermercado empujados por personas en situación de calle por la acera.

El sábado no era el mejor día para ir a la playa si se buscaba paz. En pocas horas, apenas habría un espacio libre en la arena para extender una toalla. Pero era el mejor momento para ayudar a otros a ver la luz de la verdad de Dios. Algo en lo que ella no era especialmente buena, pero con el apoyo de otros creyentes, Dios había bendecido sus reuniones del sábado. Algunas personas que recordaba de la semana anterior, ya la saludaban y comenzaban a reunirse en su lugar habitual.

Se quitó las gafas de sol y se dirigió al agua antes de que llegaran los líderes, Anna y Clay. De niña, había pasado muchas horas en la playa —buceando, nadando y practicando surf— y nunca se cansaba del agua tibia y salada, del olor a mar y del horizonte que parecía extenderse hasta la eternidad. Luchando contra las olas, se metió en el agua hasta la cintura y luego se zambulló. El abrazo del mar la aliviaba como un masaje líquido, aliviando sus tensiones y silenciando los sonidos del mundo exterior, atrayéndola a un lugar tranquilo donde la violencia, la tristeza y el mal no podían existir. Nadando, se sumergió a toda velocidad, disfrutando de unos preciosos momentos de paz y calma antes de que la falta de aire la obligara a emerger.

Tras ver a Isaac a varios metros a su izquierda enseñando a un niño a surfear, nadó hasta la orilla y se dirigió a su toalla.

Ahora, si tan solo pudiera criar a Isaac conociendo a Dios como Padre, él podría evitar cometer esos mismos errores.

Angélica se recostó en su toalla, guardó el protector solar y observaba cómo su hijo cogía una ola y se abría paso entre las espumosas olas hasta la orilla. Viviendo tan cerca del océano, se había convertido en un nadador experto y un surfista bastante bueno; tanto es así, que muchos de los chicos que frecuentaban la playa se habían hecho amigos suyos. Su personalidad extrovertida y encantadora atraía a la gente de forma natural, tan parecida a la de su padre. Sin embargo, por suerte, sus similitudes terminaban ahí.

Las nubes se disiparon y el intenso resplandor del sol hizo que Angélica se pusiera las gafas de sol. Aunque era temprano por la mañana, la playa ya estaba llena. Las familias instalaban sus sombrillas y neveras portátiles, los niños arrastraban cubos y palas a la arena mojada, las adolescentes con bikinis de tiras se aplicaban protector solar, riéndose de los chicos que las miraban con curiosidad a la distancia. Un partido de voleibol comenzaba a unos metros a su izquierda. Detrás de ella, el zumbido del tráfico en Ocean Boulevard., acompañado por el crujido de los carritos de supermercado empujados por personas en situación de calle por la acera.

El sábado no era el mejor día para ir a la playa si se buscaba paz. En pocas horas, apenas habría un espacio libre en la arena para extender una toalla. Pero era el mejor momento para ayudar a otros a ver la luz de la verdad de Dios. Algo en lo que ella no era especialmente buena, pero con el apoyo de otros creyentes, Dios había bendecido sus reuniones del sábado. Algunas personas que recordaba de la semana anterior, ya la saludaban y comenzaban a reunirse en su lugar habitual.

Se quitó las gafas de sol y se dirigió al agua antes de que llegaran los líderes, Anna y Clay. De niña, había pasado muchas horas en la playa —buceando, nadando y practicando surf— y nunca se cansaba del agua tibia y salada, del olor a mar y del horizonte que parecía extenderse hasta la eternidad. Luchando contra las olas, se metió en el agua hasta la cintura y luego se zambulló. El abrazo del mar la aliviaba como un masaje líquido, aliviando sus tensiones y silenciando los sonidos del mundo exterior, atrayéndola a un lugar tranquilo donde la violencia, la tristeza y el mal no podían existir. Nadando, se sumergió a toda velocidad, disfrutando de unos preciosos momentos de paz y calma antes de que la falta de aire la obligara a emerger.

Tras ver a Isaac a varios metros a su izquierda enseñando a un niño a surfear, nadó hasta la orilla y se dirigió a su toalla.

"¡Oh!" Chocó con una columna de ladrillos... no, con un hombre. "Lo siento". Echándose el pelo mojado hacia atrás, lo miró fijamente, parpadeando para quitarse el agua de los ojos. ¡No! ¡No puede ser! Pero si podía ser. Daniel Cain —con el torso desnudo, los músculos que le rodeaban el pecho y los brazos, un abdomen marcado— la miraba como si fuera una sirena emergiendo del mar. Desde que apareció en su televisor tres días atrás, había intentado olvidarlo. Seguramente, ese incidente no contaba como ver su rostro, ¿verdad? Así que lo ignoró, junto con la punzada persistente en su espíritu. Pero no podía ignorar al pedazo de hombre que ahora tenía delante de ella.

Bien hecho, Padre. A veces no le hacía ninguna gracia el sentido del humor de Dios.

Genial. ¿Por qué estaba allí parado mirándola como si le hubieran salido cuernos? Lo empujó y empezó a subir por la arena.

"¿Ángel?"

Cerró los ojos. ¡No, no, no! Tragando saliva, se dio la vuelta.

"¡Eres tú!" Él sonrió con su sonrisa brillante y encantadora de siempre —mientras se quitaba los auriculares y la observaba de pies a cabeza. ¿De verdad necesitaba estudiarla de pies a cabeza para confirmar que era ella? Aunque llevaba un traje de baño modesto, de repente sintió la necesidad de disimular los kilos de más que había ganado con los años.

"¿Cómo has estado?", le preguntó con una sincera mirada.

"Bien." Esbozó ella una sonrisa fingida, con la esperanza de disuadirlo. "Ocupada." Se giró para irse, sabiendo que no era lo correcto, que Dios había puesto a este hombre en sus pensamientos—en su camino — por una razón.

Él la agarró suavemente del brazo, riendo entre dientes. "¿Eso es todo lo que consigo después de doce años? ¿Ocupada?"

Ella se soltó de su agarre y siguió caminando. Él se sentó a su lado. ¡Rayos!

"No puedo creer que sigas en Fort Lauderdale", dijo alegremente, como si no le hubiera destrozado la vida. "Me encantaría ponernos al día."

"Preferiría no hacerlo, si no te importa."

Esto pareció confundirlo enormemente. "¿Sabes quién soy?"

Deteniéndose, lo encaró. "¿Es tan sorprendente que no quiera tener nada que ver con el gran pastor Daniel Cain?"

Una profunda tristeza se reflejaba en su mirada. "Supongo que no debería. Solo pensé… pensé que después de todos estos años…"

"¿Dónde está tu séquito?" le dijo mirando a sus espaldas.

"¿Qué?"

"¿Tus guardaespaldas? ¿No eres demasiado importante para que te dejen solo?" Girándose, siguió caminando, levantando arena y luchando contra el suave impulso interior de hablar con él. Pero no quería hablarle.

"Yo solo los necesito para eventos públicos... espera." Saltó frente a ella. "¿Eras tú a quien vi en mi iglesia el otro día?" Se tocaba la barba incipiente de la barbilla. "No te reconocí detrás de todo el maquillaje. Pero debería haberlo hecho con esos ojos."

Rodeándolo, continuó caminando. Por favor, Dios, haz que se vaya. Una mirada por encima del hombro le reveló que Isaac seguía surfeando felizmente. Bien.

"¿Qué quisiste decir con lo que dijiste?" La siguió. "¿Por qué fuiste a mi iglesia?"

"Tenía un mensaje que darte. Eso es todo." Sintió un gran alivio al ver a Clay y Anna acomodando las sillas junto a sus cosas, donde ya se estaba formando una pequeña multitud.

Esperaba que eso disuadiera a Daniel de seguirla.

No fue así.

Los ojos de Anna y Clay se abrieron de par en par al verlo, y luego la miraban con curiosidad. Angélica sacó una toalla de su bolso y comenzó a secarse, haciendo todo lo posible por ignorarlo, mientras negaba con la cabeza en una indirecta no muy sutil hacia sus amigos. No lo entendieron. En cambio, se acercaron con entusiasmo, sin duda queriendo que los presentara.

"Daniel Cain, estos son mis amigos, Anna y Clay", espetó Angélica rápidamente.

"Mucho gusto". Daniel les extendió la mano y les estrechó la de ambos, con la mirada fija en el tatuaje de Anna en ambos brazos—a una reliquia de su pasado. Sin embargo, a pesar de ese pasado, a sus cuarenta y cinco años, conservaba un brillo juvenil que la hacía parecer mucho más joven.

"¿De dónde se conocen?", preguntó Anna.

"No nos conocemos", dijo Angélica al mismo tiempo que Daniel decía "viejos amigos". Lo cual produjo un momento incómodo.

Un momento que, afortunadamente, fue interrumpido por Isaac, quien dejó caer su tabla e irrumpió en medio de ellos, con el pelo goteando y una amplia sonrisa en los labios.

"¡Clay, Anna!", gritó, y los dos lo abrazaron, sin importarles que estuviera empapado.

"Tú eres ese pastor famoso". Isaac miró fijamente a Daniel.

El corazón de Angélica se encogió, incluso cuando Daniel parecía crecer. "Yo soy, ¿y tú quién eres?"

"Yo soy Isaac. Ella es mi mamá". Le sonrió a Angélica, y ella le entregó su toalla.

Daniel la miró boquiabierto, frunciendo el ceño. "¿Tienes un hijo?"

"Sí." Evitó el contacto visual y agradeció la presencia de más gente a su alrededor: Hank, un hombre sin hogar; Sarah, una drogadicta; dos pandilleros cubanos; un bombero fuera de servicio; JoAnn, una anciana a la que llamaban la loca Jo; y Mercy, una madre joven.

Clay sacó su guitarra del estuche, se sentó y comenzó a afinarla. "Aquí compartimos la Palabra de Dios los sábados", le dijo a Daniel. Aunque Clay parecía una estrella de rock de los ochenta con su largo cabello castaño y rizado y su físico delgado, era el músico más lleno del Espíritu que Angélica había escuchado en su vida.

"¿Predicando?" Daniel resopló y se pasó una mano por el pelo, erizándolo por todos lados. "Llevo años corriendo en esta playa, y déjame decirte que esta gente no reacciona bien cuando les meten a Jesús en la cara."

"Menos mal", dijo Anna. "Porque no imponemos a Jesús a nadie. Simplemente recitamos la Palabra de Dios y amamos a la gente".

"Sabes a qué me refiero", dijo Daniel. "Además, si el gobierno se entera de esto, los llevarán a todos a la cárcel".

Clay se sacó el cabello de la cara y sonrió. "Hasta entonces, haremos lo que Dios nos llame a hacer".

"Pastor Dan, ¿puedo decirte pastor Dan?", le dijo Anna, con demasiada ligereza. "Simplemente amamos a la gente y oramos por ellos. Angélica tiene un maravilloso don de discernimiento. Puede identificar la necesidad espiritual exacta de cada persona. Luego oramos por ellos — por sanidad o por lo que sea. Y si necesitan liberación, mi esposo, Robert, se encarga de eso". Miró a su alrededor. "Estará aquí pronto".

"¿Liberación de demonios?", rio Daniel. "Amigos, están bromeando, ¿verdad? Ese tipo de cosas ya no pasan".

Anna compartió una sonrisa cómplice con Angélica, mientras Clay comenzaba a cantar "Sublime Gracia". Isaac se sentó a sus pies y se unió a él.

"Necesito hablar contigo, Ángel". Daniel la jaló del brazo.

"Por favor, no me llames así. Y estoy ocupada ahora mismo".

"¿Qué tal si nos vemos para tomar un café más tarde?"

¿Acaso el hombre no captaba la indirecta? "No puedo. Lo siento". Aunque sentía el Espíritu empujándola en su interior, sentía que Dios le decía que aceptara. No puedo hacer esto, Padre, por favor. "Me ha encantado volver a verte, Daniel. Ahora, si me disculpas; me tengo que ir".

Daniel sintió como si una manada de elefantes lo hubiera aplastado contra la arena. Ciertamente, no porque aún sintiera algo por Angélica, después de todos estos años y lo que ella le había hecho, sería absurdo—, sino porque simplemente no estaba acostumbrado al rechazo. Separándose del grupo, se retiró a la orilla y se giró para observarla por última vez.

Para entonces, un grupo de al menos veinte personas estaba sentado escuchando la música. Para su sorpresa, Ángel comenzó a arrodillarse ante cada uno, poniendo las manos sobre ellos y cerrando los ojos. Después de un minuto o dos, decía algo que parecía impactar a cada persona. Algunos gritaban de alegría. Otros parecían llorar. Anna seguía a Angélica, tocando a cada persona y murmurando oraciones que él no podía entender desde donde estaba. Una anciana comenzó a alabar a Dios tan fuerte que atrajo la atención de los demás en la playa. Un hombre mayor con aspecto de Ángel del Infierno se unió a ellos y le impuso las manos a un joven que empezó a temblar como un árbol en medio de un huracán. Dos indigentes estacionaron sus carritos junto a una palmera cercana y se unieron al grupo, escuchando a Anna, quien ahora decía algo que los tenía a todos absortos.

No es posible. *Charlatanes*. ¿Cómo se había metido Ángel con ese grupo de falsos profetas? Ni siquiera creía en Dios cuando la conoció. Girándose sobre sus talones, Daniel se puso los auriculares, puso música y corrió por la playa.

Sin embargo, más tarde, mientras se duchaba en la iglesia, no podía dejar de pensar en Ángel. ¿Por qué no se tomaba al menos un café con él? Después de todo, ella fue quien le rompió el corazón. Ella fue quien se le acercó después de todos estos años con sus crípticas advertencias, de las que sin duda tenía derecho a una explicación. Además, después de conocer a sus amigos, sentía la obligación, como pastor, de advertirle sobre el peligro de involucrarse en alguna secta desquiciada. Quizás

Thomas tenía razón, y su mente estaba aturdida por las drogas. Le entristecía pensar en lo distinta que estaba la chica que una vez conoció.

Pero…espera. Sus ojos eran claros y brillantes, esos brillantes ojos color musgo marino que recordaba tan bien. Su cabello seguía siendo rubio, pero más corto, y había adquirido unas curvas femeninas bastante atractivas. ¡Además, tenía un hijo! ¡Guau! Siempre había sido un espíritu salvaje, despreocupada e indomable. Pero también ingenua. Al parecer, seguía siendo así. Después de ponerse sus jeans de sábado y una polera sencilla, Daniel atravesó el santuario y se detuvo un momento para recrearse en su inmensidad: cientos de filas de bancos acolchados que se extendían hasta donde alcanzaba la vista y subían luego a dos niveles de balcones. ¡Cuánto había avanzado! Un movimiento a lo lejos lo hizo girar. Rubio, su director musical, salió al escenario junto con la banda.

"Hola, Daniel." Le dijo. "Estamos practicando para mañana."

Daniel apretó los dientes. ¿Cuándo le mostraría el hombre el respeto que se merecía y lo llamaría pastor Daniel? "¿Qué tal la obra y el espectáculo de luces?"

"Bien." Rubio se acercó mientras la banda preparaba sus instrumentos. Una de las cantantes —Kathy, así creía Daniel que se llamaba— lo miraba fijamente, sonriendo. Llamar la atención femenina era la maldición de ser pastor soltero, pero era una maldición de la que rara vez se quejaba. Lo difícil era resistir las muchas tentaciones que constantemente se le presentaban.

"El espectáculo los dejará boquiabiertos, Dan. Y la obra es tan buena como cualquier otra de Broadway".

"Bien. El senador Calderón estará presente, y quiero que sea perfecta".

"Puedes contar conmigo". Rubio señaló a Daniel con el dedo y sonrió burlescamente. Era el mejor director musical de la industria, pero Daniel siempre tenía la sensación de que lo apuñalaría por la espalda si le daba la más mínima oportunidad.

Saliendo del santuario, pasó por el ala administrativa hacia su oficina. Necesitaba repasar su sermón del día siguiente. Habían captado la cobertura de otra emisora nacional y quería que fuera perfecto para sus nuevos oyentes. "¡Pastor! ¡Pastor!" La voz de Harold Jake le heló la sangre a Daniel. ¿Qué hacía ese hombre allí el sábado?

Esbozando una sonrisa, se giró para mirarlo. "Pastor Daniel, tenía pensado hablarle de algo". Su tono era tan urgente que parecía que el techo se derrumbaba. Daniel sabía que no era así.

Lo atrajo hacia un lado del pasillo, Harold se acercó más, las arrugas de su rostro se tensaron. Es la música. Varios miembros se quejan. Es demasiado moderna. En serio, suena a heavy metal y a veces demasiado parecido a ese rap que cantan los afroamericanos. De verdad, no creo que sea aceptable en la iglesia, ¿no te parece?

Daniel mantuvo la sonrisa, aunque le dolía. "Nuestro objetivo es atraer a jóvenes que no conocen a Dios. Tener música con la que se puedan identificar es una excelente manera de lograrlo, ¿no te parece, Harold?"

"Simplemente no parece muy respetuoso. Ni sagrado. O sea, ¿por qué no podemos cantar esos buenos himnos de siempre? Al menos, algunas veces".

Cuando las vacas vuelen. Daniel no tenía intención de arriesgarse a perder a los jóvenes, ni a una posible demanda por la letra de algunos de esos viejos himnos. "Te diré algo, Harold. Envíame una lista de himnos que no hayan sido prohibidos y veré qué puedo hacer".

"Gracias, pastor. Sabía que vería las cosas a mi manera". Harold le guiñó un ojo como si compartieran un gran secreto antes de darse vuelta y marcharse.

Daniel suspiro profundamente y, luego, se dirigió a su oficina. La semana pasada fueron los baños los que no estaban a la altura. El mes anterior, fue el boletín el que no estuvo del todo bien.

Pero Harold Jakes era un viudo adinerado y uno de los

diezmadores más importantes de la iglesia. Daniel sabía cómo tratarlo. Dejando de lado los pensamientos sobre el molestoso hombre, sonrió al entrar en su oficina al final del pasillo. Tan grande como un apartamento pequeño, estaba elegantemente amueblado con el mejor sofá y sillas de cuero que se puedan comprar. Pinturas al óleo de santos del Antiguo Testamento adornaban las paredes, mientras que un enorme escritorio de caoba se alzaba en el centro como un podio de poder. A su derecha, una extensa biblioteca se extendía del suelo al techo y a su izquierda, una pequeña cocina.

Estaba a punto de cerrar la puerta cuando el sonido de tacones resonó por el pasillo, y apareció Kimberly Monroe, la pastora del grupo universitario. Levantó la vista y sonrió al acercarse. ¿Era su imaginación o se balanceaba un poco más al saber que él la observaba?

“Pastor, disculpe que lo moleste un sábado”. Lo empujó al entrar en su oficina.

“No hay problema. Tome asiento”. Daniel se movió alrededor de su escritorio, manteniendo la gruesa madera entre ellos. Y con razón. Con esa figura esbelta, su rostro angelical y su larga cabellera rubia, Kimberly era una tentación constante. No solo para él, se imaginaba, sino para la mayoría de los hombres que trabajaban en la iglesia.

“¿Qué puedo hacer por usted, señorita Monroe?"

“Bueno, como usted ya sabe, oficiará la boda de John y Mike el próximo sábado, así que quería asegurarme de que estuviera aquí una hora antes de la ceremonia, a las 2:00. Ah, y la recepción será en la Capilla Este, así que asegúrese de estar allí también”.

“Gracias, ya estaba al tanto”. La miró fijamente, sabiendo que debía haber algo más.

Ella se echó el pelo para atrás sobre los hombros y suspiró. “Pero la verdadera razón por la que estoy aquí es que una de mis alumnas se está quejando otra vez del baño neutral. Dice que hay hombres ahí, mirando con lascivia a las mujeres".

"Puede, tranquilamente, usar el baño de mujeres".

"Pero en realidad se identifica como hombre... Usted lo sabe. La aconsejó.

Ah, sí, Georgiana o George, como sea. Una chica bastante agradable, de buenos modales, educada, ama a Dios. Él sí la…lo recordaba. Uf. ¿Por qué todo tiene que ser tan confuso?

Tomás, su pastor asociado, entró sonriendo en pantalones cortos, en polera, mirando fijamente a Kimberly. "Dile que se ocupe de sus problemas antes de venir a la iglesia".

Ella le hizo un gesto con la mano para que se alejara en tono juguetón. "No puedo hacer eso».

"Da igual". Tomás se encogió de hombros y se apoyó en la esquina del escritorio de Daniel, balanceando un pie. "Hemos dado cabida a todas las identidades de género. ¿Qué más podemos hacer?".

Kimberly movía la cabeza intrigada. "Ella pide un baño de una sola habitación con cerradura. Y ya sabes lo que pasaría si llevara esto a la prensa".

Daniel se apretó el tabique nasal. "Veré qué puedo hacer".

"Gracias, pastor". Se levantó, les sonrió dulcemente y salió por la puerta, meneando el trasero mientras se alejaba.

Tomás, mirándola fijamente, se frotaba la nuca. "¿No te gustaría un pedazo de…?"

"Recuerda quiénes somos", lo interrumpió Daniel con severidad. "Y a Quién servimos".

"Ah, relájate, Dan. Sigues viviendo según esas reglas arcaicas de la antigua Biblia. Era la cultura de aquella época".

¿Era así? Se preguntaba Daniel, mirando la foto de su madre en su escritorio, enmarcada en roble. Ella no creía eso, ni tampoco se enseñaba eso en el seminario apenas una década atrás.

"Dios no puede pretender que vayamos en contra de los impulsos naturales que nos dio, ¿verdad?" Tomás arqueó una ceja depilada. "Tienes que adaptarte a los nuevos tiempos o perderás miembros de la iglesia".

Daniel asintió, sabiendo que su amigo tenía razón. "Oye, necesito trabajar en mi sermón. ¿Necesitas algo?"

"No me hace falta nada. Pero tengo buenas noticias". Los ojos de Tomás brillaban. "Se dice en los círculos evangélicos que tu nombre encabeza la lista de candidatos a Washington D. C."

"¿En serio?" Daniel sonrió, lleno de euforia. Solo tenía treinta y tres años y estaba en camino de ser el próximo asesor espiritual del presidente.

"¿Quién sabe adónde podrías llegar, amigo? ¿Candidato al Senado, a vicepresidente, quién sabe?"

Daniel sonrió ante el entusiasmo de su amigo. Tomás siempre había estado de su lado, siempre celebraba sus éxitos. ¿Cuánta gente podría decir eso de un amigo? "Sí. Solo que no estoy seguro de si estoy hecho para la política."

¿A quién engañas, hombre? Piensa en el poder que tendrías. Haciendo leyes y políticas que protejan los derechos cristianos. ¿Quién dice que Dios no te quiere en un puesto de poder en un momento como este? Además —Tomás le señaló—La gente te quiere. Tienes una forma de ser que los hace sentir a gusto.

Asintiendo, Daniel se recostó y cruzó los tobillos sobre su escritorio. El senador Cain. Definitivamente sonaba bien. —Puede que tengas razón. Supongo que ya veremos. Oye, ¿sabes a quién vi hoy? A Angélica Smoke.

Tomas tosió y se apartó del escritorio. —¿Smokes? ¡Guau! ¿Cuánto tiempo ha pasado?

No puedo creer que todavía la llames así. Doce años.

Doce años... ¿Sigue siendo atractiva?

Daniel se encogió. ¿Era eso lo único que Tomás recordaba de ella? Los recuerdos de Daniel estaban llenos de mucho más... su entusiasmo por la vida, su espíritu despreocupado, su amabilidad y amor por los necesitados... cómo lo hacía sentir. La había amado de verdad. Hace mucho tiempo. Se la imaginó en su traje de baño de una pieza que se ajustaba a sus curvas en los lugares adecuados, el cabello mojado peinado hacia atrás, las gotas de agua en sus largas pestañas. “Sí. Y nunca adivinarás esto, pero ¿era esa chica loca que se me acercó el otro día en la escalera?”

“No. ¿En serio?” Tomás se alejó, repentinamente interesado en uno de los cuadros de Daniel.

“Sí”. “Así que, por su ropa, supongo que sigue siendo copetinera.” El tono de Tomás era mordaz. “Increíble. ¿Le preguntaste qué quería decir?”

“No tuve mucha oportunidad. Me rechazó la invitación a tomarnos un café”.

Sonriendo entre dientes, Tomás lo encaró. "¿El gran Daniel Cain, uno de los diez solteros más codiciados de Newsweek, rechazado?”

“Basta”. Daniel le lanzó un bolígrafo a su amigo. “Sabes, no me molestaría volverla a ver”.

“¿Qué? ¿Estás loco?” le ladró Tomás—. ¡Es una copetinera! Y probablemente drogadicta. No te pueden ver con alguien como ella.

Daniel frunció el ceño. “¿Creía que nos habíamos deshecho de esas reglas arcaicas?”

Tomás se puso las manos en la cintura. “No las que tienen que ver con la reputación y el estatus y las tuyas tienen que estar impecables. Sobre todo, si quieres seguir en este negocio y llegar a Washington D. C. Aléjate de Smokes. Era una mala noticia hace doce años, y lo es ahora”.

Daniel sabía que tenía razón. Angélica siempre había sido la loca, la que se olvidaba de todo. Casi hizo que lo expulsaran del seminario. Si eso hubiera pasado, ¿dónde estaría ahora? Probablemente trabajando en los muelles con su padre alcohólico.

Sin embargo, después de que Tomás se fue, Daniel tenía dificultades para concentrarse en su sermón. Las palabras de Angélica lo perseguían. Tenía que saber qué querían decir. Tenía que volverla a ver.

Y si ella no iba a él, él iría a ella.

Entonces Jesús les dijo: Aún por un poco está la luz entre vosotros; andad entre tanto que tenéis luz, para que no os sorprendan las tinieblas; porque el que anda en tinieblas, no sabe a dónde va. Juan 12:35 (RVR 1960)

Capítulo 3

Zadquiel y Azazel Estaban juntos parados al fondo de la larga barra del Bar de las Sirenas. Dos camareros se movían afanados de un lado a otro, sirviendo bebidas a los clientes; mientras las copetineras con bandejas se apresuraban por la oscura habitación. Mesas con forma de timones de barco llenaban la zona, llenas de gente riendo y bebiendo. La música resonaba a todo volumen desde unos altavoces enormes, con el bajo vibrando en el caos. Un grueso cristal cubría toda una pared, con vistas a una piscina ubicada más allá, en donde mujeres vestidas con colas de sirena y diminutos bikinis nadaban, sonriendo y saludando a la multitud, atrayendo a hombres solitarios como las sirenas de antaño.

Una típica noche de sábado en el Bar de las Sirenas. Hombres y mujeres adormeciendo su dolor y sus conciencias con alcohol hasta ceder a cada impulso perverso, abriendo la puerta a una multitud de huestes demoníacas que acechaban en las sombras a su alrededor. Zadquiel conocía demasiado bien a todos los espíritus oscuros. Por supuesto, estaba Lujuria, un tipo de aspecto viscoso, correteando de mesa en mesa. Inmoralidad y Homosexualidad se encontraban junto a un grupo de universitarios enfrascados en una conversación. Avaricia se relamía junto a la barra, junto a Alcoholismo. Luego estaban Celos, Envidia, Conflicto, Depresión y Desesperanza, todos paseándose, observando a la multitud, listos para atacar al primer indicio de oportunidad. Incluso Suicidio había aparecido esa noche.

Y aunque todos lanzaban miradas falsas a Zadquiel y Azazel, se mantenían a distancia de los dos guerreros.

Azazel ajustó la espada a su costado y exhaló un profundo suspiro."¿Cuándo acabará el Padre con esta maldad?"

"Cuando responda hasta la última alma que ha llamado."

"Deberíamos luchar contra estos espíritus oscuros ahora, matarlos a todos y acabar con esto." Azazel hervía de rabia, agarrando la empuñadura de su espada. Aunque medía dos metros y medio, Zadquiel, quien lo miraba con desaprobación, lo empequeñecía.

"Paciencia, amigo mío. No es el momento adecuado. Todos los humanos deben poder elegir entre la oscuridad y la luz. Y deben hacerlo pronto, antes de que sea demasiado tarde."

Un hombre corpulento de cabello oscuro vendía drogas a una joven en un rincón, atrayendo la atención de los guerreros. Azazel movía la cabeza, con el corazón apesadumbrado. "El Padre me ha dicho que estará muerta en la mañana."

Zadquiel cruzó los brazos. "Sí. Y perdida para siempre. Pero Él le dio todas las oportunidades, y ella ha tomado su decisión."

"Al menos no tengo que frecuentar estos lugares como tú."

"No me importa. Mi trabajo es protegerla." Zadquiel señaló a Angélica Smoke, que servía bebidas en una de las mesas. Una columna de luz la rodeaba dondequiera que iba; la única luz que brillaba en el lugar oscuro. "Mira cómo difunde el amor del Padre dondequiera que va."

Ellos la observaban mientras se detenía frente a una mesa, proyectando su luz sobre los clientes. Ella hablaba, y destellos dorados salían de su boca y los inundaban, perturbando la oscuridad y empujándola a la retirada. Pero en cuanto se iba, aquella regresaba.

"¿Por qué el Padre la retiene aquí?", preguntó Azazel.

"Para un momento como este. Hace mucho bien, aunque no lo sepa. El año pasado, ayudó a tres personas a encontrar el camino hacia el Padre".

"Es una bendición que te asignen a alguien así. El mío está en camino."

"Por eso debemos ser diligentes esta noche. Debe tomar la decisión correcta. Ha estado luchando contra el Padre. ¿Ves cómo Miedo la rodea, buscando una oportunidad?"

Azazel asintió mientras su mirada se posaba en la diminuta sombra gris de enormes ojos rojos que se cernía sobre Angélica. "Un demonio tan pequeño para el gran tormento que provoca."

"En efecto. Si los humanos supieran que solo se necesita una palabra de fe para derrotarlo."

A Angélica le dolían los pies. Y solo eran las 11:00 de la noche. Tres horas más. Solo tres horas más. Puedes lograrlo, mujer. Se detuvo ante una mesa de veinteañeros, todos fascinados por las sirenas que nadaban; estaban todos borrachos después de haber tomado tres tragos de vodka cada uno. Dos de ellos cantaban la canción que sonaba a todo volumen por los altavoces, uno estaba boca abajo sobre la mesa, mientras que otros tres empezaron a discutir sobre qué bebida era la suya mientras ella las colocaba sobre la mesa. Se detuvo por un momento y dispuso su corazón para buscar el rostro de Dios, para encontrar una chispa de luz, algo que pudiera usar para iniciar una conversación.

Al instante, una docena de demonios aparecieron deslizándose alrededor de los hombres, envolviendo sus tentáculos, satánicamente, alrededor de sus cabezas y pechos. Miradas furiosas le dirigían. Los espíritus temblaban al notar que ella podía verlos; no solo verlos, sino que podía echarlos fuera solo con pronunciar un solo Nombre. Sin embargo, se aferraban a sus anfitriones, mostrando los colmillos, sabiendo que, si lo hacía, estos hombres los invitarían a volver en un segundo.

Se salió de la visión y dejó la última copa, odiando haberles prestado la más mínima atención a esos seres diabólicos. Para ella, eran meras sombras fugaces. Mientras caminara en la luz, no podían tocarla. Pero odiaba lo que les hacían a los demás. Odiaba la forma en que controlaban a víctimas desprevenidas y las encadenaban.

Uno de los hombres le clavó la mirada en sus senos. "¿Qué te parece si sales conmigo después del trabajo, cariño?".

"Claro." Le sonrió. "Podría contarte todo sobre Jesús y cómo no tienes que desperdiciar tu vida en placeres vacíos."

Él la miró boquiabierto, con la boca tan abierta que ella esperaba que se le cayera la baba. Pero entonces se rió entre dientes. "Muy buena".

"Cariño", dijo su amigo. "Te dejaré hablarme de Jesús o de lo que quieras si vienes a casa conmigo."

"Tentador" le dijo, esbozando una sonrisa. "Pero no, gracias. ¿Hay algo más que necesiten del bar?", les aclaró.

"No. Ella habla en serio". Uno de ellos la apuntó con su vaso. "La última vez que estuve aquí, intentó imponerme esa basura religiosa. Me dijo que no debería beber tanto." Resopló.

"Qué quieres que te diga, un desperdicio de belleza." Otro la miraba con desprecio. "Los fanáticos religiosos como tú están impidiendo el progreso de la sociedad."

Angélica esbozó una sonrisa sarcástica. "Estoy de acuerdo, eso si se considera que sentarse aquí, emborracharse cada sábado por la noche y llevar a desconocidos a su cama se le puede llamar "progreso".

Antes de que pudieran responder, giró sobre sus tacones y se fue. Bueno, ahí se me fue otra propina.

¿Y para qué? ¿Estaba sirviendo de algo aquí? Parecía desaprovechar cada oportunidad que Dios le daba para hablar. Y cuando lo hacía, la insultaban, se burlaban de ella y una vez incluso la escupieron.

De camino a la barra, sintió que Sebastián Romero la observaba fijamente antes de siquiera verlo. Demasiado tarde para evitarlo, sonrió y se acercó al dueño del club, de unos cuarenta y tantos años, que parecía fuera de lugar con el caro traje de negocios que colgaba lastimosamente en su larguirucha figura.

La miró incriminatoriamente. “Angélica, te he dicho que no hables de tus tonterías sobre Jesús”.

“No son tonterías, y solo estaba sugiriendo un tema de conversación para mi primera cita con ese hombre”.

Movió la cabeza y le hizo un gesto a Greg, el camarero, para que le sirviera un trago de tequila. “No sé por qué no te despido”.

“Porque soy tu mejor camarera" le dijo, frunciendo una ceja. “Soy la única que llega puntual, que no llama diciendo que está enferma cuando no lo está y que no te roba dinero de la caja”.

Él resopló y le sonrió a medias. “Pero estás ahuyentando a los clientes, y no puedo permitirlo. Por mucho que me caigas bien. No necesito que la policía se deje caer por aquí.”

Angélica le entregó a Greg el pedido de la mesa tres. Mientras él se iba a preparar las bebidas, Sebastián se inclinó hacia ella.

“Te lo he dicho mil veces, no tienes que trabajar tanto. Estaré encantado de cuidar de ti y de tu hijo.” Un aroma a tequila picante, combinado con demasiada loción para después de afeitarse, casi la atragantó.

Dio un paso atrás. “Sí, lo sé Sebastián, y agradezco la oferta, pero no quiero deberle nada a nadie.” Ni menos pagar el precio que quisieras que pague. Sebastián era un jefe decente que ofrecía un salario justo y mantenía a los clientes alborotadores lejos de ella. Incluso era comprensivo cuando necesitaba faltar al trabajo por la enfermedad de Isaac. Pero sus constantes ofertas lascivas le revolvían el estómago.

Se marchó, gruñendo. “Estaré en mi oficina”.

Greg la miró comprensivamente mientras le ponía las bebidas en la bandeja. “Deberías denunciarlo por acoso sexual”.

“¿Y perder mi trabajo? No puedo. Tengo un hijo que mantener". Ella cogió la bandeja. “¿Alguna vez leíste ese libro que te di?”

Él lo negó con la cabeza y empezó a limpiar la barra. "No. Estoy demasiado ocupado haciendo todas las horas extra que puedo para ahorrar para la universidad. Sabes que quiero irme de aquí algún día".

Angélica asintió. Ella también, desesperadamente. Odiaba llevar ese atuendo tan escueto y que la miraran con lujuria y le hicieran constantemente proposiciones deshonestas. Odiaba servir alcohol a quienes no podían controlarse. Pero llevaba años enviando currículums. Desde la crisis económica, nadie contrataba, y menos a alguien sin estudios ni habilidades. Dios debía quererla allí por algo. Aun así, no dejaría de intentarlo.

Tampoco dejaría de tener esperanza, y orar, para que Greg encontrara la esperanza que había perdido en Jesús. El joven camarero no era especialmente guapo, así que la mayoría de las mujeres lo evitaba; no era muy inteligente, así que la gente lo ignoraba; sin embargo, de verdad se preocupaba por los demás. No tenía nada que este mundo valorara, pero tenía un gran corazón. "Todavía está en pie la invitación para que vengas a ver a mis amigos el domingo".

Él empezó a preparar otro trago. "Tampoco me gusta mucho ir a la iglesia", sonrió.

"No es tanto una iglesia, sino gente que se quiere mucho".

Melody se levantó de golpe, sin aliento, y le recitó una lista de tragos a Greg. "Hay mucha gente esta noche". Miró por encima del hombro a un grupo de universitarios que estaban tomando tragos y haciendo más ruido a cada minuto. Aunque no había pista de baile, dos parejas empezaron a bailar, si es que se le podía llamar así. Era, más bien, empujarse y restregarse.

"Aguanta, Mel, solo nos faltan tres horas". Angélica le dio una palmadita en el brazo a la chica.

Frunció los labios. "Sí, pero luego trabajo en el turno de desayunos en una panquequería".

Greg le puso una trago en la bandeja. "No sé cómo lo haces con dos niños en casa".

Angélica tampoco. De hecho, la guapísima mujer de piel

oscura parecía más cansada de los treinta y siete años que verdaderamente tenía. No recibía manutención para sus dos hijos, debido a la desaparición de uno de los padres y a que, el otro, estaba en la cárcel por maltrato; no obstante, ella era muy trabajadora y una leona como madre que haría lo que fuera por sus hijos.

En ese punto, Angélica se podía identificar con ella. Elevó una oración por la mujer y regresó a la pista, orando en silencio por cada persona que pasaba, para que Dios los protegiera del mal y les abriera los ojos a la verdad.

Sirvió los tragos sin incidentes, tomó otro pedido y, al pasar junto a una mesa, una mano la agarró, deteniéndola. Se giró y se preparó para rechazar otra propuesta inmoral. Lo que no esperaba era ver a Daniel Cain, sentado allí, tan guapo, con su polera y jeans, con un vaso de agua con gas en la mano.

"¿Qué estás haciendo aquí?"

"Necesito hablar contigo." La súplica en sus ojos ablandaría hasta a Genghis Kahn.

"No deberías estar aquí. Vete a casa." Dándose la vuelta, se alejó; la ira, la frustración y el miedo luchaban por dominarla.

La comenzó a seguir y la hizo darse media vuelta. "Por favor, veámonos después de tu trabajo para tomarnos un café."

¿Estaba bromeaando? Ella lo miró fijamente. Tenía la excusa perfecta: un hijo al que volver a ver en casa. Pero no pudo pronunciar las palabras. La música cambió a una melodía tecno, haciendo temblar el suelo bajo sus pies. Risas de borrachos la bombardeaban desde todas direcciones. El olor a alcohol, a perfume barato y a sudor le llenaba la nariz. Y en medio de todo, sentía luz y bondad. Su ángel apareció detrás de Daniel y otro ángel que ella no había visto antes; estaban allí en un segundo y al minuto siguiente ya se habían ido.

"De acuerdo. Nos vemos en el Mable's Diner en la Sunrise Boulevard. a las dos y media."

Antes de darle la oportunidad de responder, se dio la vuelta y se abrió paso entre la multitud, lamentando el haber aceptado tan fácilmente.

Daniel golpeaba la mesa con la cuchara y miraba hacia la oscuridad a través de las ventanas sucias del restorán Mable's Diner. El olor a café rancio y grasa le hizo pensar dos veces antes de pedir una ensalada, preguntándose en qué estado se la servirían, pero se había saltado la cena. Y Angélica llegaba tarde. Volvió a mirar su Rolex —las 2:45— y luego observó a la multitud que había inundado el restaurante en cuanto cerraron los bares. Sintió lástima por las pobres camareras, que se apresuraban a repartir comida y soportaban invitaciones escandalosas sin probablemente ninguna propina. Estas eran precisamente las personas a las que, originalmente, había querido acercar a Cristo: los borrachos, los oprimidos, los pobres y los desesperados habían sido la razón por la que había entrado en el seminario y por la que había fundado una iglesia en la franja de Fort Lauderdale. Sonreía al recordar aquellos días despreocupados con Tomás, Brian, Joe y Mindy, compartiendo el evangelio con cualquiera que quisiera escucharlos. Solo un grupo de jóvenes soñadores que creían que podían cambiar el mundo. Habían ahorrado algunos pesos, pero el dinero se les acabó, los sueños se desvanecieron y se separaron en busca de mejores oportunidades. Tomás, con su buen olfato para los negocios, había convencido a Daniel de alquilar una bodega cercana y atraer a la gente de la playa a un servicio religioso todos los domingos, en donde se sentirían obligados a diezmar.

"No podemos seguir haciendo esto gratis", le había dicho. "Tienes un don, hermano, y no deberías regalarlo. Ninguno de los dos fue al seminario para vivir en la calle".

Así nació la Iglesia de la Gracia de Fort Lauderdale. Daniel era el líder carismático y Tomás el hombre de negocios. Y los dos se habían vuelto imparables.

Sus pensamientos se posaron en Angélica y sus amigos, que predicaban a la gente en la playa esa mañana. Verlos despertó en él la añoranza de los buenos tiempos, la poderosa sensación de la presencia de Dios y la emoción de rescatar a alguien de las garras del infierno. Pero esos días habían pasado. Vivían en una época diferente, con un gobierno hostil para los cristianos; sobre todo, para los locos.

Además, Daniel podría ser más útil desde el púlpito de una iglesia enorme que desde cualquier otro lugar. Y muy posiblemente desde Washington D. C. en un futuro próximo.

Sonrió cuando sonó el timbre de la puerta y Angélica entró y miró a su alrededor. Solo entonces se dio cuenta de que esperaba que no apareciera. Como lo había hecho hace doce años atrás, cuando le rompió el corazón. Todavía vestida con su atractivo atuendo de camarera, varios hombres se giraron para mirarla. Pero al ver a Daniel, los ignoró como una profesional y se dirigió hacia él. Vaya, era una mujer atractiva, incluso después de todos estos años, incluso después de tener un hijo. Ese último pensamiento lo tranquilizó.

Se sentó frente a él, dejó el bolso en la silla y dejó escapar un profundo suspiro, como si este fuera el último lugar del mundo en el que quisiera estar. "Así que, aquí estoy".

Ignorando la punzada en su corazón, Daniel le dio un sorbo a su café. "Gracias por aceptar la invitación".

Ella frunció los labios y esperó.

La camarera le trajo la ensalada y la dejó sobre la mesa antes de volverse hacia Angélica.

"Solo café, por favor", dijo antes de fijarse en su comida y echarse a reír. "¡No puedo creer que estés comiendo ensalada en el mejor lugar de hamburguesas de la ciudad!". Él había olvidado lo hermosa que era su sonrisa y cómo el sonido de su risa le aliviaba la tensión del cuello y los hombros.

"Sí, ahora sigo una dieta bastante estricta. No puedo nunca más comer hamburguesas con queso".

"No veo por qué no". Se encogió de hombros juguetonamente. "Y, si mal no recuerdo, siempre añadías papas fritas y un batido de chocolate".

Él sonrió. "Así que sí te acuerdas de mí".

"¿Cómo no iba a hacerlo?", replicó ella cuando la camarera regresó con su café.

Él intentaba seguir riéndose. "Sigues tan guapa como siempre".

Ella rompió un sachet de azúcar, y lo echó a su taza. "Déjame en paz. Ya no tengo veinte años. Tu encanto no va a funcionar conmigo".

"Si no recuerdo mal, nunca lo hizo. Siempre me leíste la mente."

Ella echó crema en el café y lo revolvió, y él notó que no llevaba anillo en el dedo.

"¿Así que tienes un hijo?"

"Como ya lo viste", respondió ella sin levantar la vista. ¿Por qué le perturbaba tanto ese pensamiento? "Debiste conocer a su padre poco después de que nosotros…" Dudó, buscando las palabras adecuadas.

Sus ojos se encontraron con los suyos, un destello de ira, seguido de tristeza. Apartó la mirada. "Yo era otra persona en ese entonces. Estaba desconsolada y necesitaba consuelo."

"¿Desconsolada?" resopló él. "Qué rápido lo superaste… en semanas." Mientras él se ahogaba en agonía.

"¿Qué esperabas que hiciera?" Su voz estaba llena de rencor y él la miró, confundido.

Había esperado que le devolviera las llamadas, respondiera sus correos electrónicos y cartas, y que fuera a sus lugares favoritos. Pero nada de eso había sucedido. "¿Dónde está su padre ahora?"

"No te debo ninguna explicación, Daniel." Tomó su taza de café y miró por la ventana.

Él hundió el tenedor en la ensalada. Lo estaba arruinando todo. Aunque no tenía ni idea de qué era "todo". "No, no me debes nada", dijo finalmente, sin saber cómo proceder. Lo cual lo desconcertó. El famoso y carismático Daniel Cain siempre tenía una respuesta y siempre sabía qué decir para cautivar a la gente y convencerla de su forma de pensar.

Sin embargo, de repente, en la presencia de esta mujer, él se sentía como un joven de veintiún años en su primera cita.

La observaba mientras ella jugaba con sus pendientes largos, un gesto que le trajo recuerdos de aquella primera cita de hace tanto tiempo. La había llevado al Ocean´s Grille, en la playa. No era nada lujoso, pero era todo lo que podía permitirse. Ella había quedado encantada. Aún podía imaginarla sentada en una mesa del patio, contemplando el océano, con su largo cabello aclarado por el sol ondeando al viento, su piel bronceada y dorada, sus hipnotizantes ojos verdes. Pero fue su sonrisa, su risa, su amor por la vida y todo lo que esta le ofrecía lo que le había cautivado el corazón.

El tiempo había dibujado algunas arrugas alrededor de sus ojos y su boca, pero seguía siendo impresionantemente bella. La vida y el amor brillaban en sus ojos. Sin embargo, también había tristeza y una preocupación que él no había visto antes.

"Sinceramente, me alegro de volver a verte", le dijo él.

Ella le dio un sorbo a su café. "¿Qué quieres, Daniel?"

Su tono brusco fue cortante. ¿Qué quería? Quería pasar sus dedos por su cabello. Él quería disculparse por lo que fuera que se había interpuesto entre ellos. Daniel quería empezar de nuevo. Siempre fuiste tan sincera. Me encantaba eso de ti.

La risa de un ebrio resonó desde una mesa al otro lado del local, atrayendo su mirada, esos ojos suyos, tan brillantes e inteligentes, incluso ocultos por todo el maquillaje. Sin embargo, no había juicio en ellos. Otra pareja en una mesa junto a la suya los miraba con curiosidad.

"Siempre me sentí seguro contigo, Ángel, como si pudiera contarte cualquier cosa y tú nunca me juzgarías". "No me correspondía juzgarte, Daniel. Yo estaba igual de perdida".

Humildad. Otra de sus cualidades que él había amado. «Escucha, Daniel. Estoy cansada. Quiero irme a casa. O me dices lo que quieres o me voy».

... Si fuerais del mundo, el mundo amaría lo suyo; pero porque no sois del mundo, antes yo os elegí del mundo, por eso el mundo os aborrece ...
Juan 15:19 (RVR 1960)

Capítulo 4

Angélica se estremeció al ver el dolor en el rostro de Daniel, pero era algo que no se podía evitar. Si él pensaba que iba a volver a entrar en su vida por su encanto... si pensaba que ella caería rendida a sus pies, como estaba segura de que habían hecho tantas otras mujeres, se llevaría una sorpresa.

Aunque entendía por qué una mujer haría algo así. Con su espeso cabello castaño y la barba incipiente, esos ojos azul profundos y un físico increíble...bueno, si le ponían una falda escocesa, podía pasar por un montañés apuesto. A eso se sumaba la forma en que levantaba una comisura de los labios para formar ese hoyuelo tan sexy que recordaba tan bien, sus dientes perfectos, su éxito y su fortuna, que la hacían pensar que había dejado una retahíla de corazones rotos tras el suyo.

"Disculpa la demora. Seré breve". Apartó la ensalada que apenas había tocado, poniéndose rígido al instante. "Tengo una pregunta y una advertencia. Primero la pregunta. ¿Qué quisiste decir con eso de que no estoy listo y que se me ha apagado la luz?" La miró como lo haría un hombre de negocios esperando un informe.

"No lo sé". Aunque ella podía adivinarlo, como él también debería. "Dios me dio esas palabras exactas. ¿Por qué no se lo preguntas? Tú eres el pastor." Se arrepintió de su tono frívolo una vez más, pero hablar con Daniel, sentada tan cerca de él, estaba removiendo cosas que hacía tiempo había enterrado.

Y ella no podía permitir que eso pasara. No permitiría que eso pasara. Arrugó la frente. "Sí, claro. Dios te habla con detalles específicos".

"¿No te habla a ti?"

Él pareció perplejo por un momento, luego apoyó los brazos en la mesa y sonrió. "Quizás era tu yo interior simplemente queriendo volver a verme".

Ella se acomodó en el fondo de la mesa, poniendo la mayor distancia posible entre ellos. "Sé dónde has estado desde que fundaste tu iglesia, Daniel. ¿Por qué querría verte de repente?"

Él se encogió de hombros. "Fuimos amigos una vez. Buenos amigos".

Ella miraba por la ventana los pocos coches que pasaban. *No, éramos mucho más que amigos. Estaba enamorada de ti. Profunda y locamente, enamorada de ti. Tanto, que le había llevado años superarlo. Padre, ¿qué quieres de mí? No soporto reabrir estas heridas.*

La respuesta llegó rápidamente, profunda y sin palabras. *Él debe regresar a mí. Pronto.*

¿Por qué yo? Quiso preguntar, pero no lo hizo. Dios sabía lo que hacía, ¿verdad? Y siempre era para bien. Tomándose un momento, desvió su atención al reino espiritual y vio a Daniel sentado en una niebla tan oscura y densa que apenas podía distinguir sus rasgos. Cadenas lo rodeaban por el pecho y los brazos, mientras un rayo de luz apenas parpadeaba desde el interior de su alma. Se deshizo de la visión, con el dolor que oprimía su corazón. Quería ayudarlo, de verdad que sí, pero nadie la escuchaba ni hacía lo que decía, y menos aún un hombre tan importante como Daniel Caín.

"Daniel, escucha. Dios no me da un mensaje a menos que signifique algo y sea importante. Te sugiero que ores al respecto, lo busques y recuerdes tu primer amor".

"¿Yo? ¿Qué recuerde mi primer amor?". Él resopló con incredulidad. "¿Sabes cuántas personas vienen a mi iglesia cada semana para aceptar a Jesús?"

“Eso no tiene nada que ver”.

Conmoción, seguida de indignación, se apoderó de sus hermosos rasgos.

“Estabas tan apasionado por el Padre en aquel entonces”, dijo ella. "Tan dispuesto a servirle. Aunque yo no creía en Dios en ese entonces, me encantaba tu celo." Y ahora se había esfumado. Solo quedaba una chispa. ¿Pero cómo podía decirle eso?

Sus ojos se llenaron de ira. “Sirvo a Dios todos los días. Toda mi vida es servirle. ¿Cómo te atreves tú, una camarera, decirme a mí, un hombre que pastorea veinte mil almas cada semana, que no estoy apasionado por Dios?”

Agarrando su bolso, se salió del asiento. "Sabes. Tienes razón. Debería irme”.

Ella escuchó su “¡Espera!” detrás de ella, mientras salía furiosa por la puerta al aire húmedo de la noche, más enojada que en mucho tiempo. Pero ese era Daniel. Siempre hacía que sus emociones, buenas y malas, se dispararan.

Gruñendo, buscaba las llaves en el bolso y se dirigió a su coche. Solo quería irse a casa, darse un baño caliente, meterse bajo las sábanas... y

olvidarse de Daniel Cain.

La ventana se quebró y, entonces, ella alzó la vista y vio a tres hombres rodeando su coche. La ventana trasera estaba desparramada en el asfalto como piedritas brillantes bajo la luz del alumbrado público. Un hombre estaba pintando algo con aerosol en su puerta.

Sin pensarlo, se dirigió hacia ellos. “¡Oigan, ese es mi coche!”.

Los tres hombres la miraron. Dos llevaban sudaderas con capucha que les ocultaban el rostro; el otro se le acercó. Alto, delgado y moreno, la miró de arriba abajo con desprecio. “¿Eres la loca de Jesús?”, señaló la pegatina de su parachoques con el garrote en la mano.

Angélica tragó saliva, su primer pensamiento fue salir

corriendo. En cambio, levantó la barbilla. No negaría su fe. "Sí".

Los otros dos hombres terminaron de pintar y se apartaron para admirar su trabajo. Escrito en blanco y en todo el lateral de su Toyota negro decía "odiosa intolerante".

Arreglarlo le costaría un dineral. Además de la ventana. Dinero que no tenía.

"¿Qué me convierte en intolerante?", les preguntó, con la rabia alimentando su coraje.

El hombre, que no debía de tener más de veinte años, la miró con desprecio. "¿Crees que cualquiera que sea diferente a ti va al infierno, cualquiera que no crea como tú?".

"Oye, ¿no se supone que deberías vestirte más formalmente?", dijo uno de los artistas mientras él y su amigo se acercaban. "¿Sin enseñar tanta piel?".

El tercer hombre se lamía los labios. "Yo digo que le enseñemos a esta intolerante como son las cosas. ¿Lista para la fiesta, fanática de Jesús?".

A Angélica le hervía la sangre. ¿Señor? Intentó cambiar su visión al reino espiritual para ver a su ángel, pero su mente daba vueltas aterrada. Aun así, logró exclamar: "Hay una diferencia entre la intolerancia y la verdad, caballeros. Una los llevará al infierno, la otra al cielo".

El primer hombre la agarró por los hombros y empezó a arrastrarla mientras otro le quitaba el bolso. "Te mostraremos el cielo, puta".

El puño surgió de la nada, golpeando la mandíbula del hombre que la sujetaba. La soltó, y ella trastabilló hacia atrás, tropezándose con sus ridículos tacones altos. Entre ojos, vio a Daniel patear al siguiente tipo y luego cargar contra el tercero, embistiéndolo como una excavadora. El primer hombre escupió a un lado, se limpió la sangre de la boca, agarró el mazo y lo blandió contra Daniel.

Angélica intentó gritar, pero no le salió nada.

Daniel se agachó, le agarró la muñeca y luego le arrancó el mazo de la mano. Cayó de rodillas, y gritaba de dolor.

"¡Vamos, Nick! ¡Salgamos de aquí!", gritó uno de los hombres mientras se alejaba a toda prisa. Tras mirar furiosamente a Daniel, el mentado Nick se adentró cojeando en la oscuridad.

Todo había sucedido tan rápido que Angélica solo pudo quedarse allí parada, mirando fijamente cómo Daniel cogía su bolso y se lo entregaba. "¿Estás bien?".

Al tomarlo, asintió.

Él echó un vistazo a su coche y se pasó una mano por el pelo. "¿Por qué harían eso?". Entonces sus ojos se posaron en la pegatina de su parachoques. Jesús es el Camino, la Verdad y la Vida. Se giró para mirarla. "¿En qué estabas pensando?".

"¿Cómo puedes preguntarme eso?". Ella echó a andar hacia su coche, pero le temblaban las piernas, y él la rodeó con su brazo como un manto de hierro de fuerza y calor. El aroma de esa loción barata para después de afeitarse que siempre usaba le llenó la nariz. ¿Cómo se llamaba? Aqua Velva. Eso era.

Emociones no deseadas se revolvían en su interior, así que se apartó de él y se apoyó en su coche. "Supongo que estaba más asustada de lo que pensaba".

"Claro que sí. Si yo no hubiera llegado..." Hizo una mueca como si de verdad le importara. "¿Sabes qué habría pasado?".

Ella lo sabía, pero no quería pensar en ello. "¿Dónde aprendiste a pelear así?".

"En clases de jiu-jitsu". Se cruzó de brazos. "Oye, sé que ahora crees en Dios. Me parece genial. Pero no puedes presumirlo así". Señaló con la cabeza la pegatina de su parachoques. "Ni en la playa ni en tu coche. Solo te estás buscando problemas".

No sabía si reír o llorar ante algo así salido de la boca de un pastor. Tampoco tenía energía para ninguna de las dos cosas.

"¿Además, ¿Por qué les estabas hablando? Deberías haber vuelto corriendo al restorán. le hizo señas apuntando hacia el restaurante, de donde varias personas salían tambaleándose por la puerta.

Se le nubló la vista y se frotó los ojos. "Me preguntaron por Jesús, y no iba a negarlo. Además, quizá se supone que debía haberles anunciado el Evangelio".

"¿Hablas en serio?», suspirando, se apretó el tabique nasal. «Esos locos de la playa te han infectado el cerebro. Sé que es difícil de aceptar, pero el IGPP (Iniciativa Global por la Paz) ha prohibido la evangelización abierta. Me sorprende que la policía aún no te haya metido a ti y a tus amigos en la cárcel».

Angélica, finalmente, encontró la llave; la apretó y el auto pitó, señal de que las puertas habían quedado sin seguro. "Estoy demasiado cansada para esto. Gracias por venir a rescatarme".

Abriendo la puerta del coche, se giró para mirarlo por última vez. Aunque no pudo distinguir su expresión en la oscuridad, su frustración se palpitaba en el aire.

Un fuerte ruido resonó en la calle. No, no era un ruido, era el sonido de una trompeta. Profundo, ensordecedor y prolongado.

Daniel echó un vistazo al aparcamiento.

Las personas que habían salido del restaurante miraban al cielo.

Entonces, tan rápido como había comenzado, se detuvo.

"Ya había oído ese sonido antes", dijo Angélica. "El año pasado. La gente ha estado oyendo sonidos extraños en todo el mundo"".

"Mmm". Daniel respiró hondo. "Probablemente solo sea una fábrica poniendo en marcha sus máquinas o la sirena de un barco".

Otros sonidos emanaban de la calle, donde estaban la mayoría de las discotecas. Gritos seguidos del inquietante *pum, pum, pum* de los disparos. Sonidos demasiado familiares en Fort Lauderdale por la noche.

"Tengo que irme." Se sentó al volante, pisó el freno y apretó el botón de arranque. El motor arrancó con dificultad… con dificultad… hasta que finalmente se apagó. Angélica apoyó la frente en el volante. *¡No, no puedo quedarme aquí atrapada con Daniel*!

Daniel rodeó el coche a toda velocidad. "Parece que el mazo no golpeó solo la ventana trasera."

¡Genial! Arrastrándose del asiento, Angélica se quedó

mirando atónita lo que quedaba de la rejilla delantera y el charco de líquido en el asfalto que antes estaba dentro del radiador. "Supongo que se desalinearon las correas del motor", le dijo Daniel.

"¡Rayos!". Angélica se echó el bolso al hombro, cerró el coche con llave y se echó a andar.

"Déjame llevarte a casa." Le gritó Daniel preocupado.

Lo último que ella quería era que él supiera dónde vivía. "No. Estoy bien."

No seas tan terca, Ángel. —Apareció a su lado—. Sin malas intenciones. Te llevaré a casa. No es seguro para ti caminar por aquí y lo sabes.

Él tenía razón, por supuesto. Probablemente no llegaría sana y salva. Y si no tuviera a Isaac, le importaría un bledo. Pero tenía a Isaac, así que finalmente accedió.

Tras un breve y silencioso viaje hasta su casa, él insistió en acompañarla hasta la puerta y ahora estaba a su lado, esperando para asegurarse de que entrara sana y salva. Una cosa buena sobre Daniel era que siempre había sido un caballero en un mundo donde la caballerosidad se había convertido en un arte perdido.

"Gracias de nuevo, Daniel. ¡Buenas noches!"

"Si necesitas que te lleve mañana, estoy disponible".

"No, gracias. Yo me las arreglo". Se giró y buscó torpemente las llaves.

"Tengo licencia A2 y puedo remolcar tu coche".

"Yo me encargo, gracias. —Encontró la llave y la metió en la cerradura.

Él se rió entre dientes. "No tengo la peste, ¿sabes?"

Sí, la tienes. Una peste que ya le había destrozado el corazón una vez.

"¿Puedo volver a verte?"

Lo miró fijamente por un momento, con la luz de la calle iluminando su mandíbula rígida. El lejano sonido de disparos competía con el relajante murmullo de las olas al fondo. Y en lo más profundo de su ser, contra su propio corazón, contra su propia voluntad, sabía que Dios quería que lo volviera a ver. Que debía ayudar a Daniel de alguna manera... de alguna forma.

"¿Por qué?", le preguntó.

"No lo sé. Extraño nuestra amistad".

Entonces, tal vez no deberías haberme roto el corazón. Abrió la puerta, entró y lo quedó mirando frente a frente, mientras se le ocurría una magnífica idea. "De acuerdo. Con una condición".

Él sonrió.

"Yo elijo el lugar y la hora".

Su sonrisa reapareció. "Trato hecho".

"...Ya que cambiaron la verdad de Dios por la mentira, honrando y dando culto a las criaturas antes que al Creador, el cual es bendito por los siglos. Amén..."

Romanos 1:25 (RVR 1960)

Capítulo 5

"Así ustedes pueden ver cuánto nos ama Dios a todos!"

Daniel sonreía ampliamente a la cámara, feliz de ver por el telepromter que sólo le quedaba un versículo de su sermón. Él nos quiere a todos prósperos, sanos y felices. Solo tienes que tomarlo con fe y aceptar lo que Dios te ofrece —levantó la mano e hizo como si agarraba algo del aire. Él es tu mayor protector, tu mejor amigo, y solo quiere lo mejor para tus hijos.

Alguien del público gritó: "¡Alabado sea el Señor!". Lo que provocó una oleada de aplausos, mientras Daniel tomaba su Biblia y se sentaba en su silla acolchada a un lado. Deseaba que la gente no gritara así durante el servicio. Ni levantara las manos durante el culto. ¿Qué les parecía eso a los que lo veían por televisión? Lo último que quería era que pensaran que era un fanático religioso. Tomás asintió desde su asiento junto al de Daniel mientras el grupo de alabanzas comenzaba a tocar y dos cantantes se acercaban.

Daniel observaba con orgullo el enorme templo, en donde todos los asientos estaban llenos. La semana pasada, le habían dicho que incluso la sala adicional estaba también abarrotada. Todos estaban allí para escuchar su sabiduría. Las cámaras giraban sobre trípodes rodantes, enfocando a la multitud, mientras que otra de adelante lo enfocaba a él.

Una señora, que siempre se sentaba en el mismo lugar de la primera fila, se puso de pie y comenzó a aplaudir y cantar la canción de adoración. Luego, alzando la vista al cielo, levantó las manos, con el rostro radiante mientras lágrimas corrían por sus mejillas. Otras personas se pusieron de pie e hicieron lo mismo, mientras Daniel se retorcía en su asiento. Tendría que pedirles a los acomodadores que sentaran a esta señora en particular al fondo, donde las cámaras no la vieran.

La canción terminó, y Marley, el pastor afroamericano de jóvenes, se puso de pie de un salto desde el otro lado del escenario y subió al púlpito. Le sonrió a Daniel y le hizo un gesto de aprobación con el pulgar antes de leer los anuncios y hacer la oración final. ¿Era solo Daniel o la oración de hoy estaba siendo demasiado larga? Tendría que hablar con Marley al respecto. No quería aburrir a la gente. Finalmente, Marley dijo "Amén" y despidió a la multitud con una bendición.

Gracias a Dios. Daniel se frotó los ojos, que sentía como plomo, mientras las cámaras se apagaban y la gente empezaba a salir. Después de dejar a Angélica, solo había dormido tres horas, y esperaba que la cámara no hubiera captado las ojeras. Pero verla había valido la pena cada segundo. ¿Cómo había podido olvidar lo especial que era, lo bien que se sentía pasar tiempo con ella? Sabía que, si ella le daba la mínima oportunidad, podría volver a conquistarla. Con ese pensamiento aligerando su paso, se dirigió a su oficina, deseando tumbarse en el sofá y dormir un par de horas.

No tuvo tanta suerte. Antes de que pudiera cerrar la puerta, Tomás y Marley aparecieron en el pasillo.

"¿No pueden esperar hasta mañana, caballeros?", se quejó Daniel mientras Tomás se abría paso a empujones hacia la habitación. Marley esperaba en la puerta sonriendo hasta que

Daniel le dejó pasar.

Tomás dejó caer un periódico sobre el escritorio de Daniel.

"¿Qué es esto?" Daniel se movió al otro lado y se concentró en el artículo de la sección religiosa del Diario de la ciudad. Una gran foto de él y Angélica sentados en una mesa del restorán Mable's Diner ocupaba media página con el titular: "Famoso pastor sale con copetinera". Por desgracia, la foto revelaba bastante del escaso atuendo de Angélica, además de una mirada melancólica en los ojos de Daniel.

"¡Así que por eso pareces un zombi esta mañana!", exclamó Tomás furioso. Daniel se encogió de hombros. "¿Te has vuelto loco? ¿Qué crees que estás haciendo?"

"¡Escucha!" Daniel se hundió en su silla y se frotó los ojos. "Solo estábamos tomando un café. Nada más. Nada escandaloso."

Marley se dirigió a la puerta. "Volveré más tarde".

"No, hermano, quédate", le dijo Daniel. "No tardaré mucho". Además, a Daniel le vendría bien un amigo ahora mismo, y Marley tenía una forma de ver las cosas con claridad.

"No, no tardaré mucho si entras pronto en razón." Tomás se agarraba la cabeza. "Inocente o no, este tipo de cosas podrían arruinarte. No solo como pastor de esta iglesia, sino también para cualquier oportunidad que tuvieras de un cargo público".

Marley se hundió en una silla.

"Ella es una vieja amiga, como bien sabes. Solo nos estábamos poniendo al día".

"No puedes ponerte al día con alguien como ella. ¿No lo entiendes? ¡No en tu posición!".

Daniel miró fijamente a su amigo, con sus ojos oscuros centelleantes y un mechón de cabello perfectamente peinado cayendo sobre la frente. Sabía que Tomás tenía razón. Salir con el tipo de gente equivocada, fuera inocente o no, definitivamente obstaculizaría la carrera que había estado planeando durante tanto tiempo.

Tomás debió de percibir su sumisión, pues respiró hondo y

suavizó las arrugas de su rostro. "¿Sabes que te han invitado a participar, dentro de dos meses, en la Conferencia Mundial de Religiones en Bruselas? Anoche intentaba contactarte para decírtelo. Es un gran honor".

"¿No están intentando fusionar todas las religiones en una sola?" Marley intervino.

"Sí". Tomás lo miró. "¿Y por qué no tener a nuestro Daniel Cain allí para representar a la rama protestante?". Apoyó los nudillos en el escritorio. "Es una oportunidad increíble y un gran honor. Pero algo así" —señaló el artículo con el dedo— "podría arruinarlo todo". Daniel se agarró el tabique nasal. "Tienes razón". Miró la foto. "Solo tenía curiosidad por el significado de su mensaje".

"¿A quién le importa lo que diga una copetinera fracasada?" Normalmente, Daniel estaría de acuerdo, pero ¿por qué entonces sintió de repente el impulso de golpear a su amigo por decir eso?

Un golpe en la puerta los hizo levantar la vista y ver a Harold Jakes y a la Sra. Brinkenburg, ambos con cara de haberse comido un bote de pepinillos.

Genial. Daniel resopló. ¿Podría empeorar su día?

La Sra. Brinkenburg irrumpió, con Harold pisándole los talones como un perro faldero lujurioso. Solterona a los cincuenta y ocho años, por fin había captado la atención de un hombre— el hombre perfecto para ella. Cuánto debían de divertirse en sus citas quejándose de la iglesia.

Tomás hizo un esfuerzo por darle la vuelta al periódico cuando la Sra. Brinkenburg le dijo: "Ah, ya lo he visto, pastor Tomás. Por eso hemos venido. Además, hay otro asunto relacionado con el servicio de hoy». Miró a su compañero Harold, quien le dedicó una sonrisa borrega.

"Les puedo asegurar que la situación está resuelta".

Tomás se acercó a los dos entrometidos y los abrazó suavemente. "Solo fue un malentendido y una foto manipulada. No volverá a ocurrir".

"Espero que no". Harold asomó la barbilla.

Tomás les dio la vuelta y los condujo hasta la puerta. "No molestemos más al pastor Daniel. Vengan a mi oficina y con gusto escucharé sus preocupaciones". Le guiñó un ojo a Daniel por encima del hombro.

Gracias a Dios por Tomás. Daniel se recostó en su silla, casi olvidando que Marley seguía allí hasta que el hombre se aclaró la garganta y se levantó. "Debería dejarte descansar".

"No, Marley. Perdóname. ¿Qué puedo hacer por ti?".

El hombre se acercó; su rostro reflejaba calma y amabilidad. Había sido pandillero en Miami y tuvo una visión de Jesús una noche mientras se dirigía a matar a un pandillero rival. O eso dijo. Fuera lo que fuese, le cambió la vida y comenzó a predicar a los jóvenes en la zona residencial de Miami. Allí fue donde Daniel lo había encontrado hacía diez años. Marley era un hombre de verdad. Y tenía un don con los jóvenes.

Se detuvo frente al escritorio de Daniel y señaló el periódico. "Para empezar, no veo cuál es el problema con que te juntes con pecadores. ¿No fue eso lo que hizo Jesús?" Miró por encima del hombro hacia la puerta. "¿Y no lo regañaron también los fariseos por eso?"

Daniel sonrió. "Él tiene buenas intenciones, Marley. Tomás solo quiere lo mejor para mí".

Marley frunció los labios como si intentara no decir nada.

"Siéntate", le dijo Daniel. "¿Qué piensas?"

"No te entretendré, Daniel. Quería tu opinión sobre algo. Algunos chicos preguntan sobre la poligamia. Dicen que, si está bien que dos hombres se casen, ¿por qué no tres hombres o dos mujeres y un hombre?". Marley se frotó la nuca. "La verdad es que, después de que reformaron nuestras Biblias, no sé qué decirles ni adónde guiarlos para que encuentren la verdad".

Daniel puso una mano sobre su Biblia, la NVMA (Nueva Versión Mundial del Amor). "Esta es nuestra verdad ahora. Al menos si queremos atraer a la mayor cantidad de gente posible a Cristo." Se levantó, se dirigió a la cafetería y se sirvió una taza de café; luego miró a Marley para ofrecerle un café, pero este lo rechazó. Tomando la taza caliente entre las manos, Daniel se giró para mirar a su amigo. "Además, la Biblia habla mucho de poligamia. Y si la Corte Suprema ha dictaminado que el matrimonio puede ser entre cualquier persona que lo desee, ¿quiénes somos nosotros para ir en contra de las leyes del país? La Biblia también dice que debemos obedecer nuestras leyes civiles."

"Simplemente no me parece correcto. Sé que Dios desaprueba estas perversiones. Siento que nos estamos desviando."

Daniel se enderezó, mirando hacia la puerta abierta. "Para empezar, nunca las llames perversiones, no donde alguien pueda oírte." Daniel se acercó a su amigo. "Marley, debes tener en cuenta nuestro panorama general, que es salvar almas. Si empezamos a condenar estas cosas, nos van a clausurar. ¿Y qué bien podríamos hacer entonces?"

Marley miraba al suelo sin decir nada.

Daniel se recostó en su escritorio y exclamó.

"Vamos, querido, ¿Alguna vez te he llevado por el mal camino? Hemos hecho grandes cosas aquí".

Marley lo miró directamente, refutándolo. "¿Lo que quieres decir es que Dios las ha hecho?".

"Sí, sí. Por supuesto. Y si Dios nos ha bendecido, es porque debemos estar haciendo su voluntad".

"Voy a orar por esto", le dijo Marley, y se levantó para irse.

Daniel le dio una palmada en la espalda. "Bien. Estoy seguro de que Dios te ayudará a ver las cosas con claridad".

Después de despedirse, Daniel cerró la puerta con llave y se tumbó en el sofá. Tras unos momentos de inquietud, encendió la pantalla plana que colgaba en lo alto de la pared. Tanques y militares con lanzacohetes llenaban la pantalla mientras una voz de mujer hablaba con acento español.

La guerra crea extrañas alianzas. En un giro inesperado, Turquía, Rusia e Irán han formado una alianza con Libia y

Sudán para aplastar a ISIS y formar su tan esperado califato musulmán. Los recientes bombardeos han matado a más de un millón de civiles y han destruido gran parte de la ciudad de Damasco. La cámara recorría kilómetros y kilómetros de ruinas, y luego volvía a enfocar los tanques apostados a lo largo de la frontera con Irak. «Recientemente, más de cien cristianos fueron crucificados por ISIS, y sus cadáveres se pudrieron en las cruces en el desierto. Oriente Medio está al borde de la Tercera Guerra Mundial».

Daniel le hizo un gesto obsceno y cerró los ojos. ¿A quién le importaba lo que sucediera a miles de kilómetros de distancia?

¡No era su problema!

Azazel bajó la cabeza, invadido por un repentino desaliento.

¿Qué haría falta para despertar a Daniel del engaño que lo mantenía esclavizado? Día tras día, Azazel informaba al Padre sobre el estado de Daniel, y cada día las noticias empeoraban. Ahora, tras haberlo visto rechazar una vez más la verdad por la mentira—al enfrentar a Marley y Tomás—Azazel temía por su próximo informe. Sin mencionar el desinterés de Daniel por las señales de los tiempos y su actitud arrogante ante la masacre de sus hermanos y hermanas. En realidad, las cosas no pintaban bien para este hombre que una vez fue uno de los evangelistas más prometedores del Padre.

Si solo Azazel pudiera hacer algo—aparecerse en la dimensión de Daniel y advertirle, instruirlo, mostrarle el camino correcto. Pero no podía. Las estrictas órdenes del Padre eran vigilar, proteger y nunca interferir. Y eso era precisamente lo que había estado haciendo desde que fue asignado a Daniel al nacer. No era una tarea fácil, ni mucho menos. La infancia de Daniel había sido difícil, llena de peleas, divorcios y un padre para nada amoroso y criticón. El enemigo había usado mucho su poder en aquel entonces, influyendo y controlando al padre de Daniel, obligándolo a destruir no solo su matrimonio, sino también la confianza y la esperanza de su único hijo. Sin embargo, Daniel había tomado la decisión correcta. Se aferró a su madre y a la luz que ella llevaba dentro. Y en lugar de permitir que el enemigo lo aplastara, resurgió de las cenizas para amar al Padre con todo su corazón.

Azazel se regocijó por esa victoria, junto con todo el cielo y sus numerosos testigos. Y a lo largo de los años, había hecho su parte para mantener alejada la oscuridad. Hasta que poco a poco, compromiso tras compromiso, engaño tras engaño, Daniel había invitado al mal que había en él. Incluso ahora, los demonios que lo mantenían cautivo se burlaban de Azazel con sonrisas maliciosas desde donde se habían infiltrado en Daniel como espías enemigos, deslizándose y serpenteando alrededor de su alma, rodeándolo de oscuridad.

Y él no podía hacer nada al respecto, salvo observar... y llorar. Le había rogado al Padre que lo reasignara a otro puesto. Este puesto era demasiado doloroso. Y solitario, añadiría Azazel, pues la mayoría de las personas con las que Daniel trataba no tenían ángeles con ellos. Excepto por Shemel, el ángel de Marley, que había llegado antes con Marley. Ambos hablaron brevemente, mientras observaban el proceso, y Shemel se apresuró a señalar lo que Azazel ya había notado: la luz de Marley brillaba cada vez más.

"¡Son buenas noticias, sin duda!", había dicho Azazel.

"Estoy de acuerdo. Marley está empezando a ver la verdad, a pensar por sí mismo, a pasar tiempo con el Padre. Eso es bueno". "Eres muy afortunado de poder presenciar un progreso tan maravilloso".

"Sí, y todos esperamos que Daniel lo siga pronto".

Azazel respiró hondo mientras observaba a Daniel dormir, con la luz interior apenas parpadeando. De hecho, pronto debía regresar al Padre, pues el tiempo se agotaba.

Él respondió: Anda, Daniel, pues estas palabras están cerradas y selladas hasta el tiempo del fin. 10 Muchos serán limpios, y emblanquecidos y purificados; los impíos procederán impíamente, y ninguno de los impíos entenderá, pero los entendidos comprenderán

Daniel 12:9-10 (RVR1960)

Capítulo 6

Angélica se detuvo frente a la Escuela Básica Franklin y estacionó dejando tanto el motor como el aire acondicionado encendidos.

Le había llevado una semana y tres mil dólares, pero por fin tenía su auto de vuelta en una sola pieza Le cambiaron— la ventana, el radiador, las correas y la parrilla delantera, además de una nueva capa de pintura. Los tres mil dólares salieron de su tarjeta de crédito, ese monstruo malvado al que intentaba derrotar una y otra vez, el que, justo cuando creía haber dado el golpe de gracia, se alzó de nuevo con un rugido potente. En fin, agradeció a Dios que al menos tuviera crédito que pudiera usar en caso de emergencia. Y una compañera de piso dispuesta a compartir su auto mientras el de Angélica estaba en el taller.

Todo por una calcomanía de Jesús.

Que aún lucía alegremente en su parachoques. No sabía si servía de algo, pero oraba todos los días para que cuando la gente lo viera, aunque solo fuera el nombre de Jesús, despertara su curiosidad y los llevara a investigar por qué Él era El Camino, La Verdad y La Vida. Después de todo, ese nombre tenía un gran poder. Algo que ella había experimentado en primera persona.

¿Y qué si la había sido perseguido? No era la primera vez ni sería la última. Jesús había advertido a sus seguidores que el mundo los odiaría, y ella aún no había sufrido nada comparado con sus hermanos y hermanas de todo el mundo.

Mirando hacia atrás, le sonrió a Joel, que estaba profundamente dormido en el asiento de atrás protegido por el cinturón de seguridad trasero. Ese niño siempre se desmayaba en el coche. Ojalá, Angélica, pudiera hacer lo mismo en su propia cama, pero sus visiones habían regresado. No la misma sobre Daniel, sino otras llenas de violencia, guerra, disturbios y odio—la maldad pura que se volvía cada vez más oscura, cubriendo la tierra como un enorme banco de niebla. Sin embargo, entre la oscuridad, rayos de luz se elevaban hacia el cielo. Algunos se atenuaron, parpadearon y fueron absorbidos por la oscuridad que los envolvía, pero otros brillaron cada vez más, haciendo retroceder el mal. Sabía que las luces eran el pueblo de Dios protegido por sus santos ángeles; algunos no lo suficientemente comprometidos como para resistir la batalla, otros se fortalecían cada día. Lo que no sabía era qué hacer con esas visiones. Había pasado la mañana caminando por la playa, buscando la respuesta a esa misma pregunta, mientras oraba por la seguridad y salvación de Isaac, como hacía cada día.

La campana del colegio sonó y, en cuestión de segundos, los niños salieron corriendo de los edificios como si se hubieran fugado de una prisión. No podía culparlos. Bajo las nuevas normas educativas de la IGPP, los niños solo tenían libre el mes de junio. Luego volvían al colegio en julio, cuando, en su opinión, los niños deberían estar nadando, andando en bicicleta por los charcos, jugando al béisbol... y simplemente siendo niños. Angélica salió del coche y se quedó junto a la puerta, entrecerrando los ojos para ver a Isaac. Allí estaba, hablando con otro chico. Él la vio y corrió hacia el coche, con losdocumentos del colegio en la mano.

Ella lo abrazó como si fuera el regalo más preciado del mundo— que lo era, un regalo inesperado que había tenido un precio enorme. Pero uno que con gusto pagaría mil veces más.

"¿Qué tal tu día?". Le alborotó el pelo y lo hizo subir al

coche, agradecida de que aún le permitiera esas muestras de cariño en público.

"Bien", fue la respuesta habitual mientras Angélica se sentaba al volante.

"¡Isaac!" Un grito de entusiasmo resonó desde atrás.

"Hola, Joel". Isaac le sonrió ampliamente a su amiguito. "Oye, mamá, mi amigo Chris quiere que vaya a su casa mañana después de la escuela. Tiene el nuevo juego de Micro Pulse Laser Soldier of Mars y un patio enorme que parece una jungla. ¿Puedo ir?"

El corazón de Angélica se encogió ante la emoción en la voz de su hijo. "No, lo siento, cariño. No sé nada de los padres de Chris ni de lo segura que es su casa".

"Pero, una vez, hablaste con su mamá", se quejó.

Angélica suspiró y se giró para mirarlo. "Sí, pero no pudo garantizarme tu seguridad". De hecho, le habían molestado las preguntas de Angélica sobre vigilar a los niños, no tener pornografía visible y no usar malas palabras. Peticiones sencillas, ¿no? Angélica habría pensado que otra madre las entendería. Pero una vez que se hizo evidente que los padres de Chris tenían muy pocas restricciones, Angélica no podía permitir que Isaac fuera a su casa.

"Ay, mamá. Nunca puedo ir a ningún sitio". Isaac pateó el respaldo del asiento del copiloto, con el ceño fruncido en un rostro normalmente alegre.

Se dio la vuelta y puso el auto en marcha, enfadada consigo misma... enfadada con el mundo.

"¿Quieres jugar a Comando cuando lleguemos a casa?", le preguntó Isaac a Joel.

"¡Sí!", chilló el niño.

"Después de tu tarea". Angélica se incorporó al tráfico.

"Ay, mamá, pero no tengo muchas" "Entonces no tardarás mucho en terminar." Le sonrió por el retrovisor. "¿Qué aprendiste hoy?"

Él seguía frunciendo el ceño. "Muchas cosas. Sobre algo

llamado comunismo."

Angélica se encogió. "¿En serio? ¿Qué te dijeron?".

"Que es un tipo de gobierno en el que todos tienen una casa y nadie pasa hambre y a nadie le falta la comida."

¡Qué amorosos! Angélica intentaba reprimir el miedo que la invadía. "¿También te dijeron que, como el gobierno te cuida, no tienes libertad para denunciarlo ni para vivir tu vida como quieras?" *¿O que el comunismo se ha cobrado la vida de millones de personas?* Pero no lo asustaría con ese hecho.

Isaac lo negó con la cabeza y la miró con ojos inocentes.

"Lo hablaremos más tarde".

"También te dijeron que la Iniciativa Global por la Paz intenta unir al mundo y llevar la paz a todos los pueblos."

La IGPP. Es obvio que ellos estaban uniendo al mundo, bajo su liderazgo codicioso y ávido de poder, bajo el pretexto de la paz, la prosperidad y la justicia para todos. En realidad, su objetivo era gobernar a las masas ignorantes, ser reyes - filósofos que decidían dónde vivía la gente, para qué trabajo eran aptos e incluso quién merecía la vida o la muerte. Lo peor de su ideología era que eran anticristianos, no antirreligiosos, sino anticristianos; ya que el cristianismo, defendía la libertad individual, el valor de la vida humana y que las personas debían adorar y depender de Dios, no del Estado.

Entró por la entrada del edificio y aparcó en su sitio. "Isaac. No debes escuchar a tus profesores. No en todo. De ahora en adelante, me contarás cada día lo que aprendiste en la escuela, y también quiero ver todas tus tareas".

Él asintió y sonrió. Por ahora, era obediente. Por ahora, podía contrarrestar la falsa propaganda con la verdad. ¿Pero qué pasaría cuando se convirtiera en adolescente y sus compañeros y las niñas se volvieran más importantes que su madre?

Tendrás que confiar en Mí, susurró la voz en su interior, y asintió con lágrimas en los ojos.

"Mami, ¿por qué lloras?", le preguntó Isaac.

"Desabróchame", le dijo Joelito desde el asiento trasero.

“Estoy bien”. Agarró su bolso, juntó a los niños y subió las escaleras.

Dos horas después, empezó a preparar la cena para Francisca y los niños, lo mínimo que podía hacer por su amiga, que se había pasado todo el día de pie. Sin embargo, debido al racionamiento, solo tenía pasta, atún y un poco de queso, así que decidió preparar una cazuela de atún. Puede que no fuera comida gourmet, pero saciaría a las pequeñas barrigas hambrientas que rondaban la pantalla del televisor jugando videojuegos.

La cerradura hizo clic, la puerta se abrió y entró Francisca, con aspecto de haber corrido una maratón.

Y la había perdido.

“¿Un día difícil?”.

“No tienes ni idea”. Cerró la puerta con llave, dejó el bolso y las llaves sobre la mesa y abrió los brazos para recibir a Joel, que corría como un loco hacia ella.

“¡Mami!”

Lo levantó, lo giró y lo llenó de besos. "Te quiero tanto que me duele". Lo bajó y él corrió a reunirse con Isaac.

“Mmm. ¿Qué huele tan bien?”. Olfateaba el aire.

“Soufflé de poisson”, respondió Angélica con pompa. Y cuando Francisca la miró, confundida y un poco horrorizada, añadió: “Cazuela de pescado. Poisson significa 'pescado'”.

Riendo, Francisca se dirigió al dormitorio para cambiarse. "¡Seguro que estará deliciosa! Muchas gracias, Ange".

Angélica revisó la cazuela y bajó la temperatura del horno, luego comenzó a colocar los manteles individuales y los cubiertos en la mesa. Estaba en eso, cuando sonó el timbre. Un vistazo por el pequeño ojo de la puerta reveló a un repartidor con flores en la mano. "¿Sí?", dijo desde el otro lado de la puerta.

“Entrega para la Srta. Smoke”.

¡Qué raro! Dudó un momento, pero finalmente abrió dos cerraduras y la cadena de la puerta y encontró un enorme ramo de rosas y gardenias—sus dos tipos de flores favoritas.

Demasiado sorprendida para responder, las cogió, firmó el papel del hombre, le dio las gracias y volvió a cerrar la puerta con llave.

“¡Guau! ¡Flores!” Francisca entró en la habitación en sudadera y polera. "¡Son caras! ¿Para quién son?"

"Para mí, supongo". Angélica las dejó sobre la mesa y cogió la tarjeta.

Ah, ¿cuéntame? ¿Un admirador secreto?". Francisca la miró por encima del hombro.

"No", dijo distraídamente, mientras leía la tarjeta.

Esperando por volverte a ver... tú decides la hora y el lugar.

Daniel Caín.

"¿Daniel Caín, el pastor mundialmente famoso?" Francisca se rió entre dientes. "No tenía ni idea de que conocieras al hombre"

"No lo conozco. Bueno, antes sí. Hace mucho tiempo". Angélica arrojó la tarjeta sobre la mesa, frunciendo el ceño.

"¿Cuál es el problema, Ange?" Francisca se agachó para oler las flores. "Ojalá algún rico y famoso me enviara flores."

"No es solo un tipo rico y famoso. Él es—" Se mordió los labios. "No importa." Suspirando, salió a vestirse para ir a trabajar, mientras le rogaba a Dios, como había estado haciendo toda la semana, que apartara a Daniel de su vida, y más importante aún—de su corazón.

Claro, aunque era una noche entre semana, el Bar de las Sirenas estaba abarrotado. Probablemente debido a la oferta de dos por uno de Sebastián. Esto solo dificultaba aún más el trabajo de Angélica, que tenía que cargar con más vasos en la bandeja, dar más vueltas por la barra y soportar más las quejas sobre las bebidas diluidas. Aun así, entre las proposiciones obscenas, las payasadas de los borrachos, la música alta y la miseria y oscuridad generalizada, Angélica hacía todo lo posible por aferrarse a la paz de Dios en su interior. En ocasiones, cuando le dolían los pies, su espíritu decaía y la noche parecía eterna, veía a su ángel de la guarda al fondo de la sala. Él no decía nada, simplemente permanecía inmóvil, con la mirada al frente y la mano apoyada en la empuñadura de su espada. Casi tan alto como el techo y tan ancho como dos hombres, vestía una túnica blanca que le llegaba hasta las rodillas. Cinturones gruesos, incrustados con joyas, se asentaban sobre sus caderas y cruzados sobre su pecho, incrustados con joyas, albergaban todo tipo de armas: espadas, cuchillos, hachas y otros objetos que nunca había visto. Unas botas metálicas le cubrían los pies hasta las rodillas, y un casco del mismo material le cubría la cabeza. Debajo, un cabello tan claro como el sol le caía hasta los hombros, rodeando un rostro fuerte y anguloso. Todo su ser brillaba con una luz propia.

Cinco años atrás, cuando lo vio por primera vez, cayó de bruces al suelo, temblando incontrolablemente. Pero ahora, cada vez que tenía el privilegio de verlo, le reconfortaba saber que Dios lo había enviado para protegerla.

Aun así, esa noche no parecía estar avanzando en su compromiso con el amor de Dios. Mencionar la inutilidad del alcohol y el amor y la misericordia de Dios solo le había valido insultos y ninguna propina. Finalmente, tomó un refresco de la barra y se dirigió a la sala de descanso para sentarse durante los treinta minutos que le correspondían. Se quitó los tacones, se frotó los pies y respiró una bocanada de aire viciado que olía a comida grasosa y alcohol. La música, apenas silenciada, golpeaba las paredes como un gigante furioso que intentaba irrumpir para perturbar sus escasos momentos de paz. Reclinándose en su silla, dio un sorbo a su refresco y comenzó a orar en silencio. Sintiendo a su ángel en la habitación, agradeció a Dios por su protección y luego procedió a pedir sabiduría y discernimiento para alcanzar a los perdidos.

Pero sus pensamientos se desviaron hacia Daniel y el precioso ramo que le había enviado. Después de todos estos años, él recordaba sus flores favoritas. El pensamiento la reconfortó, aunque intentó desesperadamente no permitírselo. ¿Qué quería de ella, en fin? *Padre, no lo entiendo. No me escucha. Cree que tiene el cristianismo bajo control.*

Ve a verlo.

"Pero Padre, no lo quiero cerca de mi hijo. Isaac ya tiene suficientes engaños en la escuela. Daniel solo lo influenciará negativamente, y es tan pequeño." El miedo comenzó a zumbar a su alrededor. Podía sentir al demonio rechinando los dientes y babeando, esperando una abertura en su armadura, esperando morderle el corazón. El enemigo conocía muy bien su debilidad.

Confía en Mí.

Inclinando la cabeza continuó orando. "Lo intento, Padre, estoy poniendo a Isaac en tus manos como hago cada minuto de cada día."

Es ahí donde está.

Asintió. Y el Miedo la dejó. Pero él volverá. Siempre lo hace.

Ve a ver a Daniel. Como prometiste.

Angélica no tuvo tiempo de responder antes de que la puerta se abriera y entrara Greg. Sonrió al verla, se sentó y abrió una bolsa de hamburguesas In-N-Out. "¿No comes?"

"No tengo hambre."

El olor de la hamburguesa caliente y la cebolla asada le invadió la nariz y la haría quedar como una mentirosa, mientras lo veía desenvolver la hamburguesa y darle un mordisco.

"Qué noche más loca la de hoy", comentó Greg.

"Si". Angélica volvió a frotarse los pies, buscando la sabiduría del Padre para saber qué decirle a este hombre para ayudarlo a ver la luz. Ya le había hablado del evangelio, le había regalado una Biblia, otro libro sobre el amor de Dios y lo había invitado a su iglesia.

Señor, dame algo. Buscaba conectarse más con el Espíritu Santo, mientras Greg seguía comiendo. Una visión se le cruzó por la mente: un niño pequeño, un Golden Retriever y una mujer en un parque. La mujer y el niño se lanzaban un disco, intentando que el perro no lo atrapara, aun así, saltaba y lo atrapaba de vez en cuando, haciéndoles reír a carcajadas.

Greg le ofreció una papa frita. Ella tomó dos y se las metió en la boca. "Cuando eras niño, tenías un Golden Retriever", comenzó con cautela.

Él arrugó la frente mientras la miraba fijamente. "¿Quién te lo dijo?"

"Y tú, tu mamá y tu perro jugaban al disco en el parque."

Dejó su hamburguesa a medio comer. "Odio cuando haces esto. Me estás asustando, Angélica".

"Tu perro se llamaba Puddle".

Cerró los ojos un momento antes de agarrarse la cabeza. "¿Cómo lo sabes?" Su tono era de enojo.

"Dios me lo dijo". Angélica tragó saliva. "Dios te ama, Greg. Igual que tu madre. Siento que haya muerto tan joven".

Por la mezcla de horror y agonía en su rostro, Angélica pensó que se había excedido y que Greg saldría corriendo. Pero en cambio, se recostó en su silla y exhaló un profundo suspiro. "Quizás mi madre me amaba, pero no sé nada de ese Dios tuyo".

Quería contarle más sobre Dios, pero ahora solo escuchaba a Dios decirle: ¡*Muéstrale que lo amas*!

Y así lo hizo. Pasó el resto del descanso preguntándole sobre su vida, su infancia, sus amigos y sus sueños. A veces la hacía reír; a veces, llorar, pero a pesar de todo, Greg parecía animarse un poco más con solo que alguien lo escuchara. Y se preocupara por él.

De vuelta al piso, Angélica se sentía animada al orar por Greg y luego continuó orando por cada persona que pasaba.

Hasta que, desde una pequeña mesa en la sombra, vio una cara familiar sonriéndole.

Se detuvo frente a él, con la bandeja vacía en la mano. "¿Tomás Benton? Este es el último lugar donde hubiera esperado encontrarte". "Cuánto tiempo, Smokes", respondió con esa sonrisa falsa de siempre. Pasó un dedo por el borde de su vaso. "No podía creer lo que veía cuando llegaste a la iglesia de Daniel. No después de que me dieras tu palabra".

"Te di mi palabra de que lo dejaría terminar el seminario y fundar su iglesia. Eso fue todo".

"Mmm. Así que ahora que es rico y famoso, esperas volver a colarte en su vida, ¿no es así?"

"Me conoces mejor que eso". Lo miró fijamente.

“Puede que no aceptaras mi dinero entonces, pero mírate ahora. Sigues siendo solo una copetinera”. Arrugó la nariz como si le diera asco.

“¿Quieres algo? Esta noche tenemos una oferta de dos por uno en tragos”. Le sonrió dulcemente.

“Sí, quiero algo”. Se inclinó hacia delante, con los brazos sobre la mesa. “Quiero que dejes de ver a Daniel”.

“Créeme, lo he estado intentando”.

Él resopló con incredulidad. “Solo tienes que decir que no. Aunque, la recorrió con una sonrisa lasciva, supongo que eso es algo que nunca se te dio bien”.

“Escucha bien, Tomás, no tengo intención de reencontrarme con Daniel. Y si eso es todo, tengo clientes”.

La agarró, fuertemente, de la muñeca. Ella se apartó de él. "Deja de verlo o si no..." La soltó de golpe, arrojó un billete de veinte sobre la mesa y se fue furioso.

Pero a cada uno le es dada la manifestación del Espíritu para provecho. 8Porque a este es dada por el Espíritu palabra de sabiduría; a otro, palabra de ciencia según el mismo Espíritu; a otro, fe por el mismo Espíritu; y a otro, dones de sanidades por el mismo Espíritu. A otro, el hacer milagros; a otro, profecía; a otro, discernimiento de espíritus; a otro, diversos géneros de lenguas; y a otro, interpretación de lenguas.
1 Corintios 12: 7-10 (RVR 1960)

Capítulo 7

Daniel se sintió muy emocionado cuando Ángel lo llamó y lo invitó a una junta en la casa de un amigo. El hecho de que ella lo fuera a presentar a sus amigos era una buena señal, ¿cierto? Una señal de que tenía la intención de mantenerlo cerca suyo por un tiempo. Fueran cuales fueran sus razones, él estaba encantado de volver a verla. No había dejado de pensar en ella durante las últimas dos semanas. Y, a pesar de las advertencias de Tomás, no podía rechazarla.

Al llegar a la casa, se vio obligado a aparcar varias casas más allá. Tras bajarse del Porsche, lo cerró y echó un vistazo a su alrededor, con la esperanza de que el barrio fuera seguro. Música y canturreo resonaban a todo volumen desde la dirección que Ángel le había dado. ¿Una fiesta? Ahora sí que se parecía más a la Ángel que recordaba.

Tras haber tocado varias timbre, una mujer regordeta de mediana edad, con el pelo corto y rizado y un rostro amable, abrió la puerta y le sonrió. “Tú debes de ser Daniel”

Antes de que pudiera responder, ella lo tomó del brazo y lo arrastró al interior, que solo se podía describir como caos absoluto. Varios adultos conversaban en la modesta sala de estar, mientras que al menos una docena de niños, desde pequeños hasta adolescentes, corrían por la casa gritando y persiguiéndose. Un hombre estaba sentado en un taburete, tocando la guitarra y cantando mientras varios otros lo rodeaban y se unían a él; algunos levantaban las manos al cielo, mientras que otros bailaban, todos aparentemente ajenos al ruido que los rodeaba. Espera un momento. Conocía a ese guitarrista. De aquel día en la playa. Mal augurio para la cordura del resto de la multitud. Olía una trampa. Junto con un aroma intenso y picante que provenía de la parte trasera de la casa que le hacía agua la boca.

"Busco a Angelica Smoke", le gritó a la mujer por encima del caos.

"Sí, sí, lo sé. Yo soy Misty". Ella le estrechó la mano. "Él es mi esposo Scottie, hablando con... bueno, pronto conocerás a todos. ¡Angélica!", gritó antes de volverse hacia él. "Ponte cómodo. Empezamos pronto". Y se fue antes de que Daniel pudiera preguntar si iba a empezar pronto.

Mientras tanto, aprovechó para echar un vistazo. Modestamente amoblada, con techos bajos, habitaciones pequeñas y alfombra manchada de pared a pared, la casa era apenas más grande que su oficina en la iglesia, pero estaba llena de gente. Nadie parecía notarlo... muchos parecían pandilleros o drogadictos. Incómodo, cambió de postura y lamentó haber aceptado reunirse con Ángel allí.

Estaba a punto de darse la vuelta para irse, cuando alguien se abrió paso entre la multitud y se dirigió hacia él. Angélica, vestida con jeans y una camiseta negra, con el pelo decolorado por el sol ondeando alrededor de su rostro, sus ojos sin maquillaje y brillando tan verdes como el jade a la luz del sol. Totalmente hipnotizante.

"Viniste", le dijo. "No pensé que vendrías".

Al instante, el alivio y la alegría barrieron toda su incomodidad.

"¿Por qué no iba a hacerlo?"

Se encogió de hombros. "Quizás entenderías de qué se trataba esto."

Un grupo de niños entró corriendo en la habitación, riendo y tropezando unos con otros en un intento de alcanzar al líder. Un niño pequeño que sostenía un chupete perdió el equilibrio y se fue de bruces hacia Daniel, chocando de lleno contra sus piernas y pegando el caramelo en sus pantalones de mil dólares.

En lugar de horrorizarse, Angélica se rió, se arrodilló, le quitó el chupete y se lo entregó al niño. "Aquí tienes, Seth. No pasa nada".

¿No pasa nada? Los pantalones de Daniel tenían un círculo de jarabe rojo y saliva que costaría una fortuna quitar en la tintorería. El niño, que no debía de tener más de tres años, lo miró fijamente y le sonrió. "Lo siento, señor".

¿Cómo podría resistirse? "No pasa nada. Solo ten más cuidado".

Asintiendo, el niño salió rajado y desapareció.

"¿Qué pasa aquí?" le preguntó como pidiéndole explicaciones. Ángel ladeó la cabeza y sonrió. "Esta es mi iglesia".

¿Iglesia? Daniel tragó saliva y volvió a mirar la sala, notando que la gente se acomodaba en sus asientos, algunos en sofás, otros en las sillas que habían traído de otra habitación y otros en el suelo.

"¿Vas a una iglesia en casa?"

"Sí. Ya conoces a algunos de mis amigos. Déjame presentarte al resto". Ella empezó a llevárselo, pero él la agarró del brazo.

"¿Les dijiste que iba a venir?"

"Por supuesto".

¿Entonces por qué lo ignoraban por completo? ¿Con qué frecuencia los cristianos promedio pasaban tiempo con un líder religioso tan importante? Uno pensaría que estarían deseando conocerlo, ansiosos por preguntarle sobre teología o cómo dirigir una iglesia. Después de todo, había empezado así, con solo un puñado de personas. Y miren lo que había logrado.

"Parece que todos se están sentando", le dijo Angélica. "Los presentaré luego, pero recuerdas a Anna la de la playa". Señaló a una mujer que se agachaba para sentarse en el suelo con dos adolescentes a su lado. "Y ese es Robert, su esposo, en el comedor".

Cubierto de tatuajes y cuero, el hombre parecía estar en un bar de motoqueros, no en una iglesia. No muy lejos de él estaban dos adolescentes que parecían igualmente amenazantes. *¿Quiénes eran estas personas?*".

"¿Recuerdas a Clay, nuestro músico, que toca la guitarra?".

Sí, el hombre delgado de pelo largo y castaño.

"Y ahí está la mamá del pequeño Seth, Elisa". Señaló a una mujer delgada de cabello castaño largo, de unos veinte años. "Es madre soltera. Ah, y ahí viene Scottie. Es el líder del grupo y el esposo de Misty. Esta es su casa".

Daniel nunca recordaría todos esos nombres, ni quería hacerlo. ¿De qué servía tener una iglesia si no se tenía un pastor de verdad que conociera la Biblia y que hubiera sido entrenado para predicar... Cuándo no tenías ni banda ni cantantes que inspiraran y dirigieran la alabanza ¿Cómo podía Dios complacerse con un grupo de gente desorganizada y ruidosa que dejaba a sus hijos corretear sin supervisión?

Ni siquiera estaba seguro de si debía estar allí. De hecho, sabía que no debía estar allí. Apartó a Angelica. "¿Por qué me invitaste?".

Pero ella simplemente sonrió y lo hizo callar mientras lo guiaba hacia un par de sillas vacías. Su hijo —¿cómo se llamaba?— corrió hacia ella, le sonrió a Daniel y se sentó al otro lado de su madre. Daniel observó al variopinto grupo, una disparidad de etnias, edades y estatus. Varios lo miraban con lo que él supuso era expectación.

Ah, sí. Ahora sabía por qué Angelica lo había invitado. Se

inclinó hacia ella. “Escucha, si quieres que dé un sermón, no tengo nada preparado”.

Ella no le respondió. En cambio, el hombre llamado Scottie se sentó en un sillón grande y cómodo e hizo un gesto a Daniel. “Todos, denle la bienvenida a nuestro invitado especial, Daniel Caín, amigo de Angélica”.

Todos se giraron para sonreírle y le dijeron: “Bienvenido… Me alegra que estés aquí… Que Dios te bendiga”.

Daniel correspondió a todos los saludos, pensando en qué decir cuando Scottie le pidiera hablar.

En cambio, Scottie abrió su Biblia y comenzó a leer. Daniel conocía la Palabra de Dios mejor que nadie, pero esas palabras no le sonaban para nada familiares. Miró la Biblia de Ángel, abierta en Lucas 21.

“Entonces habrá señales en el sol, en la luna y en las estrellas, y en la tierra angustia de las gentes, confundidas a causa del bramido del mar y de las olas; desfalleciendo los hombres por el temor y la expectación de las cosas que sobrevendrán en la tierra; porque las potencias de los cielos serán conmovidas. Entonces verán al Hijo del Hombre, que vendrá en una nube con poder y gran gloria. Cuando estas cosas comiencen a suceder, erguíos y levantad vuestra cabeza, porque vuestra redención está cerca.”

Se le aceleró el pulso. El calor lo inundó. “Espera. Esta no era la NVMA. Era la Biblia original, sin cortes. Estos versículos habían sido borrados en la nueva versión”. Le susurró al oído a Ángel: “Esta es la versión ilegal”. Ella asintió y sonrió como si hubiera dicho que era un bonito día soleado.

¿Estaba loca? Miró a su alrededor, a la gente que seguía la lectura en sus Biblias como si las palabras fueran de oro. Usar esta versión volvía ilegal esta reunión. Todos podían ser arrestados por esto. Él podía ser arrestado. ¡Cómo se atrevía Ángel traerlo aquí! ¡Arriesgando su vida y su carrera! La miró mientras ella seguía leyendo la Biblia, con los labios moviéndose silenciosamente, sus espesas pestañas extendidas sobre sus mejillas como un abanico de seda. Debería levantarse e irse. Pero si lo hacía, Ángel probablemente le volvería a hablar nunca más. Definitivamente no querría verlo más. No podía arriesgarse a eso.

Así que escuchó.

"Mirad también por vosotros mismos, que vuestros corazones no se carguen de glotonería y embriaguez y de los afanes de esta vida, y venga de repente sobre vosotros aquel día. Porque como un lazo vendrá sobre todos los que habitan sobre la faz de toda la tierra. Velad, pues, en todo tiempo orando que seáis tenidos por dignos de escapar de todas estas cosas que vendrán, y de estar en pie delante del Hijo del Hombre".

Daniel no había escuchado esas palabras en mucho, mucho tiempo. No desde que su madre aún vivía, y no desde el seminario. Él y sus compañeros estaban muy entusiasmados con la segunda venida del Señor. La habían estudiado, meditado, predicado y observado los acontecimientos mundiales, especialmente lo que sucedía en Israel. Pero entonces uno de sus profesores los reprendió, diciéndoles que no debían centrarse en esas cosas, que Jesús regresaría cuando estuviera listo; no les incumbía preguntárselo ni esperarlo. Así que se detuvieron. Y si Daniel era sincero, muchos de ellos habían perdido ese celo inocente por el Señor.

Scottie miró con cariño al grupo de personas. "Hermanos y hermanas, escuchen las palabras de nuestro Señor y no se preocupen por las cosas de este mundo y todo lo que ofrece. Ni siquiera se preocupen por el mal que los rodea. El tiempo apremia".

Alguien gritó: "¡Aleluya!", lo que provocó un coro de "Amén".

Para quienes están atrapados en este mundo, su regreso será como un ladrón en la noche, pero para nosotros, los que nos hemos preparado, conoceremos el momento de su regreso, como nos dice el apóstol Pablo en 2 Tesalonicenses. Ciertamente, se los puedo decir a todos: Es pronto. Sonrió.

Tonterías. Daniel negó con la cabeza.

Todos comenzaron a gritar y alabar a Dios.

"Pero presten atención a la advertencia". Las palabras de Scottie silenciaron el clamor. "Debemos velar, orar y prepararnos para ser dignos de escapar de la tribulación que viene sobre el mundo. No todos los que se llaman cristianos escaparán". Examinó la sala. "De lo contrario, ¿por qué tanto nuestro Señor como el apóstol Pablo dirían que debemos orar para ser considerados dignos?

¡Blasfemia! Daniel se removió en su asiento y reprimió un gemido. Si no fuera por Ángel, ya se habría ido. Sin embargo, al menos ahora sabía con qué se enfrentaba y podía advertirle.

¿Quién era este hombre egoísta que hablaba con supuesta autoridad sobre las Escrituras? Daniel dudaba que tuviera educación alguna. Lo miró fijamente mientras hablaba monótonamente durante la siguiente hora. No sin interrupciones, claro está. No, la gente se tomaba la libertad de hacerle preguntas, comentar lo que decía, incluso discutir con él mientras daba su charla. Otros mencionaban diferentes pasajes para complementar la suya. Al clamor se sumaban los constantes gritos de "¡Aleluya! ¡Amén! ¡Alabado sea el Señor!", lo que hacía que Daniel se preguntara cómo alguien podía pensar con claridad. Y todo mientras tanto, de fondo, algunos niños seguían corriendo de un lado a otro causando estragos, las ollas y sartenes resonaban en la cocina, y un grupo apiñado en la esquina trasera oraba en voz alta. ¿Qué clase de servicio religioso era este? Nunca había visto un desorden y una confusión tan poco ortodoxos.

Después del mensaje, Clay tocó su guitarra y la gente empezó a cantar. Ángel se unió a los aplausos y cantó tan fuerte que Daniel sonrió al ver su voz desafinada. Se le había olvidado. La niña no sabía cantar. Una señora se levantó y levantó las manos hacia el techo; otra se unió a ella y empezó a bailar y aplaudir. Más hicieron lo mismo, y en poco tiempo, la mitad de la gente actuaba como payasos animando a su equipo favorito.

Daniel negó con la cabeza, avergonzado por ellos y por sí mismo. Qué lugar tan incómodo para llevar a gente que quiere aprender sobre Dios. Se giró para darle su opinión a Ángel, pero ella tenía los ojos cerrados y el rostro vuelto hacia el cielo, y había tal resplandor en ella que lo dejó atónito. A su lado, su hijo hacía lo mismo.

Miró su reloj, cruzó los brazos sobre el pecho y continuó observando el espectáculo histérico. Alguien empezó a gritar en un idioma desconocido. Ella siguió y siguió, hablando como un bebé durante varios minutos antes de que finalmente se callara. Luego, después de unos momentos, alguien más habló en español, diciendo que acababa de recibir un mensaje de Dios.

Daniel se apretó el tabique nasal. Sí, claro.

"El Padre dice que pronto enviará al Novio".

La gente gritaba alabanzas.

"Prepárense, mis queridos hijos. Sean santos como yo soy santo. No teman, porque siempre estoy con ustedes. Mis ángeles los cuidan. Sean fuertes y valientes". Solo les queda un poco más de tiempo. Pero aún hay trabajo por hacer. Salgan y amen a los demás. Háblenles de mí. Adviértanles que el tiempo es corto, que vendré pronto y que mi recompensa está conmigo. Díganles que no recibiré a aquellos que no estén preparados. Deja que tu luz brille cada vez más. Mantén tu lámpara de aceite encendida caminando en el Espíritu. Amen a los demás como yo los he amado a ustedes".

Por la forma en que reaccionaba esta gente —saltando, aplaudiendo, gritando, cantando y alabando—, se habría dicho que el mismo Dios había hablado desde el cielo con voz audible. Aquello duró lo que pareció una eternidad. Daniel se quedó allí sentado, sintiéndose incómodo y fuera de lugar, deseando —no, orando— para que Ángel saliera del trance en el que se encontraba y se marchara con él.

Finalmente, la gente se calmó y, tras varios momentos de llanto y risas, Scottie tomó una botella de lo que parecía aceite y llamó a tres hombres para que se acercaran a él. Luego pidió a aquellos que necesitaban sanación que se acercaran. Uno por uno, algunos de los presentes se levantaron y se colocaron ante los hombres, y entonces Scottie los ungió con aceite en sus frentes mientras los tres hombres oraban.

Vamos, ¿en serio?

Ángel se inclinó hacia él. "Mira a esa señora". Señaló a una anciana con un pañuelo envuelto alrededor de la cabeza. "Hace dos semanas, Dios la curó de cáncer".

Daniel reprimió un gemido mientras su ira aumentaba ante la ingenuidad de Ángel. Era obvio que se había unido a una secta, que la habían engañado para que creyera todas esas tonterías espirituales.

La señora, sentada en frente de Daniel le entregó una canasta llena de billetes y monedas del Nuevo Orden Mundial.

Ángel se la quitó. "Estamos haciendo una colecta para pagar el alquiler de Elisa este mes", dijo mientras buscaba en su bolso, añadía unos cuantos billetes a la canasta y luego la seguía pasando.

Daniel miró a la madre soltera que Ángel había señalado antes. ¿Estaban pagando su alquiler estas personas que, por su vestimenta, parecían apenas tener lo suficiente para sí mismas? Daniel recordó a una señora mayor que había acudido a su oficina para pedirle a la iglesia que pagara su hipoteca de ese mes. Le había suplicado que la ayudara, le había dicho que estaba a punto de perder su casa y que llevaba siete años siendo una fiel miembro de la iglesia. Él había querido ayudarla. De verdad. Pero la política de la iglesia era no pagar las facturas personales de los miembros. Si lo hacían por una persona, entonces todos vendrían a suplicar. Y no había suficiente dinero asignado para esas cosas, sobre todo cuando la iglesia no tenía los recursos para verificar la validez de cada necesidad.

Scottie miró a Ángel. "¿Tienes algo para nosotros, Angélica?".

"Nada esta semana". Ella negó con la cabeza. «Solo más

visiones de guerras, disturbios, violencia y oscuridad. Pero siempre la luz. Igual que el mensaje que recibimos. A medida que la oscuridad crece, la luz se hace más fuerte».

"¡Alabado sea Dios!", gritó alguien. «Dios siempre confirma su mensaje».

Esto pareció ser el final del loco servicio, ya que la gente comenzó a levantarse y a charlar entre sí. Varios se acercaron a Daniel y Angelica lo presentó a todos. Aunque todos parecían genuinamente encantados de conocerlo, ninguno de ellos actuó como si fuera alguien más que una persona común y corriente. Era muy extraño, ya que habitualmente la gente lo detenía en las tiendas de comestibles y los restaurantes para conocer al famoso pastor.

Por supuesto, ¿qué podía esperar de un grupo de locos?

Finalmente, Ángel y él se quedaron solos en el centro de la sala, con el aroma del pollo picante flotando a su alrededor. Al menos Daniel pudo sacar algo de esta colosal pérdida de tiempo. "Huele de maravilla. ¿Qué hay para comer?".

"Oh, eso no es para nosotros", respondió Ángel con una sonrisa. "Es para la gente que hace fila para recibir comida en la avenida Sistrunk. Un sábado al mes, cada uno de nosotros trae alimentos para repartir entre los hambrientos. También recogemos latas de comida, arroz, harina y cualquier otra cosa que podamos encontrar para repartir".

"¿A cuántas personas alimentan?".

"Depende. Normalmente, al menos a cincuenta".

"¿A cincuenta?", silbó. «Impresionante para un grupo tan pequeño». Por supuesto, la Iglesia de la Gracia de Fort Lauderdale tenía su propia cocina para personas sin hogar que atendía a cientos de personas cada semana.

"Salgamos a almorzar, juntos", le dijo finalmente.

"Es demasiado tarde para almorzar".

"¿Y para cenar temprano?".

"Tengo a Isaac».

Ese era su nombre. "Él es bienvenido".

En ese momento, Isaac llegó corriendo con dos niños de su edad y una señora mayor. “Mamá, mamá, ¿puedo ir a cenar a casa de Brian?”.

“No lo sé”. Angélica frunció el ceño y miró a la señora.

“Por mí está bien, Angélica. Vamos a hacer un asado y los niños pueden bañarse en la piscina”.

“Por favor, di que sí”, le suplicó Isaac, tocándole el corazón.

Rara vez lo dejaba salir de su vista, pero Mary era una mujer piadosa con un marido piadoso y una casa preciosa.

Como si sintiera su angustia, Mary le puso una mano en el brazo a Angélica. “Cuidaré bien de él”.

Angelica asintió y sonrió. “Gracias, Mary. Pasaré a recogerlo a las siete”.

Isaac y los niños gritaron de alegría.

¡Perfecto! Mary se volvió hacia Daniel y lo saludó afectuosamente antes de llevarse a los tres niños.

“Bueno, supongo que tendremos un almuerzo tardío” dijo Ángel con un tono que carecía de entusiasmo.

Daniel aceptaría lo que pudiera conseguir. Además, eso le daría la oportunidad de advertirle sobre esos fanáticos. Si ella no rompía con ellos, ella y su hijo terminarían en la cárcel.

Porque todo lo que hay en el mundo, los deseos de la carne, los deseos de los ojos, y la vanagloria de la vida, no proviene del Padre, sino del mundo.
1 Juan 2:16 (RVR1960)

Capítulo 8

La última cosa que Angélica quería hacer, era almorzar con Daniel Cain. Pero ella había visto cómo se había retorcido durante toda la reunión, había oído sus gemidos, lo había visto apretarse el tabique nasal y sacudir la cabeza, y pensó que tal vez esta sería una oportunidad para hablar de lo que había sucedido, para abrirle los ojos a la verdad. Pero ahora, cuando su Porsche entró en un camino tan largo como un campo de fútbol y se estacionó frente a una mansión, se arrepintió de haber aceptado su invitación. Ella estacionó detrás de él y se reunió con él cuando este saltó del coche y cerró la puerta de un portazo. "¿Dónde estamos?", preguntó ella.

Él señaló la villa de dos pisos que se alzaba ante ellos. "Mi casa".

"Creía que íbamos a almorzar".

Así es. Pero no puedo llevar a una dama con este aspecto. Señaló la mancha de caramelo en sus pantalones. "Solo tardaré un minuto". Entonces, al ver la expresión de horror en su rostro, le tomó la mano. "No te preocupes, Ángel. No tengo malas intenciones. Entra un momento mientras me cambio". Le dedicó su sonrisa más encantadora, con ese irresistible hoyuelo, y ella se encontró aceptando sin darse cuenta.

La casa parecía sacada de *la revista El Estilo de Vida de los Ricos y Famosos*. Todo su apartamento cabría solo en la entrada. Todo estaba decorado a la perfección, desde las molduras talladas con gran detalle hasta los suelos de mármol en los que Angélica podía ver su reflejo, pasando por los óleos originales, los lujosos muebles, las relucientes mesas con tapa de cristal y una pantalla plana que ocupaba toda una pared. Y eso solo era la sala de estar. A un lado había una cocina abierta, más grande que su dormitorio, que parecía no haber sido nunca utilizada y lo mejor de todo era que toda la pared trasera era una gigantesca puerta corrediza de vidrio que daba a un exuberante patio trasero. Una cascada caía desde un acantilado artificial a una piscina rodeada de plantas y flores tropicales. Más allá del arbusto trasero, la playa se extendía hasta un mar resplandeciente.

"Entonces, así es como vive la otra mitad", comentó ella mientras él dejaba las llaves sobre la encimera y abría las puertas corredizas de vidrio.

Él se estremeció como si ella lo hubiera insultado. "Solo tardaré un minuto. Siéntete como en casa". Luego se fue, y el sonido de sus zapatos resonó sobre el mármol.

Respirando profundamente el aroma de las gardenias y el mar, Angélica se dirigió a la piscina. Con su fondo negro, su forma de ocho y su cascada, parecía un estanque escondido en una isla tropical, y ella deseaba sumergirse en él. En lugar de eso, se contentó con quitarse los zapatos, remangarse los jeans y sentarse en el borde con los pies en el agua.

"¿Qué estoy haciendo aquí, Padre?", suspiraba. Si era sincera, fue la amenaza de Tomás la que la obligó a volver a ver a Daniel, no la inspiración de Dios. Algo de lo que ya se había arrepentido. Estaba tan enojada por la arrogancia de Tomás, por su exigencia de dejar en paz a Daniel... Bueno, basta con decir que parecía que todavía tenía un poco de orgullo. En cualquier caso, era algo bueno, ¿no? No el orgullo, sino que Daniel fuera a su iglesia.

Movía los pies en el agua tibia, con la esperanza de que eso le calmara los nervios. *Padre, ayúdame a saber qué decir.*

"Aquí afuera se está muy relajado". La voz de Daniel la sobresaltó y se volvió para verlo vestido con unos pantalones cortos de camuflaje y una camiseta blanca que no dejaba nada a la imaginación sobre su físico musculoso. El sol, alto en el cielo, brillaba detrás de su cabeza, desdibujando sus rasgos, y por un instante, fue como si estuviera hace doce años y él fuera el chico al que ella le había dado todo —su alma, su corazón y su cuerpo. Tras recuperar el aliento, volvió la mirada hacia la piscina cuando él se sentó a su lado.

Demasiado cerca. Tan cerca que podía oler su loción para después de afeitarse, sentir el calor de su cuerpo. ¿De qué habían estado hablando? Ah, sí, su relajante patio trasero. "Me recuerda a cómo será el cielo", murmuró ella finalmente.

Él la miró como si fuera lo más extraño que pudiera decir, antes de aclararse la garganta. "Hablando de eso, estoy un poco molesto contigo por invitarme a una reunión ilegal"

"No es ilegal a los ojos de Dios".

Él levantó las cejas. "Dios dice que hay que obedecer las leyes del país. Podrían arrestarlos a todos como grupo terrorista. Por no hablar de lo que le pasaría a mi carrera si me hubieran pillado con ustedes".

"Lo siento. Debería habértelo dicho". Aunque sabía que no habría ido si se lo hubiera dicho. "Quería que vieras cómo es... mi iglesia".

"¿A ese desorden le llamas "iglesia?". Él resopló y se recostó sobre las palmas de las manos, levantando la cara hacia la brisa. "Escucha, Ángel. Sabes que me preocupo por ti y por eso, tengo que decirte que te has involucrado en una secta".

Alejándose, ella lo miró con ira. "¿Cómo puedes decir eso? Todo lo que pasó allí fue bíblico. ¿Has leído últimamente el libro de los Hechos?".

Él resopló con altivez. "¿Y me preguntas eso?"

Frunciendo los labios, ella apartó la mirada. Esto no iba

bien. "Yo me refiero al libro original de los Hechos, no a la versión edulcorada".

El estruendo de las olas resonaba a la distancia mientras un pájaro de colores se posaba en la rama de un árbol sobre ellos y comenzaba a cantar. Al ver que él no respondía, se volvió hacia él y arqueó una ceja.

"Todo ese rollo espiritual de abracadabra se acabó con los apóstoles. Mentes mucho más brillantes que las nuestras me enseñaron eso en el seminario". Sus ojos se volvieron serios. "Y como no he visto nada que demuestre lo contrario en los veinte años que llevo siendo cristiano, me mantengo en mi postura".

Una brisa sopló desde el mar, revolviendo su cabello en todas direcciones y disipando su ira.

"Tengo el don de profecía", le dijo ella. "Tengo visiones y sueños, a menudo sobre el futuro". Él se rió entre dientes, pero se detuvo cuando ella lo miró con ira. "Lo siento. Supongo que soy uno de esos tipos que tienen que ver para creer".

"Pero tú crees en Jesús y no lo ves".

"Eso es diferente".

"No veo en qué". Ella agitó la mano en el aire. "Hay un reino invisible a nuestro alrededor, lleno de espíritus buenos y malos que luchan por reinos, un lugar más real que este. ¿Quiénes somos nosotros para limitar lo que Dios puede hacer a través de nosotros?".

Inclinando la cabeza, le dedicó una sonrisa conciliadora. "Sin duda has cambiado, Ángel. Qué fiestera eras en aquellos tiempos. ¿Recuerdas cómo te decía todo el tiempo que le entregaras tu vida a Jesús?". Ella se rió entre dientes y movió los pies en el agua y yo te decía que dejases de meterme tus tonterías religiosas.

Sí. Pero con un lenguaje mucho más colorido, si mal no recuerdo".

Ella sonrió con tristeza. Le vinieron recuerdos de cómo se había burlado de él por ser un santurrón y por creer en fábulas de hace miles de años, sin embargo, Daniel nunca se había desanimado, nunca se había enojado. Solo la había amado aún más. Incluso después de haber dormido juntos, él no la había culpado, aunque ella pensaba que era perfectamente natural. Pero, a medida que pasaban las semanas, ella notaba que él se sentía culpable, como si hubiera traicionado a su Dios. Así que, cuando él insistió en que lo dejaran, ella accedió y lo amó aún más por sus principios morales y sus convicciones. Él incluso le prometió que se casaría con ella.

Hasta que descubrió que eso arruinaría su futuro.

Sí, ella había cambiado definitivamente, pero él también. Sin embargo, ella no se lo diría. Quería que él viera por sí mismo lo lejos que se había apartado del verdadero Dios.

"¿Pero no sentiste hoy, en casa de Scottie, la presencia de Dios, su Espíritu Santo?". Ella sabía que sí. Había sentido la batalla que se libraba en su interior. Incluso ahora, mientras ella buscaba al Espíritu, aparecieron un par de ojos rojos que se deslizaban alrededor de Daniel, lanzándole miradas de odio.

Padre, ayúdalo a ver.

.

"¡Bonita casa!" le dijo Zadquiel a Azazel mientras observaban a la pareja, parados en el otro lado de la piscina.

"Sí, es cierto, pero él casi nunca está aquí. La verdad es que, a pesar de todo este lujo, se siente solo, y me temo que esta enorme casa solo le recuerda eso".

"¡Qué tristeza!" ¿Cuándo aprenderán los humanos que las posesiones materiales nunca satisfacen?".

Azazel asintió con la cabeza. "Después de casi siete mil años, creo que solo Dios puede enseñarles eso. Y solo cuando reciben Su Espíritu".

Zadquiel sonrió y apuntando a Angélica y Daniel dijo: "Estos dos todavía tienen una conexión. Mira cómo sus almas se buscan la una a la otra".

Seguro que recuerdas su pasado. Aunque hubo inmoralidad

en sus acciones, desarrollaron un amor verdadero el uno por el otro".

"Algo muy raro entre los humanos hoy en día. Ella lloró durante más de un año después de que él la dejara". Zadquiel recordaba muy bien la agonía que ella sufrió, especialmente antes de recibir el consuelo del Padre.

"Por eso sigue luchando contra la voluntad del Padre".

"Sí, pero está aquí" intentaba defenderla Zadquiel, " y está tratando de llevarlo de vuelta al Padre. Mira cómo la luz fluye de su boca y lo cubre".

Azazel asintió. "Cierto. Yo oro para que lo consiga. Yo también se lo he pedido al Padre. Es demasiado soportar ver cómo sus cadenas se aprietan día tras día. Pero debes hacerlo. Y debes ser fuerte. No debemos involucrarnos demasiado con ellos".

Azazel agarró la empuñadura de su espada. "Ah, comienza la batalla. Mira, los demonios se levantan".

Zadquiel miró hacia donde estaba Daniel, en donde una horda de espíritus oscuros comenzaba a girar a su alrededor, con los ojos encendidos y las garras extendidas. Uno de ellos estaba enrollando una gruesa cadena alrededor de la cabeza de Daniel. "Sí, está vacilando. Algo que ella dijo le ha hecho cuestionar sus creencias".

"Prepárate, amigo mío". A Azazel le picaban los dedos por desenvainar su espada.

Estoy preparado, pero solo cuando el Padre lo ordene". Zadquiel desenvainó una daga dorada, una emoción adrenalínica recorría su cuerpo. "¿Ves? La luz comienza a atravesar la oscuridad".

Pero el Espíritu dice claramente que en los postreros tiempos algunos apostatarán de la fe, escuchando a espíritus engañadores y a doctrinas de demonios; por la hipocresía de mentirosos que, teniendo cauterizada la conciencia,...1 Timoteo 4:1-2 (RVR1960)

Capítulo 9

Angélica esperaba la respuesta de Daniel, observando la batalla que se libraba detrás de sus ojos.

Él había sentido al Espíritu en la iglesia ese día. Ella lo sabía. ¿Cómo era posible que alguien no lo hubiera sentido? Su presencia había sido tan fuerte, tan dulce y poderosa. Incluso los ángeles que ella había visto en ese lugar habían estado cantando y bailando junto con sus amigos. Ahora, si tan solo pudiera conseguir que Daniel lo admitiera, tal vez podría abrir una vía para seguir hablando del tema.

"Obvio que sentiste al Espíritu Santo, dijo ella finalmente".

Daniel bajó la mirada y suspiró. "Lo siento, Ángel. Lo único que sentí fue incomodidad". Antes de que ella pudiera responder y antes de que él pudiera ver el ceño fruncido en su rostro, se levantó de un salto. "Voy a buscar algo de beber. ¿Té helado?

Ella asintió y observaba cómo el viento agitaba las ondas sobre el agua, sintiéndose como si estuviera golpeando su cabeza contra las piedras planas que rodeaban la piscina. Fortalezas. Al menos así es como la Biblia llamaba a las estructuras de engaño que el enemigo erige en las mentes humanas para bloquear la verdad, pero ¿qué hacer? Él regresó con dos vasos y le entregó uno antes de sentarse de nuevo a su lado. El aroma de su Aqua Velva la envolvía y ella sonreía, preguntándose por qué usaba una colonia tan barata cuando tenía tanto dinero. Se pasó la mano por su espeso y hermoso cabello... Oh, cómo le había gustado siempre su cabello. Pero estaba más largo que cuando lo conoció y estaba decolorado por el sol. Un surfista rubio que amaba a Dios con todo su corazón.

El sol le quemaba la piel y se inclinó para mojarse los brazos y el cuello. Te encantaba la Palabra de Dios, Daniel. ¿Cómo puedes usar esa nueva versión?"

"Solo le han quitado las cosas odiosas. El mensaje del Evangelio sigue ahí, y eso es lo que importa, ¿no?". Le dio un sorbo a su té.

"¿Te refieres a cosas odiosas como que la gente tiene que arrepentirse de verdad, que existe el infierno y que llegará el día del juicio final?".

Aunque su tono era sarcástico, él se limitó a sonreír. "Todo eso está implícito en el mensaje del evangelio. No hay necesidad de asustar a la gente. Me refiero a eso de que los homosexuales, las parejas que viven juntas antes del matrimonio, los alcohólicos, los drogadictos, las prostitutas, incluso los simples mentirosos y chismosos irán al infierno... Esas tácticas intimidatorias solo alejan a la gente y hacen que nos odien". Levantó una ceja sobre unos ojos llenos de convicción y bondad. "¿Y no es el papel de la iglesia atraer a más gente? ¿Ser más inclusiva y no exclusiva? ¿No amaba Jesús a todo el mundo?".

Angélica entendió por qué este chico se había ganado a tanta gente. No solo era guapo y encantador, sino que las palabras fluían de su boca como la miel: dulces al paladar y agradables al oído. Si uno no sabía nada más, tenía mucho sentido.

De repente, un pájaro verde con alas azuladas se unió a un amigo que estaba en una rama de la palmera y ambos comenzaron a conversar con una melodía armoniosa. Angélica se preguntaba qué estarían diciéndose, o tal vez solo se estaban riendo de los dos humanos tontos que estaban abajo.

"Por supuesto que Jesús ama a todo el mundo". El viento le acomodó un mechón de pelo en la cara y ella se lo apartó detrás de la oreja, "pero una vez que lo reciben como Señor de sus vidas, no deben seguir haciendo, a propósito, las cosas que Él dice que no hagan". "Todos metemos la pata de vez en cuando, pero no debemos seguir viviendo, intencionalmente, en pecado. Dios se toma esto muy en serio". A continuación, citó Corintios: "¿No sabéis que los injustos no heredarán el reino de Dios? No os engañéis: ni los fornicarios, ni los idólatras, ni los adúlteros, ni los afeminados, ni los sodomitas, ni los ladrones, ni los avaros, ni los borrachos, ni los maldicientes, ni los estafadores heredarán el reino de Dios".

Él se estremeció. "Vaya. Entiendo por qué lo quitaron. Va en contra del mensaje del amor de Cristo y su regalo gratuito de la salvación para todos. Se trata de la gracia, Ángel, y no de las obras. No podemos ganarnos el camino hacia Dios. Entonces, ¿por qué asustar a la gente?".

"No, no podemos ganarnos la gracia de Dios, pero una vez que la recibimos, debería cambiarnos. Nuestras vidas deben mostrar claramente que, verdaderamente, somos hijos de Dios. No existe un evangelio que no te cambie, Daniel". Frunció los labios, pensativa. "Aquí hay otro versículo que quitaron de tu Biblia modificada: Nadie que haya nacido de Dios seguirá pecando, porque la semilla de Dios permanece en él; no puede seguir pecando, porque ha nacido de Dios".

Él se rio entre dientes. "No obstante, esa es la cuestión, Ángel. Por eso los laicos como tú no deberían intentar interpretar las Escrituras". Dejó su taza sobre la mesa. "¿Has cometido algún pecado después de nacer de nuevo?".

"Por supuesto. Todos lo hacemos".

"Entonces, obviamente, eso no es a lo que se refería Juan en este pasaje".

Ella reprimió un gruñido. "No es eso lo que estoy diciendo. Él se refiere al pecado continuo y deliberado".

"Escucha, ¿por qué no dejas los sermones a los expertos?". Él le sonrió y le dio una palmadita en la mano. "¿No es obvio, por la cantidad de gente que atrae mi iglesia, que estoy haciendo algo bien? Millones de personas en todo el mundo están escuchando el evangelio".

Esos hermosos ojos azules la miraban con tanta sinceridad que le costaba enfadarse con su arrogancia.

Dejó la taza de té y le tomó la mano. "Pero lo que me preocupa es qué evangelio y qué Jesús les estás predicando, realmente".

Él frunció el ceño. "El mismo de la Biblia. Escucha, no quiero discutir de teología contigo. Pero, pensándolo bien, me alegro de que me hayas invitado a tu iglesia. Me ha dado la oportunidad de advertírtelo". Le apretó la mano. "Por favor, Ángel, te lo ruego, rompe con esos locos antes de que sea demasiado tarde».

Angélica sintió un nudo en el estómago ante la derrota. "¿No nos denunciarás?".

"No mientras tú e Isaac estén allí. Pero seguro que sabes que los fanáticos religiosos como esos alejan a la gente de Dios, en lugar de acercarla".

Ella lo observaba, preguntándose cómo había llegado a estar tan engañado. La tristeza la invadía cuando veía la desesperación que se escondía detrás de su mirada. Él estaba buscando algo, ¿respuestas?, ¿la verdad?, ¿algo a qué aferrarse? El problema era que ni siquiera sabía qué estaba buscando.

Él sonrió. "Supongo que te prometí almorzar, ¿no?"

"No tengo hambre". Tomó su té y le dio un sorbo. Dulce, tal como le gustaba. "Es divertido ponernos al día.

"¿De verdad?". Él levantó una ceja y se rio entre dientes. "Parece que solo estamos discutiendo".

Por eso ella iba a cambiar de táctica. Echó un vistazo a su lujoso entorno. "¿Por qué no te has casado, Daniel? Estoy segura de que las mujeres deben de caer rendidas a tus pies".

Volvió a aparecer esa sonrisa, una mezcla de niñería, picardía y encanto. Pero luego se puso serio y le acarició la mano con un dedo. "Aún no he encontrado a la mujer adecuada".

Ella se apartó, apenada al verlo fruncir el ceño. Él tomó su taza. ¿Y tú?

No hay muchos hombres que quieran asumir la responsabilidad de un niño. Además, estoy demasiado ocupada para salir con alguien”.

“Nunca fuiste a la universidad como querías. Literatura inglesa. ¿No era eso lo que querías estudiar? ¿Convertirte en escritora?”.

Una brisa los envolvió, refrescando el sudor de su cuello y trayendo el aroma del cloro y el mar. “Lo recordabas”. Apenas podía creerlo. Especialmente cuando ella misma apenas recordaba ese viejo sueño. “No tenía tiempo ni dinero para la universidad con un niño que criar. Ser mesera era lo único que nos daba lo suficiente para vivir”.

Daniel suspiró. “Ese único error te ha salido muy caro”.

“¡Isaac no es un error!”. Ella se incorporó de un salto.

“Por supuesto que no. No quería decir...”. Él se levantó y le tocó el brazo. “Perdóname, Ángel. No quise decir eso. Parece un chico maravilloso”.

“Él es mi *vida”*. Ella se alejó de él, recuperando el aliento. ”No pasa nada. Supongo que soy muy sensible en lo que respecta a él”. “Y Protectora, feroz y preocupada todo el tiempo”.

“Supongo que, si tuviera un hijo, sentiría lo mismo», dijo él, y ella supo que lo decía en serio. Él siempre había querido tener hijos. Solían hablar de ello durante horas: sus sueños de casarse y tener suficientes hijos para formar un equipo de béisbol. Él como pastor de una pequeña iglesia, ella escribiendo novelas superventas.

“Debe de ser difícil criarlo sola”.

“Aterrador”, admitió ella, abrazándose a sí misma. Y no se estaba volviendo más fácil.

“¿Por qué no nos sentamos junto a la cascada? Hay un saliente acolchado a la sombra”. La llevó hasta la cascada, donde había un asiento tallado en el lateral de la piscina, justo por encima del nivel del agua, con cojines incorporados. Sentada, estiró las piernas en el agua poco profunda mientras él se alejaba corriendo y regresaba en unos minutos con una bolsa de papitas fritas con sabor a chía y más té.

Ella se rió. "¿No tienes papas fritas de verdad?". Él la miró horrorizado. "¿Quieres que muera de una enfermedad cardíaca?".

"No, pero creo que está bien disfrutar de la vida de vez en cuando".

"¿Quién dice que no disfruto de estas?". Se sentó a su lado, cogió una papa y le dio un mordisco. Sin embargo, la expresión de su rostro no era precisamente de disfrute. Le ofreció algunas. "¿Cómo están tu mamá y todos tus hermanos? Son cinco, ¿verdad? Estoy seguro de que todos te han ayudado con Isaac".

Una vez más, sorprendida por los detalles que él recordaba sobre su vida, rechazó las papitas, abrumada por la tristeza. "Mi madre me repudió cuando descubrió que estaba embarazada. No he sabido nada de ella ni de mis hermanas y hermanos desde entonces".

El silencio, salvo por el sonido del agua al chocar con el suelo, llenó el ambiente entre ellos durante unos instantes antes de que Daniel gruñera. "Vaya, eso es horrible. Lo siento mucho. Recuerdo que era muy estricta en lo religioso, pero no tenía ni idea...".

"Demasiado estricta es una forma de decirlo. Nos tenía, a nosotros los niños, bajo un control muy estricto. Tan estricto que supongo que por eso me rebelé en la adolescencia". Y vaya que se rebeló. Aunque Dios la había perdonado, le costaba mucho vivir con el remordimiento de aquellos años. "Las drogas, la bebida y las fiestas ya eran bastante malas, pero cuando quedé embarazada, bueno, la mancha en la familia fue más de lo que mamá pudo soportar. Ya había sufrido una horrible humillación cuando mi padre la dejó por otra mujer".

"¿Y no ha conocido a su nieto? ¿Incluso después de que te convirtieras a Cristo?".

Angélica movía la cabeza, desesperada por cambiar de

tema, desesperada por no revivir las heridas purulentas en su corazón. Había perdonado a su madre y hermanos hacía mucho tiempo y prefería olvidarlos. "¿Y cómo están tus padres? Deben de estar muy orgullosos de ti. Me caía muy bien tu madre".

"Ella era increíble". Su sonrisa se desvaneció. "Murió. De cáncer. Hace ocho años".

"Dios mío, Daniel". Angélica tomó su mano entre las suyas. "Lo siento mucho".

Él le agarró la mano y la frotó con el pulgar, despertando sentimientos enterrados hacía mucho tiempo, pero obviamente no muertos. "Gracias. Ella era mi pilar mientras crecía. No sé qué habría hecho sin ella".

"¿Y tu padre?".

Daniel se tensó al instante y apretó los labios. "Sigue siendo un borracho, viviendo cerca del muelle, supongo. Hace tiempo que no lo veo".

¿No crees que estaría orgulloso de ti?".

Daniel se encogió de hombros, sin mirarla a los ojos. "No tengo ni idea. Nada de lo que hice fue lo suficientemente bueno para él. Seguro que recuerdas lo furioso que se puso cuando entré al seminario en lugar de ir a la escuela de ingeniería".

Ella lo recordaba. Demasiado bien. El padre de Daniel era un hombre aterrador. Al menos para una chica de veintiún años. Nunca tuvo una palabra amable para decir, ni a ella ni a su hijo. "Ningún padre debería insultar así a su hijo".

Tiró la bolsa de papas fritas a un lado. "Nada que no haya oído antes".

"Pero no alivia el dolor". Ni la sensación de sentirse un inútil que le provocó. Probablemente por eso Daniel se esforzó tanto por triunfar en la vida, por demostrar su valía al mundo y a sí mismo. "Seguro que ya se ha enterado de tu éxito. Tiene que estar orgulloso".

"No pienso averiguarlo". Continuó acariciándole los dedos. "Eres la única que sabe de él, Ángel. Siempre podía hablar contigo. Nadie me escucha como tú".

Entonces, ¿por qué me dejaste? Quería preguntarle, pero sabía la respuesta. Tomás se lo había dejado muy claro.

Incómoda con el rumbo de la conversación, Angélica retiró la mano y se puso de pie. Debería irse. Había venido para acercarlo a Dios, pero lo único que estaba logrando era reavivar viejos sentimientos que solo le causaban dolor.

"¿Todavía no te vas, ¿cierto?" Daniel se puso de pie. La mirada suplicante en sus ojos la transportó de vuelta a otro día en otra piscina en otro patio trasero. Era joven, su cabello más largo, sus ojos más brillantes. Y su físico igual de atractivo. Los habían invitado a una fiesta en la piscina de la casa de un amigo. Todos estaban bebiendo, y Angélica llevaba su bikini más pequeño. También había otras chicas allí, mucho más guapas que ella: chicas de su seminario, chicas inteligentes que tenían un buen futuro. Y recordó haber estado tan celosa. Solo era una camarera sin futuro. Pero Daniel solo tenía ojos para ella. No solo eso, sino que la había protegido cuando uno de los chicos que había bebido demasiado intentó coquetear con ella.

Siempre la había hecho sentir como una princesa.

Justo como lo estaba haciendo ahora... simplemente con su mirada.

"Sí", dijo nerviosa. "Necesito recoger a Isaac. Gracias por el té". Recogiendo el vaso, se apresuró a buscar sus zapatos mientras los pasos de Daniel la seguían. ¿Por qué el hombre no la dejaba en paz? Recogió sus zapatos del pavimento y se dio la vuelta para irse.

Y chocó directamente con Daniel.

El vaso de té helado se le resbaló de las manos y se estrelló contra el pavimento quebrándose en mil pedazos brillantes. Antes de que pudiera reaccionar, Daniel la levantó en brazos, perdió el equilibrio...

Y ambos cayeron a la piscina.

El agua la rodeaba. Sus jeans se volvieron de plomo, y luchaba por salir a la superficie, respirando con dificultad.

Daniel apareció tras ella, con aspecto de foca ahogada, mirándola horrorizado.

Y de repente, una risa burbujeaba desde sus entrañas. Baja y suave al principio, pero luego se transformó en carcajada tras carcajada. Daniel se unió a ella y juntos continuaron riéndose entre dientes mientras nadaban hasta el borde y se aferraban a la baldosa. Permanecieron en el agua, respirando con dificultad, a escasos centímetros el uno del otro, sonriendo como si no hubiera habido una brecha de doce años en su relación.

Él le secó suavemente el agua de la cara. "Te he extrañado tanto, Ángel".

Sabía que debía salir de la piscina e irse de inmediato. Pero algo la mantuvo en su lugar, algo la mantuvo estudiando cada rasgo de su rostro, las líneas y ángulos que conocía tan bien, la barba incipiente en su mandíbula que le encantaba tocar, la calidez de su aliento, la inclinación de su nariz y esos ojos, tan azules y fascinantes. No podía respirar.

Antes de darse cuenta, sus labios rozaron los suyos. Y todo lo que recordaba de este hombre explotó en su interior en una oleada de calor: cada sensación, cada momento divertido, cada comida que compartieron, cada conversación profunda, cada sueño... y cada roce íntimo. Se derritió contra él.

Solo por un segundo.

Luego recobró el sentido.

Con el pecho agitado, retrocedió horrorizada. Con un movimiento desesperado, se impulsó fuera del agua. "Ya no puedo verte más, Daniel. Por favor, no vuelvas a contactarme", le gritó mientras se daba la vuelta y salía corriendo de la casa.

De cierto, de cierto os digo: El que en mí cree, las obras que yo hago, él las hará también; y aun mayores hará, porque yo voy al Padre.
Juan 14:12 (RVR 1960)

Capítulo 10

Angélica Colocó su silla plegable debajo de una palmera y observaba a Isaac correr hacia el agua, tabla de surf en mano, levantando arena a medida que avanzaba. Aunque el sol ardiente brillaba sobre la playa convirtiendo la arena en cristales brillantes, nubes oscuras se apiñaban en el horizonte. El viento levantaba torbellinos de arena y traía altas olas hacia la orilla. Perfecto para surfear; sin embargo, no es tan perfecto para compartir el amor de Dios con los perdidos. Especialmente si llovía.

Pero era sábado y la gente esperaba que estuvieran aquí. Se había corrido la voz de que algunos habían sido sanados de algunas enfermedades y otros, liberados de adicciones, y cada semana la multitud crecía. La conmoción atrajo la mirada de Angélica y saludó a Anna, Clay y Robert mientras comenzaban a caminar por la arena desde el estacionamiento, y se preguntaba cuánto tiempo más serían capaces de hacer retroceder al reino de la oscuridad y abrir los ojos de la gente a la verdad. El GIFP estaba tomando medidas enérgicas contra las verdaderas reuniones cristianas, y los informes estaban llenos de noticias sobre iglesias locales invadidas y todos encarcelados. Grupos de odio, los llamaban. Terroristas.

Eso no podría estar más lejos de la verdad. Oh, ¿Cómo Al enemigo le encantaba inventar mentiras?

Angélica movía la cabeza y miraba el agua, buscando a Isaac entre las olas que rompían.

Allí— subiendo a su tabla a varios metros de distancia, estaba junto a un hombre que hacía lo mismo. La alarma de peligro la entumeció. Isaac hacía amigos con tanta facilidad. Personas de todas las edades lo amaban y se sentían atraídas por él al instante. Lo cual solo avivaba sus temores. Era tan inocente, tan joven... tan vulnerable. ¿Cómo podría protegerlo de los horrores de este mundo? Si tan solo pudiera mantenerlo en una burbuja gigante de amor, alegría y paz hasta que Jesús regresara por ellos.

Al menos había terminado las cosas con Daniel—una persona menos que influiría negativamente en su hijo, y para Angélica, *una persona menos* que pudiera arrancarle el corazón y reducirlo, una vez más, a polvo. Entonces, ¿por qué no podía dejar de pensar en su beso? No había sentido sensaciones tan abrumadoras desde la última vez que se besaron, hacía tantos años. Y eso la enfurecía. ¿Por qué era tan débil ante este hombre? Había orado toda la mañana durante su paseo por la playa, rogándole a Dios que la liberara del yugo de Daniel, rogándole que lo mantuviera alejado y que no volviera a verlo. Pero no había recibido respuesta alguna.

Ni tenía paz.

"¡Buenos días, Angélica!". Anna dejó caer la toalla y el bolso y se llevó las manos a la cintura, contemplando el mar. "Hermoso día".

Clay se dejó caer rápidamente en la arena y comenzó a afinar su guitarra, mientras Robert, frotándose las manos, saludaba a Angélica con una gran sonrisa. "Hagamos un poco de guerra".

"Amén". Anna miró con cariño a su esposo, luego tomó la mano de Angélica y la ayudó a ponerse de pie.

Pero la mirada de Angélica seguía fija en Isaac, que estaba surfeando hacia la orilla.

"¡Estará bien!", le aseguró Anna. "Oremos".

Clay se unió a ellos mientras formaban un círculo, inclinaron la cabeza y oraron para tener la protección angelical, la presencia del Espíritu Santo de Dios y para que muchos sean salvos y sanos.

Cuando se separaron, ya se había formado una multitud a su alrededor—madres con niños pequeños, algunos adolescentes, dos parejas mayores y varios jóvenes. Todos con caras de expectación. Mientras Clay dirigía una canción, Angélica no apartaba la vista de Isaac. Había llegado a la orilla y hablaba con un hombre. Un hombre *extrañamente familiar*. Ambos se reían, agarraron sus tablas y se zambulleron de nuevo en el agua.

Ella conocía esa risa. Daniel.

Apretando los puños, reprimió un gruñido al verlos remar hacia afuera y luego sentarse sobre sus tablas esperando la siguiente buena ola. ¿Qué se creía que estaba haciendo? Debería bajar y exigirle que se fuera de inmediato. Empezó a hacerlo cuando alguien tiró de su mano, y se giró para ver a Anna mirándola con curiosidad. "¿Estás bien? Estamos a punto de empezar la lección".

Lo que significaba que le tocaba a Angélica. Como no podían traer sus Biblias, cada uno se turnó para memorizar las Escrituras. Y esta semana Angélica había memorizado Juan 1.

Concéntrate. Concéntrate. Cerró los ojos un segundo y oró pidiendo a Dios que la ayudara a dejar de lado su ira y ayudar a estas personas. Tendría que lidiar con Daniel más tarde. Volvió a mirarlo y lo observó mientras se sumergía en la ola, saltaba sobre su tabla y surcaba el agua, deslizándose con increíble destreza, mientras la ola se dirigía hacia la orilla. Finalmente, se terminó y se sumergió. ¡Qué hermosa manera de hacerlo! Como un profesional. Igual que las muchas veces que ella lo había visto y animado mientras competía en la Liga Mundial de Surf. Qué orgullosa se había sentido de él mientras lo observaba desde la orilla, soportando las miradas celosas de las otras chicas en bikini; sin embargo, cuando Daniel llegaba a la arena, siempre agarraba su tabla y se dirigía hacia ella, con los ojos puestos solo en ella. Sacudiéndose los recuerdos, se sentó ante la multitud, sonrió a todos y comenzó a recitar uno de los pasajes más hermosos de la Biblia.

Daniel no había planeado surfear con el hijo de Ángel. Había oído en las noticias que el oleaje era excelente, así que cogió su tabla en el último minuto. ¡Qué contento estaba! Las olas eran perfectas, e Isaac tenía una habilidad excepcional para ser tan joven. Daniel se lo estaba pasando en grande. De hecho, él e Isaac acababan de surfear una ola cuando vio que Angélica lo estaba mirando duramente desde la playa.

Ahora, mientras se acercaba a ella en la arena, con Isaac a su lado, ella le lanzó una mirada que derretiría toda la Antártida.

Se apartó de su secta—sí los había visto — y condujo a Isaac y Daniel al otro lado de una palmera. Pero fue Isaac quien lo salvó de una reprimenda que sin duda le quemaría las orejas.

"¡Mamá! ¡Mamá! ¿Nos viste?" El niño cogió una toalla de la arena y empezó a secarse. Daniel me está enseñando a bombear. ¿Sabías que ganó la Serie Clasificatoria de la WSL

(Liga de Surf Mundial) cuando era más pequeño? ¿Y lo viste caer dando una voltereta? ¡Fue genial!

Daniel chocó su puño con el de Isaac. "Tienes un talento increíble, chico. En unos años, con mucha práctica, apuesto a que ganarás más medallas que yo".

Isaac le devolvió el choque de puño. "¿En serio? ¿Oíste eso, mamá?".

"Sí, lo oí". Finalmente, Angelica sonrió mientras miraba a su hijo.

Daniel no la culpaba. Era un buen chico. Inteligente, divertido y talentoso.

"Ahora, corre a ayudar a Anna y Robert".

"Pero mamá, el Sr. Cain me iba a enseñar a coger aire".

"Quizás más tarde. Vete". Su voz era severa.

Frunciendo el ceño, el chico se alejó.

Un trueno retumbó en el horizonte, un presagio de la

reprimenda que se avecinaba.

La expresión de Angélica se convirtió en púas —púas afiladas. Aun así, estaba hermosa con sus pantalones Capri blancos y su blusa rosa, su cabello ondeando al viento y esas pestañas tan largas que parecían cepillos.

"¿Qué crees que estás haciendo?" Su tono lo sacó de su trance.

Daniel sacó el brazo desde atrás. "Te traje tus zapatos". Le entregó los tenis rosas y le ofreció una sonrisa tímida, repentinamente contento de haberlos traído.

Ella se los arrebató y los arrojó a la arena. "Te dije que no quiero volver a verte".

Se veía tan adorable cuando estaba enojada. Él lo había olvidado. "¿Solo porque nos besamos?".

Ella dio un paso atrás como si la hubiera apuñalado. "Siento que haya pasado".

"Yo no lo siento". Una ráfaga de viento con aroma a lluvia bailaba entre sus cabellos mientras le ofrecía una mirada suplicante. "Por favor, Daniel. Déjame en paz. Deja a mi hijo en paz".

La mirada de Daniel se encontró con Isaac cuando se mezclaba en la secta. "Es un buen chico. Lo has hecho bien.

"No necesito tu aprobación".

"Oye, solo te hago un cumplido".

Las olas rompían tras ella, ocultando su bajo gruñido. Por favor, busca a otra mujer a la que acosar.

¡Ay! Daniel se estremeció por el dolor palpable en su corazón, pero intentó disimularlo cambiando de tema. Hizo un gesto con la cabeza hacia la multitud. "¿Por qué siguen haciendo esto?".

Ella empuñó sus manos a la altura de la cintura. "Les estamos hablando de Jesús. Eso es todo".

Y haciendo tu magia. Una idea que Daniel quiso añadir, pero eso solo la alejaría. Observó a Anna detenerse a orar por cada uno de los crédulos, mientras el tipo que parecía un exiliado del Infierno de los Ángeles la seguía. El joven con aspecto de estrella de rock de los setenta tocaba la guitarra, mientras Isaac cantaba a su lado. Terca como siempre, Angélica probablemente no haría caso de ninguna de sus advertencias hasta que fuera demasiado tarde. De hecho, parecía decidida a convertirlo a sus peligrosas ideas. Y aunque no podía permitirlo, tal vez podría usar ese hecho para seguir viéndola. Una mala idea, lo sabía. ¿Pero qué más podía hacer? No estaba listo para dejarla ir de nuevo. Tal vez nunca lo estaría. Aparte de algunos encuentros con chicas por una noche, de los que se arrepentía, nunca había tenido una relación seria con otra mujer. Nadie que hubiera conocido podía compararse con Angélica, por muy hermosas o atractivas que fueran, o por mucho que se le hubieran lanzado encima. Incluso ahora, con sus ojos verdes, duros como canicas y sus labios apretados, él deseaba — no, él necesitaba —estar con ella.

"Tengo que volver". Se giró para irse.

"¿Puedo escuchar un rato?"

"¿Seguro que quieres arriesgarte a que te vean en una secta?" espetó ella antes de marcharse pisando fuerte.

En realidad, no; pero, aun así, se quedó. Observó a Angélica unirse a Anna y Robert mientras los tres rodeaban a la multitud, que había crecido a, al menos, treinta personas. Se detuvieron frente a cada uno, los escucharon y luego oraron. Como no quería acercarse demasiado, apenas podía oír lo que decían por encima del romper de las olas y el parloteo de los bañistas.

Una nube robó el calor del sol mientras más truenos sacudían el horizonte. Un vistazo al mar mostró que las olas habían crecido, y ansiaba volver a salir. Cualquier cosa antes que quedarse allí parado viendo a estos charlatanes dándole falsas esperanzas a la gente. Aun así, tenía que reconocerles el mérito a los tres. Parecían realmente interesados. Angélica tomó las manos de cada persona e inclinó la cabeza, suponiendo que oraba en silencio. Después de unos minutos, le dijo algo a Anna y Robert, lo que los llevó a orar. Luego pasó a la siguiente pobre alma.

Ya casi habían llegado a la última persona cuando dos hombres, cargando a otro hombre entre ellos, llegaron y lo bajaron a la arena delante de Anna y Robert. Una silla de ruedas estaba vacía en la acera.

El viento arreció y Daniel solo pudo oír fragmentos de la conversación. "No puedo caminar... enfermedad ósea... los médicos no pueden hacer nada..."

Resoplando, Daniel cruzó las piernas y se apoyó en el tronco del árbol. Sí, claro. Como si estos tipos pudieran hacer algo al respecto.

Anna le hizo un gesto a Angélica para que se uniera a ellos, y los tres pusieron las manos sobre las piernas del hombre y oraron durante varios minutos.

No pasó nada. Por supuesto.

Robert se puso de pie y le extendió la mano." ¡Levántate!", le dijo.

Vamos, ¿Qué están haciendo? Decía Daniel y se dirigió hacia ellos antes de que hirieran al pobre tipo.

El hombre dudó, pero luego agarró la mano de Robert y le permitió que lo ayudara a ponerse de pie con suavidad.

Se puso de pie, tambaleándose al principio, pero finalmente se mantuvo firme. Su rostro se iluminó como un faro en una noche oscura. "¡Puedo caminar!", gritó. Sus dos amigos lo miraron fijamente, parpadeando, boquiabiertos. Luego, agarrándolo de los brazos, lo estabilizaron y comenzaron a reír. Rieron y luego gritaron de alegría.

"¡Gracias a Dios, puedo caminar!". El hombre se giró para avisar a la multitud.

Daniel se detuvo. No. No podía ser. Obviamente, el tipo ya podía caminar. Esto era solo una trampa cruel para sacarles el dinero a estas personas— ingenuas e insensatas que seguían cantando y alabando a Dios tan fuerte que Daniel miraba hacia el otro lado de la playa, incómodo.

Sí, si estas personas fueran buenas. Realmente buenas.

Movió los pies incómodo en la arena, esperando a que cesaran los gritos y pasaran la canasta de ofrendas.

Pero cuando todo se calmó, la canasta no apareció. Angélica le sonrió al acercarse a él. "¿Viste eso?" La emoción tiñó su voz.

"No estoy seguro de lo que vi", respondió con demasiada dureza.

Isaac llegó corriendo. "¿Puedo ir a surfear con Daniel ahora, mamá? ¡Por favooooor!".

No mencionó la sanidad como si fuera algo cotidiano.

A Daniel le vendría bien otro chapuzón en el mar. Aunque solo fuera para despejarse de esta locura. La miró arqueando una ceja. "¿Qué te parece, mamá? Me vendría bien un compañero de surf".

Mientras ella paseaba su mirada de Daniel, a Isaac y al océano, a él se le ocurrió una idea fascinante. "Por cierto, ¿qué tal si me acompañan a SeaWorld el próximo sábado? Tengo entradas gratis".

"¡SeaWorld! ¡SeaWorld! ¿Podemos, mamá?". Ella movió la cabeza y abrió la boca para decir lo que él estaba seguro de que sería un "no", cuando él añadió: "Nos daría la oportunidad de hablar de lo que pasó hoy aquí. En público. Donde no tienes nada que temer".

La miró con su mirada más suplicante y vio cómo sus defensas se desmoronaban.

Finalmente, soltó un suspiro. "Muy bien. Y sí, Isaac, puedes ir a surfear".

"¡Victoria!" Con un puñetazo juguetón en el brazo de Isaac, Daniel se lo llevó, sonriéndole a Angélica por encima del hombro.

Mientras Angélica veía a Daniel y a su hijo alejarse, con las tablas de surf bajo el brazo, la furia la atenazaba por completo. ¡Rayos! ¡SeaWorld! ¡De todos los lugares! ¿Cómo se atrevía a pedírselo delante de Isaac? Últimamente le había dicho tantas veces que no, ¿cómo podía negarle algo que llevaba años rogándole?

Anna se deslizó a su lado. “Ahora veo qué te tiene tan distraída hoy. El guapo pastor”.

Guapo era un eufemismo. Sobre todo, con el brillo del agua de mar sobre los músculos redondeados de su pecho. Sobre todo, con esa mandíbula fuerte y barbuda y esos ojos azules hundidos.

“Lo siento, Anna. Sigo intentando alejarme de él, pero sigue apareciendo dondequiera que esté”.

“Mmm. Parece que el Señor tiene otros planes”.

“Sigue preguntándose qué hacemos aquí. Siento que él anda pescando”. Suspiró y se frotó las sienes. “No lo sé. Quizás me está tomando el pelo”.

“¿Por qué haría eso?”

“Para reavivar algo que alguna vez tuvimos. Para alimentar su ego. ¿Quién sabe? Miró a su amiga y esbozó una media sonrisa. Supongo que no está acostumbrado a que las mujeres lo rechacen.

Anna le puso una mano en el brazo. “Sé que te lastimó mucho hace un tiempo. Escucha atentamente la voz del Espíritu. Él te guiará por el camino correcto. No confíes en tus sentimientos ni en nada más”.

Angélica sonrió. “Lo estoy intentando”. Pero incluso ahora, mientras veía a Isaac y Daniel alejarse remando, el terror la carcomía. Su hijo se aferraba a cualquier hombre adulto que le prestara atención. Le rompía el corazón admitirlo, pero necesitaba desesperadamente un padre, especialmente ahora que estaba madurando. *¡Solo que no a este hombre!* No a uno que lo alejaría del Dios verdadero.

Su oración fue interrumpida por las exclamaciones de asombro de la multitud, y al girarse vio a dos policías que se acercaban. “¿Quién manda aquí?”, gritó el bajito y corpulento.

“Nadie está a cargo, Sr. Policía”. Robert detuvo su oración por una señora mayor y se puso de pie. “¿En qué podemos ayudarle?".

Respirando con dificultad, Angélica agarró la mano de Anna y se acercó.

"Muévanse todos. Muévanse". El agente más alto hizo un gesto con la mano hacia la multitud, y al instante la gente se puso de pie y se dispersó por la playa.

"¿Qué está pasando?", preguntó el primer policía.

Soltando la mano de Angélica, Anna dio un paso al frente. "Estamos cantando y orando por la gente. Eso es todo".

"¿Proselitismo?", ladró el hombre.

"Solo orando", dijo Clay, levantándose.

"Orar en público está prohibido; ya lo saben".

"No estamos molestando a nadie", intervino Robert. "Solo estamos ayudando a la gente".

"Hemos recibido algunas quejas".

"¿De quién?", preguntó Angélica.

"Gente que viene a esta playa a relajarse y no tener que oír un montón de tonterías de Jesús".

"Nosotros no difundimos tonterías de Jesús. Difundimos la verdad". El hombre miró a Anna con los ojos entrecerrados. "¿Qué es la verdad?", resopló. "Consideren esto una advertencia. Si escucho más quejas, o si vuelvo aquí y los encuentro de nuevo en la misma situación, los arrestaré a todos y los meteré en la cárcel".

y el que no toma su cruz y sigue en pos de mí, no es digno de mí. El que halla su vida, la perderá; y el que pierde su vida por causa de mí, la hallará.
Mateo 10:38-39 (RVR 1960)

Capítulo 11

Daniel No había podido borrar la sonrisa de su rostro desde que dejó a Angélica e Isaac en la playa.

No solo se había ganado la simpatía de su hijo, sino también la de ella. Todo por mostrar interés en su supuesta religión. Le arrebató el café a la atractiva barista de la cafetería de la iglesia —quien le dedicó una sonrisa seductora— y se dio la vuelta para que nadie lo acusara de estar coqueteando. Por desgracia, se estrelló contra Rubio, el director musical. De no ser por la tapa de su taza, habría derramado su café caliente sobre el pobre hombre, quien, por su expresión de enfado, parecía que alguien ya lo había hecho.

"Dan, tenemos que hablar".

¡Grr! ¿Por qué el hombre no le dijo pastor Daniel? Fingiendo una sonrisa, Daniel asintió, aunque prefería comer ladrillos en ese momento que lidiar con otra de las diatribas emocionales del hombre.

"Es la obra de teatro", le dijo Rubio, alejando a Daniel de oídos curiosos. "¡No soporto la incompetencia de estos actores!" Se secó el dorso de la mano en la frente como si fuera a desmayarse. "Amateurs. Son todos tan amateurs".

"Bueno, son amateurs, Rubio. Esto no es una producción de Hollywood". Daniel se hubiera reído, si el hombre no fuera tan serio. "Oye, haz lo mejor que puedas." Daniel comenzaba a irse cuando Rubio lo agarró del brazo.

"No es solo eso. ¿Cómo puedo trabajar con músicos que ni siquiera vienen a ensayar? La obra es en dos semanas y no estamos ni cerca de estar listos".

Daniel se aclaró la garganta, buscando la mejor manera de manejar la situación. De todas formas, había querido hablar con Rubio sobre sus habilidades para manejar un grupo. Ahora era el momento perfecto. "Quizás si no les gritaras tanto a todos y los insultaras, trabajarían más duro para ti".

Rubio se estremeció y dejó escapar un jadeo. "¿Cómo puedes decir eso? Estoy bajo una tremenda presión, y me haces trabajar con imbéciles". Se le llenaron los ojos de lágrimas.

"Vamos, vamos, Rubio". Daniel le puso una mano en el hombro. "Te puse a cargo de esta obra porque eres el mejor músico y director que conozco. y el más talentoso. Tú puedes con esto. Tengo plena confianza en ti". Daniel le dio un sorbo a su café y miró a su alrededor, buscando una salida. "Ten un poco de paciencia con estos aficionados. Saldrá bien, te lo aseguro". Le dio una palmada en la espalda al hombre, apoyándolo.

Rubio asintió y se secó un ojo con el dedo. Muy bien.

Daniel se dirigió a la puerta antes de que el hombre rompiera a sollozar, y entonces vio a Marley sentado en una mesa en un rincón, mirando una Biblia abierta como si fuera la carta de un amor perdido.

Extraño. Daniel se detuvo. "¿Todo bien, Marley?"

Levantó la vista y le sonrió. "Sí. Solo estaba leyendo". "¿Viste a la multitud que se unió a la iglesia ayer?"

Marley solo sonrió.

"Al menos cincuenta".

"Alabado sea Dios", dijo Marley sin convicción.

"Debió de ser un gran sermón el que prediqué". Daniel bromeó un poco, esperando los elogios habituales de Marley. Su buen amigo y pastor de jóvenes normalmente ansiaba contarle a Daniel lo bueno que era su mensaje o compartir su entusiasmo por la cantidad de personas que se acercaron; no obstante, ahora que Daniel lo pensaba, hacía tiempo que no lo hacía.

"Sí", fue todo lo que dijo.

"¿Seguro que todo está bien?"

"Sí, gracias. Solo que he estado pensando mucho… y orando estos días".

"Bueno, no hay nada de malo en eso". Daniel sonrió. "Nos vemos luego".

En el jardín de la cafetería, se cruzó con Isabel García, una mujer bajita y regordeta de mediana edad, encargada de misiones.

Ella se detuvo frente a él. "¡Menuda ofrenda la que recaudamos ayer para misiones! No te puedes imaginar cuánto necesitamos ese dinero".

"Tu charla sobre Sierra Leona fue lo que necesitaban oir. Pero recuerda, solo la mitad del dinero recaudado se destina a misiones".

A Isabel, se le formaron arrugas en la frente.

"La otra mitad debe cubrir los gastos administrativos", añadió. ¿Por qué a esta gente le cuesta tanto entender que se necesita dinero para mantener una iglesia tan grande como FLIG?

"Claro que me di cuenta de que se llevarían algo", murmuró ella, visiblemente nerviosa. "Pero son más de diez mil".

"Pero solo piensa, diez mil también irán a Sierra Leona". Frunciendo el ceño, miró a los clientes que reían y charlaban mientras tomaban café. "Nuestros misioneros han logrado un gran impacto con la gente de allí. No creerías sus historias milagrosas. ¿Quizás pueda compartirlas contigo algún día?".

Daniel miró su reloj. "Me encantaría. No hoy, pero pronto". Se alejó, levantando su café en dirección a ella.

"Que tengas una buena tarde".

El entró en el laberinto de pasillos detrás del santuario, con la esperanza de llegar a su oficina sin más interrupciones. No tuvo suerte. Harold Jakes estaba charlando con un administrador más adelante. Agachándose en otro pasillo, Daniel tomó el camino más largo hacia su oficina a través del ala administrativa.

La Sra. Clipton trabajaba arduamente en su escritorio, mientras varios otros trabajadores se movían de un lado a otro o hablaban por teléfono. A Daniel todavía le asombraba ser el CEO de esta máquina tan bien engrasada. Se quedó de pie un minuto, observando, recordando las palabras de su padre.

¿Vas a ser predicador? Por la expresión de asco en su rostro, cualquiera habría pensado que Daniel le había dicho que iba a ser un recolector de basura. *Uno de esos charlatanes ilusos que roban el dinero a la gente débil. Mentirosos, todos ellos. Y la mayoría no tienen ni un céntimo. Es tu madre llenándote la cabeza con esas tonterías. Qué desperdicio de vida.* Dicho esto, despidió a Daniel con un gesto, eructó y siguió bebiendo cerveza.

Una parte de Daniel deseaba que su padre pudiera verlo ahora. Otra parte de él deseaba que el hombre estuviera a dos metros bajo tierra.

Se detuvo frente al escritorio de la Sra. Clipton. "¿Ya tiene lista esa hoja de cálculo?".

Ella levantó la vista, nerviosa. "No, señor, todavía no. Lo siento, pero mi sobrina está en el hospital esta semana".

Daniel dejó escapar un suspiro de frustración ante sus continuas excusas. "Lo siento. Espero que esté bien". Miró su Rolex una vez más. "Pero necesito esas cifras".

"Tenía un coágulo de sangre en el cerebro, pero creen que lo detectaron a tiempo. Estamos orando por su recuperación."

"Esa es una buena noticia. Yo también oraré".

"¿Quizás podrías visitarla? Está en Holy Cross. Sé que significaría muchísimo para ella."

Daniel frunció el ceño. ¿Se daban cuenta de lo ocupado que estaba? No podía visitar a todos los enfermos de la iglesia. "Por supuesto. Revisa mi agenda, ¿quieres? Si no encuentras tiempo, le preguntaré al pastor Tomás." Empezó a irse antes de que ella le exigiera más. "Pero quiero esas cifras en mi escritorio antes de irme hoy", dijo por encima del hombre.

"Sí, señor."

Daniel le dio un sorbo a su café y dobló por el último pasillo antes de su oficina. Una maldición se le escapó de los labios al ver a Kimberly y Tomás hablando frente a su puerta. ¿Acaso no podían dejarlo solo ni un minuto?

Tomás le susurró algo al oído a Kimberly, haciéndola reír a ella y a Daniel mover la cabeza. En cuanto lo vieron, se separaron y Kimberly pasó corriendo junto a él, dedicándole esa sonrisa tan seductora suya.

"¿De qué se trata todo esto?" Daniel entró en su oficina y dejó el café.

"Nada. Conoces a Kimberly".

"Sí, y yo también te conozco a ti". Recostándose en su escritorio, cruzó los brazos sobre el pecho.

"Que no te importe eso." Tomás cerró la puerta, su tono se tornó serio. "Tengo buenas noticias.".

"¿Entonces por qué estás tan tenso?"

Tomás se pasó una mano por el cabello decolorado por el sol. "El jefe de Gabinete llamó ayer cuando estabas fuera".

Daniel arqueó las cejas. "¿El Jefe de Gabinete del Presidente?"

Tomás le sonrió. "El mismo. No solo asistirás al Desayuno Nacional de Oración anual, sino que te han invitado a dar el discurso inaugural". Sus ojos brillaban.

"¿En serio?" Daniel apenas podía creer lo que oía.

"Eso te pone justo delante de las personas más importantes del país. Vamos por buen camino, amigo". Se frotó las manos. "Directo a Washington D. C.".

Daniel bajó la vista, atónito.

El humor jovial de Tomás se volvió agrió al instante. "Pero nada de esto importará cuando te arresten y te metan en la cárcel."

Daniel levantó la vista. "¿De qué hablas?".

"Asistir a una reunión de un grupo de odio. ¿En qué estabas pensando?" La ira se reflejó en los ojos oscuros de su amigo.

Daniel apretó los dientes. "¿Entonces ahora me estás siguiendo?".

"Alguien tiene que mantenerte a raya".

"No necesito un perro guardián", espetó Daniel, con la ira en aumento.

"Parece que sí".

"No me vuelvas a seguir".

Tomás dejó escapar un largo suspiro. "Solo cuido de tu bienestar. Tú lo sabes".

Daniel lo observó, vio la preocupación en sus ojos. Sí, lo sabía. "Mira, no sabía qué era. Ángel me invitó a conocer a algunos de sus amigos".

"Y si me hubieras escuchado desde el principio y te hubieras alejado de ella, ¡no habrías estado allí! ¿Sabes lo que pasaría si te arrestaran? ¡Todo estaría arruinado! Todo esto". Agitó el brazo hacia la lujosa oficina. "La iglesia, tu puesto, tu salario, tu elegante casa y auto, y especialmente tu oportunidad de un puesto de poder en Washington. ¿Todo por qué? ¿Por una copetinera con la que tuviste una aventura hace doce años?".

La ira hervía en las entrañas de Daniel. Nadie le decía al gran Daniel Cain lo que podía y no podía hacer. Sin importar sus buenas intenciones. Se levantó de su escritorio y se paró detrás de él. "No planeo volver a su iglesia".

"¿Pero piensas seguir viéndola?". Tomás se acercó, con el rostro enrojecido. Siempre te causa problemas, Daniel. Casi te arruina una vez y lo volverá a hacer".

Daniel lo miró fijamente, demasiado enojado para responderle.

"Me debes una. Tomás lo apuntó con el dedo. No estarías aquí, no tendrías todo esto, si no fuera por mí".

Daniel debería haberlo visto venir. Incluso si fuera cierto, era un golpe bajo viniendo de un amigo. Pero sin duda uno que Tomás usaba a menudo para salirse con la suya. Con los antecedentes y las calificaciones de Daniel, nunca lo habrían aceptado en el seminario si no fuera por el padre de Tomás, un diácono de la iglesia luterana, que lo defendió.

Daniel emitió un gruñido bajo. ¿Cuánto tiempo vas a tener eso en cuenta? Siempre podrías fundar tu propia iglesia y llegar a Washington D. C. tú mismo.

Frunciendo el ceño, Tomás se hundió en una silla. Teníamos un trato. Tú tienes el encanto y el carisma y yo tengo la inteligencia y los contactos. Se inclinó hacia delante sobre sus rodillas. Entonces escúchame. Deja de ver a Smokes. Hemos llegado demasiado lejos como para echarlo todo a perder".

Pues a sus ángeles mandará acerca de ti, Que te guarden en todos tus caminos. En las manos te llevarán, Para que tu pie no tropiece en piedra.
Salmo 91:11-12 (RVR 1960)

Capítulo 12

Angélica no podía quitarse de encima el temor que le había ensombrecido el espíritu desde que se había levantado de la cama hacía dos horas.

Ni siquiera leer la Biblia y pasar casi una hora orando habían disipado ese mal presentimiento. Quizás era porque hoy se vería obligada a pasar el día con Daniel en SeaWorld. Y aún peor, su hijo si quería ir. Siendo sincera, Isaac parecía más emocionado que en mucho tiempo cuando lo arropó ayer en la noche. Lo cual solo aumentó sus temores. No quería que se encariñara con Daniel. Una cosa era que Dios quisiera que ella ayudara a Daniel y otra muy distinta involucrar a su hijo. Era demasiado vulnerable para dejarse engañar por el encantado de Daniel Cain. Más de una docena de veces durante la última semana, había querido llamar a Daniel para cancelar, pero cada vez dudaba... ¿Cómo podía decepcionar a su hijo?

Ahora, al cambiar a la cadena de noticias independiente que veía habitualmente y abrir la nevera para ver qué tenían para desayunar, decidió que, a partir de mañana, mantendría a su hijo lo más lejos posible de Daniel.

Por desgracia, el refrigerador estaba casi vacío. Agarró media hogaza de pan y cerró la puerta de golpe mientras las noticias se escuchaban a todo volumen: algo sobre una advertencia de la NASA sobre la llegada de asteroides.

"¿Cómo puedes escuchar esas tonterías?" Francisca entró tranquilamente a la cocina, frotándose los ojos y arrastrando sus pantuflas de conejito.

"Buenos días a ti también". Angélica le sonrió.

Su amiga tomó una taza y se sirvió café. "¿Por qué no escuchas las noticias de siempre?". Echó miel en la taza y la revolvió, luego se apoyó en la encimera y tomó un sorbo.

"¡Qué rico! Néctar de los dioses".

Angélica dejó el pan en la encimera y sacó dos rebanadas mientras el presentador seguía hablando monótonamente sobre la Tierra entrando en un período de mayor actividad de asteroides y un misterioso planeta X. "Te dije que las noticias de los grandes medios son pura propaganda estatal. No nos dicen la verdad. Solo lo que quieren que sepamos".

Francisca se encogió de hombros. "Tal vez. Pero al menos no me aterroriza".

Angélica metió el pan en la tostadora. "¿Entonces prefieres que te mientan?".

"Sí. Prefiero esconder la cabeza en la arena". Sonrió y tomó otro sorbo de café.

El locutor continuó: "En otras noticias, la hambruna en el Medio Oriente está empeorando cada vez más. Las tierras de cultivo que antes estaban cubiertas de exuberantes cereales ahora están secas y áridas, y los agricultores están abandonando sus tierras para mudarse a la ciudad". Imágenes de paisajes desérticos llenaron la pantalla.

"¿Ves? Más malas noticias." Francisca se sirvió más café.

"Al menos explica por qué la comida es tan cara".

La noticia continuó: "Las amenazas de aniquilar a Israel aumentan desde una nueva alianza de naciones—Turquía, Irán, Libia y Rusia, entre las más prominentes. Sin embargo, a pesar de la inminente guerra, el pueblo judío sigue construyendo su tercer templo justo al lado de la Mezquita de Al-Aqsa".

"¿Por qué debería importarnos lo que está pasando en Israel?" Francisca se arrastró por la habitación y se sentó a la mesa del comedor.

"Ya tenemos suficientes problemas aquí".

La tostada saltó y Angélica la untó con mantequilla, la

metió al horno a temperatura tibia y luego puso otras dos rebanadas en la tostadora... mientras oraba en silencio para saber que seguir diciendo. "¿Sabes que Dios, en la Biblia verdadera, nos dijo que todo esto sucedería?".

Francisca puso los ojos en blanco. "Sí, claro".

"Hablo en serio. Puedo mostrártelo. En el Libro de Apocalipsis nos dice que asteroides impactarían la Tierra. En Mateo, Jesús nos dice que habría guerras, terremotos, hambrunas y enfermedades, incluso señales en el cielo, y un sinfín de otros eventos. ¿Y estas naciones que amenazan a Israel?". Angélica señaló la pantalla del televisor. "Todas están enumeradas en Ezequiel treinta y ocho".

"No, no lo están".

"Te lo mostraré. ¿Me dejas?". Angélica le dirigió a su amiga una mirada interrogativa.

"De acuerdo", le dijo finalmente su compañera de departamento a regañadientes.

Angélica entró corriendo a su habitación, con el ánimo por las nubes, sacó las Sagradas Escrituras, las abrió en Ezequiel y le leyó el pasaje a Francisca. Por suerte, Angélica había investigado los nombres arcaicos de las naciones y podía identificarlas cuales eran hoy.

Francisca se recostó en la silla, con una expresión indescifrable en el rostro.

"Y el templo que están construyendo ahora fue predicho tanto en Daniel como en Mateo".

Francisca lo negó con la cabeza. "Debieron añadir esto después".

"La Biblia original no ha cambiado en miles de años. Muchos eruditos lo han demostrado. Pero al menos, sabes que no ha cambiado en los últimos diez años desde que la tengo, ¿verdad?".

Algo se reflejó en los ojos de Francisca, un destello de luz, una chispa de comprensión, que hizo sonreír a Angélica y añadió: "¿Quién más puede predecir el futuro sino Dios?".

Ay, Señor, por favor, ayúdala a ver.

Francisca estaba a punto de decir algo cuando Joel entró corriendo en la habitación, con el elefante de peluche en la mano. "¡Mami!".

Francisca lo alzó en sus brazos mientras Isaac caminaba detrás, bostezando y gritando. "¡Hoy vamos a SeaWorld!". Y esa frasecita le quitó toda la alegría a Angélica.

Siete horas después, Angélica no podía negar que Isaac se lo estaba pasando en grande. Cuando cumplió cinco años, anunció con orgullo que quería ser biólogo marino. Desde entonces, no pasaba un año sin que le rogara que lo llevara a SeaWorld. Pero ella nunca tenía el dinero. No solo era caro el parque, sino que eran tres horas de ida y vuelta, y el coche de Angélica no estaba en las mejores condiciones. Lo último que necesitaba era quedarse varada en la autopista con un niño y sin dinero. Pero en la limusina de Daniel, hicieron el viaje en menos de tres horas y a todo lujo. Lo cual fue otra emocionante aventura para Isaac, mientras examinaba cada detalle del coche y saludaba a los transeúntes, fingiendo ser una estrella de cine.

Sin embargo, después de cuatro horas en el parque, Angélica se dio cuenta de que no había forma de verlo todo en un solo día. Hasta ahora solo habían visto dos espectáculos: El de las orcas y el de los delfines, y cinco exhibiciones: los manatíes, la Travesía de las tortugas, El Encuentro con tiburones y La Laguna de las mantas rayas y la de los pingüinos. Ahora, mientras Daniel e Isaac hacían fila para subirse a la montaña rusa, no pudo evitar notar lo hablador que era Isaac, la frecuencia con la que miraba a Daniel y sonreía, y la facilidad con la que bromeaban.

Incluso parecían padre e hijo al pasar junto al encargado de las entradas, con el mismo paso despreocupado y la misma postura de hombros. Encogiéndose, se agarró a la barandilla y cerró los ojos. *Padre, no puedo con esto. Por favor, ayúdame... dame sabiduría.* Sonriéndole al guardaespaldas de Daniel, encontró un asiento y esperó a que terminara el viaje.

Durante el almuerzo, mientras Isaac estaba ocupado alimentando patos, Angélica le preguntó a Daniel qué pensaba de la sanidad que había presenciado en la playa. Esperaba que él mismo lo mencionara, pero no tuvo suerte. Al menos no se rió de lo absurdo, ni la regañó, ni le restó importancia al incidente, haciéndolo ver como una farsa. En cambio, pareció genuinamente interesado. Incluso le preguntó sobre la identidad del hombre sanado y cómo supieron que realmente estaba lisiado.

"Nunca lo había visto antes", respondió ella. "¿Pero por qué fingiría su parálisis? ¿De qué le serviría a alguien el milagro? No hubo intercambio de dinero; nadie se benefició excepto el hombre que ahora puede caminar".

Se frotó la mandíbula. "Bueno, de hecho, podría atraer a más gente a sus reuniones de los sábados".

"Sí, pero no cobramos. Ministramos gratis". Dejó su limonada. "¿Para qué fingir algo para atraer a otros a sanar si todo es una farsa? No tiene sentido".

Él asintió entonces, con confusión en la mirada, y le agarró la mano. "Por favor, ten paciencia, Ángel, todavía no estoy seguro".

Su mano, que envolvía la suya, se sentía tan bien, tan familiar, tan fuerte y cálida. Esto la hacía recordar que este hombre siempre la había hecho sentir segura. Un cosquilleo le recorrió el vientre y apartó la mano. Pero al levantar la mirada, lo encontró mirándola... como siempre... como si, incluso después de todos estos años, sus almas siguieran conectadas.

Gracias a Dios, Isaac apareció en ese momento. "Mamá, ¿tienes más pan? ¡Los patos tienen hambre!".

Su sonrisa los hizo reír a ella y a Daniel.

El paseo—y sus recuerdos— se detuvieron cuando los vio a los dos dirigiéndose hacia ella, chocando los puños.

"Mamá, el Sr. Caín dijo que me compraría un helado". Le dirigió a Daniel una mirada de desaprobación. "¿Después de las palomitas, la hamburguesa y los churros? No vas a cenar".

"Vamos, mamá". Daniel le dedicó esa sonrisa encantadora suya. "No todos los días vas a SeaWorld".

Ella suspiró. "Muy bien". Y se alejaron paseando entre la multitud, el calor del día aumentaba, repentinamente, su deseo de tomar helado con cada paso que daban.

"¡Mire, Sr. Caín!", Isaac corrió hacia una barandilla detrás de la cual varios flamencos estaban parados hasta las rodillas en un estanque. Daniel se unió a él, los dos inclinados sobre la barandilla comentando la rareza de los pájaros rosados que se paraban en una sola pata.

Y allí de pie, viendo a Daniel con su polera y jeans, riendo y siendo su yo ingenioso, recuerdos indeseados inundaron a Angélica, barriendo los últimos doce años como si nunca hubieran sucedido. Estaban en DisneyWorld, era su regalo por su primer año de aniversario, haciendo cola para entrar a los Piratas del Caribe—su atracción favorita— por vigésima vez ese día. Aunque no era su atracción favorita, Daniel se subía una y otra vez solo por ella. Incluso después de que ella lo liberara de cualquier obligación.

"No. Yo quiero estar contigo", le había dicho. "Además, me encanta ver tus expresiones. Pareces una niña pequeña ahí adentro". Le había frotado la mejilla con el dedo como siempre lo hacía y la había besado.

Incluso ahora, Angélica no podía evitar sonreír al recordarlo. Se lo habían pasado de maravilla, corriendo por el parque, subiendo a todas las atracciones, viendo todos los espectáculos, comiendo comida chatarra hasta enfermarse. Se había entregado en cuerpo y alma a aquel hombre, que ahora, al mirarlo, parecía casi el mismo de entonces, solo que mejor. Y el corazón le dio un vuelco inesperado.

El hecho de que conectara tan bien con su hijo no hacía sino intensificar esa sensación.

La reprimió y clavó la mirada en el guardaespaldas que permanecía a un lado. Eso está bien. Él le recordaría que Daniel ya no era el mismo hombre. Y que, por muy amable que pareciera, solo acabaría corrompiendo a su hijo.

"La comida de los campeones", dijo Daniel al dejar la cuchara, provocando una risita en Isaac, quien hacía rato que había terminado su helado y se movía intranquilo en su asiento.

Angélica movió la cabeza y apartó su copa a medio terminar.

"¿Qué pasó con tu dieta saludable?", bromeó. "Seguí tu consejo y decidí darme un respiro y dándose una palmadita en el estómago, agregó "mañana tendré que trabajar mucho más en el gimnasio".

"No digamos que lo necesitas". Le sonrió Angélica, con los ojos llenos de admiración. Daniel se sintió reconfortado por el cumplido. De repente, sintió que volvía a tener veintiún años y que estaba enamorado por primera vez. La única vez, si lo admitía.

Apenas podía apartar la vista de ella mientras estaba sentada frente a él con el sol poniéndose tras ella en franjas rojas y doradas, el viento acariciando su cabello rubio, sus ojos color musgo marino rodeados de pestañas espesas como un bosque, y esa naricita tan bonita. Parecía angelical. Tal vez era un ángel. Porque ella le hacía sentir algo que no había sentido en años. Estaba vivo.

Lo que sorprendió aún más a Daniel fue lo mucho que le gustaba Isaac. Claro, siempre había querido tener hijos, pero siendo sincero, la mayoría de los que conocía le molestaban muchísimo. Era un placer estar con Isaac: divertido, ingenioso, interesante y fascinado por todo lo que le rodeaba. Qué suerte tenía su Ángel de tener un hijo así.

Qué suerte tenía Daniel de pasar el día con ellos, porque hacía mucho tiempo que no recordaba haberse divertido tanto. Durante los últimos diez años, su vida había sido puro trabajo y negocios: lograr conversos, planificar programas, gestionar los asuntos de la iglesia, aconsejar, dar conferencias, escribir...

ascender en la jerarquía eclesiástica, como le decía Tomás. Incluso dedicaba su tiempo libre a hacer ejercicio y comer bien. No había tiempo para divertirse cuando uno se dirigía hacia un puesto de poder en Washington D. C.

Isaac saltó de su silla y tiró del brazo de Angélica. "Mamá, ¿podemos ir a ver las mantas?".

Se acomodó el pelo detrás de la oreja, se protegió los ojos y miró por encima del hombro al sol. "Se hace tarde y tenemos un largo viaje a casa".

"No te preocupes, mi chofer nos llevará de vuelta en menos de lo que canta un gallo". Inclinándose hacia ella, Daniel señaló a Isaac y susurró: "Probablemente duerma en el coche". Una ligera fragancia de ella lo inundó y sintió la reacción de su cuerpo. Ah, los recuerdos que evocaba. Talco de bebé. Eso era. Siempre olía a talco de bebé.

Como si percibiera su reacción, se apartó y encaró a su hijo. "Bueno, las mantas rayas y luego nos vamos a casa".

"¡Gracias, mamá!" Isaac la jaló para que se pusiera de pie, y los tres empezaron a caminar, Isaac tomando la delantera.

"Gracias por ser tan amable con él", le dijo Angélica, mirando a su hijo con una sonrisa. "Se lo está pasando genial".

"Me alegro. Como dije, es un buen chico. Me hace desear haber formado mi propia familia". *Me hace desear haber formado una familia contigo.*

"Supongo que has estado bastante ocupado para eso".

Ocupado, sí, pero sinceramente, él no había encontrado una mujer que mereciera su tiempo. Hasta ahora. Pero ¿cómo podría un hombre de su posición perseguir a una mujer atrapada en una secta ilegal? Su iglesia nunca la aceptaría. Ni nadie en Washington D. C. De hecho, si se supiera la verdad, la arrestarían. Tomás tenía razón. Si Daniel seguía viéndola, lo perdería todo.

Sin embargo, mientras ella lo miraba con su sonrisa inocente y sus ojos llenos de admiración, casi llegó a pensar que valía la pena.

Casi.

¿Por qué no podía tenerlo todo? Él era Daniel Caín. Con su encanto y su habilidad para la persuasión, había atraído a miles de conversos a la iglesia. Sin duda, podría convencer a una mujer de su error, hacer que dejara esa ridícula iglesia y rompiera todo vínculo con esos fanáticos.

Entonces, no sería ningún problema convencer a Tomás de que Angélica Smokes sería la esposa perfecta para Daniel.

Zadquiel, Azazel y Zarene siguieron de cerca a sus protegidos, con la vista fija y las espadas listas. Habían recibido una advertencia del Comandante de los Ejércitos Celestiales: el enemigo planeaba un asalto contra quienes estaban bajo su protección. También presentían —una oscuridad maligna que se cernía cerca. Por lo tanto, habían limitado la conversación mientras vigilaban a los tres humanos.

Azazel, sin embargo, expresó brevemente su alegría al ver a Daniel conectar con el chico— por su camaradería y la facilidad con la que conversaban. Zadquiel y Zarene accedieron, aunque con cautela, debido a lo que todos sabían que eran los motivos ocultos de Daniel.

"Usa a Isaac para llegar a ella", les dijo Zarene, enfadado porque su protegido estaba siendo manipulado. "El chico necesita un padre, uno que lo ame de verdad".

"Tiene un padre", dijo Zadquiel con severidad.

"Por supuesto. Pero hablo de una influencia terrenal. Sabes lo importantes que son los buenos padres terrenales para estos humanos. Sin ellos, muchos se desvían hacia la oscuridad".

"De acuerdo. Qué frágiles son estos hijos de Dios", dijo Azazel mientras seguían al trío a la exhibición de manta rayas y observaban a Isaac estudiarlas con alegría.

Zarene se acercó al muchacho y sonrió con orgullo. "Él ama a las criaturas marinas del Padre".

"Está dotado para cuidarlas. Quizás se le ponga a cargo de ellas en la próxima era", comentó Zadquiel.

Zarene sonreía,

mientras Azazel resoplaba. "Ojalá Daniel respondiera a la guía de Angélica".

"Ten paciencia, amigo mío. El Padre tiene un plan".

Continuaron en silencio mientras los tres humanos caminaban por la exhibición y disfrutaban de todas las diversas exhibiciones, incluyendo un enorme acuario de 360 grados que formaba un círculo en el centro de la sala.

"Si creen que esto es maravilloso, esperen a ver el cielo", dijo Zarene, cerniéndose sobre Isaac.

Azazel rió entre dientes. "En efecto".

Finalmente, los humanos vieron suficiente y se dirigieron a la multitud una vez más.

Un escalofrío recorrió la espalda de Zarene, quien se aferró la empuñadura de su espada y miró a su alrededor. Zadquiel y Azazel lo sintieron e hicieron lo mismo. El guardaespaldas humano observaba a una mujer vestida con pantalones cortos ajustados, ajeno del peligro, mientras sus tres protegidos caminaban por la pasarela, desprevenidos.

Zarene observaba la multitud, ignorando a los demonios que rodeaban a tantos de los presentes. Divisó una oscuridad inusual entre la multitud—moviéndose lenta y sigilosamente, como un humano hecho de alquitrán. Un hombre se encontraba entre sus sombras, apenas distinguible a través del lodo negro. Su mirada entrecerrada se posó en sus protegidos.

"Ese es", les dijo Azazel.

"Yo me encargo le dijo Zadquiel", desenvainando su espada. "Yo lo detendré. Ustedes dos protéjanlos".

Azazel y Zarene salieron corriendo, mientras Zadquiel se acercaba al hombre infestado de demonios y cortaba la oscuridad.

Chillidos de agonía sobrenaturales llenaron el aire mientras los demonios desenvainaban sus espadas para contrarrestar su ataque. ¡*Tantos*! Zadquiel cortó de un lado a otro, agachándose y luego girando para encontrarse con otra espada. Azazel apareció a su lado, y los dos cargaron contra al menos una docena de espectros que venían hacia ellos desde todas direcciones.

Zadquiel le clavó su espada a un demonio particularmente grueso y supurante, dando en su objetivo. Chillando, la bestia se arrastró para lamer sus heridas. Azazel atacó a un par de espectros bajos, de colmillos afilados, con los ojos goteando sangre, las bocas espumosas. Odio y asesinato. Los había visto antes. Gruñeron, dientes afilados y dentados. Blandió su espada baja y recibió ambas hojas con un crujido ensordecedor. Luchaban con tal ferocidad que Azazel se vio obligado a retroceder. Miró a Zadquiel en busca de ayuda, pero su amigo luchaba contra otros tres espíritus oscuros.

Azazel cargó contra ellos de nuevo, cortando y empujando, pero se negaron a soltar al humano, que siguió adelante implacablemente. Metiendo la mano bajo su camisa, sacó una pistola. Azazel intensificó su ataque, mirando por encima del hombro a Zarene, quien protegía a los humanos con la espada desenvainada. "¡Son demasiados!", gritó Azazel.

"¡Sigue luchando, amigo!". Zadquiel partió a otro demonio por la mitad.

El hombre amartilló su pistola.

"¡No!", gritó Azazel y se dirigió hacia Daniel mientras Zarene hacía todo lo posible por proteger a los tres humanos.

El estallido de los disparos resonó en el aire.

Muchos tropezarán entonces, y se entregarán unos a otros, y unos a otros se aborrecerán. Y muchos falsos profetas se levantarán, y engañarán a muchos; y por haberse multiplicado la maldad, el amor de muchos se enfriará. Mas el que persevere hasta el fin, este será salvo.

Mateo 24:10-13 (RVR 1960)

Capítulo 13

Una extraña sensación se apoderó de Daniel. No podía explicarla. Un presentimiento, una ansiedad que le era completamente desconocida. Mirando casualmente hacia atrás, vio a su guardaespaldas sonriendo y riendo con una joven. Genial. Menuda protección.

Daniel observaba a la multitud. Algo le llamó la atención. Un hombre —alto, corpulento, con un pendiente colgando del lóbulo de la oreja— miraba fijamente a Daniel.

¡Con una pistola en la mano!

"¡Noooooo!". Se lanzó sobre Ángel e Isaac, los empujó al suelo y los cubrió con su cuerpo mientras el inquietante "pum pum pum" de una pistola resonaba entre la multitud.

Alguien gritó: "¡Tiene una pistola!". Y se desató la histeria total. La gente gritaba y se dispersaba en todas direcciones, empujándose y tropezando unos con otros en un intento de escapar. El hombre de la pistola fue absorbido por la multitud. El guardaespaldas de Daniel se quedó paralizado, con la pistola desenfundada, contemplando el caos.

"¿Qué estás haciendo? ¡Ve tras él!" le gritó Daniel antes de girarse para abrazar a Angélica e Isaac. ¿Están bien?

Ella temblaba. Isaac miraba a Daniel con los ojos muy abiertos.

"Sí, creo que sí". Su voz temblaba mientras apartaba frenéticamente el pelo de la cara de su hijo. "¿Estás herido?".

Isaac negó con la cabeza. "¿Qué pasó?" Aunque le temblaban los labios, el niño se levantó y ayudó a su madre a ponerse de pie antes de caer en sus brazos.

"Salgamos de aquí". Daniel miró a su alrededor, con un solo pensamiento en mente. Poner a Angélica y a su hijo a salvo. ¿Quién sabía si no habría otro tirador o si el primero no volvería? Y ahora su inepto guardaespaldas también se había ido. De hecho, no había ni un alma a la vista. La música seguía sonando inquietantemente por los intercomunicadores, interrumpida por una voz que anunciaba que el espectáculo de leones marinos comenzaría en diez minutos... como si nada hubiera sucedido.

No obstante, algo había sucedido. ¡Alguien había intentado matarlo! Otra vez.

Angélica agarró su bolso y a su hijo y lo miró con incredulidad. "Nos salvaste la vida".

Él lo negó con la cabeza y miró hacia donde había corrido su guardaespaldas.

"Nos cubriste con tu cuerpo", insistió ella.

"Solo fue un acto reflejo".

"No mucha gente se arriesgaría así". Acercó a su hijo, con los ojos humedecidos.

Daniel sonrió al ver el cariño que vio en él, de repente contento de haberse hecho el héroe. Tan impropio de él. Sinceramente, siempre había cuidado de sí mismo. Pero en esa fracción de segundo, cuando vio el arma, solo pudo pensar en Ángel e Isaac.

"¿Por qué nos disparó ese hombre?". Isaac se aferró a su madre mientras Daniel se los llevaba a toda prisa.

"No sé. Hay muchos locos en el mundo". Daniel puso una mano en la espalda de Angélica y miró a su alrededor para asegurarse de que no hubiera más pistoleros. Cuanto antes llegaran a la limusina, mucho mejor.

Desafortunadamente, los detuvo la seguridad del parque y luego la policía, y Daniel y Angélica tuvieron que declarar antes de irse. Una hora después, mientras subían a la parte trasera de la limusina, el guardaespaldas de Daniel llegó corriendo, negó con la cabeza como diciendo que no había encontrado al tirador y se sentó adelante, frunciendo el ceño ante la mirada furiosa de Daniel. Y con razón. Daniel lo despediría en cuanto regresaran.

El viaje se alargó en silencio mientras Angélica abrazaba a su hijo, calmándolo con susurros y besos en la frente. Finalmente, el niño se durmió y Angélica lo recostó con cariño en el asiento acolchado.

"Siento que las cosas hayan resultado así", dijo Daniel, enojado porque su hermoso día se había arruinado.

Ella miró a su hijo. "No te preocupes. Se lo pasó genial".

"Hasta que casi le disparan". Daniel gruñó y se pasó una mano por el pelo.

Ella lo miró con preocupación. "¿Sucede eso a menudo? Asumo que quienquiera que fuera, te perseguía a ti".

"No". Su voz salió un poco demasiado alta, así que la bajó rápidamente, mirando a Isaac. "Solo una vez. Un loco en una cruzada en el estadio FAU. Supongo que ser famoso tiene un precio". Y ahora se preguntaba si ese precio sería perder a la mujer que amaba. Ninguna madre en su sano juicio pondría a su hijo en peligro por estar con un hombre al que la gente quería matar.

"Dios nos cuidó". Sonrió ella.

Una esperanza se encendió en su corazón. "Lo hizo. Y seguirá haciéndolo". Sus ojos verdes brillaban con emoción. "¿Viste tú también los ángeles?".

"¿Qué ángeles?".

"No importa". Se abrazó a sí misma. "Ha sido un día muy largo".

Daniel volvió a mirar a Isaac. "Ha sido tan valiente como cualquier hombre. Qué gran chico. Su padre no sabe de lo que se está perdiendo".

Por alguna razón, eso pareció molestarla, ya que miró por la ventana con los ojos húmedos.

Estúpido, estúpido, Daniel. "Lo siento. No pensé en ello. Debías quererlo mucho".

Aun así, no dijo nada durante varios minutos, hasta que volvió a mirarlo con ojos enfadados. "Ha sido un día estupendo, Daniel, pero tú y yo..." —señaló entre ellos—"sea lo que sea esto, tiene que acabar".

Esa noche, Angélica no soñó con asesinos ni delfines, como habría de esperar. No, su mente estaba llena de escenas extrañas sin sentido. Actos aleatorios sacados de una obra de teatro o un cuento, pero sin ton ni son: Daniel e Isaac lanzándose una pelota de béisbol, Angélica sentada en el césped, apoyando la cabeza en el hombro de Daniel, Isaac y Daniel haciendo flexiones en la piscina de Daniel, los dos pescando desde un muelle, ella sentada en el primer banco de la iglesia de Daniel, viéndolo predicar. Y finalmente, una mística escena de los tres, caminando de la mano por un campo de las flores más hermosas que jamás había visto. El cielo era de un azul celeste intenso con vetas carmesí, y mariposas revoloteaban entre las flores, con sus alas bañadas en una brillante filigrana dorada.

Entonces llegaron a la playa y densas nubes negras avanzaban en el horizonte, haciéndose cada vez más grandes... rodando hacia ellos. Destellos de relámpagos plateados surgían de la oscuridad en todas direcciones. El sonido de una trompeta. La tierra tembló. La arena se movía como agua, un edificio se derrumbó en una nube de polvo, una madre lloraba por su hijo muerto y apareció una criatura de otro mundo —alta, escamosa, poderosa.

Se despertó sobresaltada justo antes del amanecer. Una brisa húmeda agitaba las cortinas y enfrió el sudor de su cuello mientras se quitaba las sábanas y se arrodillaba.

"Padre, ¿qué significa esto? ¿Por qué estoy con Daniel en

estas visiones?". Exhaló profundamente. "¿Y qué viene sobre esta tierra? Por favor, por favor, ayúdanos". Apoyó la cabeza en la cama, con los brazos extendidos y las palmas hacia el cielo, esperando escuchar... "Padre, no puedo volver a ver a Daniel. Me duele demasiado". Lágrimas resbalaban por sus mejillas sobre la sábana. "Por favor, no me pidas que lo vea. No es bueno para Isaac. Por favor".

El suave murmullo de las olas le acariciaba los oídos, uniéndose al primer coro de pájaros que daban la bienvenida a un nuevo día de su Creador. Sintió Su presencia antes de oírlo hablar en su interior.

Te amo, hija. Todo está bien.

"Yo también te amo. Pero las cosas no parecen ir bien. ¿Qué se avecina a esta tierra?".

No temas, porque estoy contigo. El tiempo es corto, preciosa. Debes advertirle. Te he elegido.

Apretó la frente contra el suave colchón y sollozó. "¿Por qué yo? Ni siquiera me escucha".

Pero él se había arriesgado para salvarla a ella y a Isaac. Todavía no podía creerlo. Sí, el viejo Daniel que conocía podría haberlo hecho. ¿Pero este? Deseaba que hubiera visto a los ángeles protegiéndolos —tres de ellos, armados con espadas y escudos, su ángel y el de Isaac entre ellos. Seres poderosos. Protectores. Reclinó la cabeza entre las manos, mirando el círculo húmedo de lágrimas en sus sábanas. Quizás en el fondo del predicador narcisista aún quedaba algo del hombre que una vez amó. Lo que solo la hacía querer alejarse aún más de él.

Sin mencionar que no pondría a Isaac en peligro. No podía.

"¿Seguro que no quieres que arriesgue a mi hijo?".

Sin embargo, no llegó ninguna respuesta. No la necesitaba mientras una visión de Jesús en la cruz cruzaba por su mente. Dios había arriesgado a su propio Hijo, había cargado con los pecados del mundo sobre Él y lo había visto sufrir y morir. Por ella... por Isaac.

Se levantó, se sentó en la cama y se secó las lágrimas. Una

brisa le acarició la mejilla y la arrastró hacia atrás, como si Dios mismo le apartara el cabello. Su consuelo la envolvía, tanto amor... tanto amor abrumador la envolvía, llenando su alma, cuerpo y espíritu, hasta que sintió que su corazón estallaba. Oh, si tan solo los perdidos pudieran sentir este amor, lo darían todo por poseerlo. Finalmente, sus lágrimas de dolor se convirtieron en alegría, y pasó la siguiente hora alabando a Dios y leyendo su Palabra. Nada era imposible para ella. Ahora lo sabía. Mientras Dios estuviera con ella.

Esa noche, El Bar de las Sirenas era su habitual antro de caos. Mientras recorría las numerosas mesas donde se servían bebidas, *sintió*, más que vio, una multitud de espíritus oscuros que habían entrado con los clientes—suicidio, alcoholismo, pornografía, lujuria, avaricia, insomnio, adicción, desesperanza y rechazo, por nombrar los peores. En ocasiones, los veía mirándola con ojos maliciosos y malas intenciones. Pero no les temía. En cambio, se mantenía en constante oración y ofrecía tanta alegría y esperanza como podía a cada persona con la que hablaba. Algunos respondían con miradas curiosas y sonrisas, y tras asegurarse de que Sebastián no estuviera cerca, simplemente les decía que había un Dios que los amaba más de lo que jamás podrían imaginar y que quería ayudarlos.

Algunos que la oían se reían de ella. Otros la maldecían. Pero al menos les decía la verdad. Después de todo, su Padre decía que el tiempo apremiaba y que no pensaba desperdiciar ni un segundo.

"Un margarita sin sal, un ruso blanco, un café mexicano, un gin tonic, un té helado Long Island y un Cosmopolitan", le recitó la lista de pedidos a Greg, de pie detrás de la barra.

Sin levantar la vista, salió corriendo a trabajar y regresó enseguida con la primera copa. Extendiendo la mano por encima de la barra, ella le tocó el brazo. "¿Todo bien?"

Finalmente, él la miró con ojos vacíos y perdidos. "Sí". Él esbozó una sonrisa falsa e intentó zafarse.

Ella se aferró a su brazo. "Lo digo en serio. Algo pasa".

"Es que no me siento bien. Estoy harto de todo esto, supongo". "¡No les pago para charlar!", resonó la voz enfadada de Sebastián por encima de la música, haciendo que Greg saliera disparado.

"Dale un respiro, Sebastián. Angélica dejó la copa en su bandeja. "No se siente bien".

"¿En serio?" Sebastián se sentó en el taburete y la miró con su habitual lascivia que le provocaba escalofrío. "Me parece que está bien. Y tú mucho mejor, debo añadir".

Ignorándolo, ella empezó a repartir las bebidas que Greg le estaba sirviendo, orando para que el hombre dejara de desnudarla con la mirada.

"¡Dios mío!". Un hombre mayor sentado en la barra señaló la pantalla plana que colgaba sobre las filas de bebidas alcohólicas. "¡Súbale el volumen!".

Greg cogió el control remoto, mientras algunos clientes se acercaban. Un incendio voraz ocupaba casi toda la pantalla. La gente corría de un lado a otro, aterrorizada, desconcertada, conmocionada e insegura de lo que estaba pasando.

"¡El aeropuerto O'Hare de Chicago ha sido atacado!", dijo el presentador. "Se han reportado múltiples explosiones en todo el aeropuerto. Hubo al menos un terrorista suicida, según un testigo".

El corazón de Angélica casi le da un vuelco al ver imágenes de heridos en la pantalla, incluyendo algunos gritando por sus seres queridos. Cerrando los ojos, comenzó a orar por los heridos, por las fuerzas del orden y por los equipos médicos de emergencia.

"¿Dónde está mi bebida?", gritó un hombre borracho desde una de sus mesas.

"¡A trabajar, Angélica!", ordenó su jefe, mirando la pantalla con el ceño fruncido. "Es horrible, pero estas cosas pasan cada dos meses. No podemos hacer nada".

De hecho, tras escuchar el informe inicial, la mayoría volvió a sus mesas y a sus bebidas, y siguió festejando como si cientos, tal vez miles, no hubieran muerto.

Debido al aumento de la maldad, el amor de la mayoría se enfriará. Angélica recordó un versículo en el libro de Mateo: *"Padre, perdónalos"*, susurró mientras les llevaba la bandeja con sus tragos.

Durante las siguientes horas, Angélica hizo todo lo posible por hacer su trabajo, atenta al televisor para obtener más información. Por supuesto, nadie sabía mucho en ese momento. Seguían buscando sobrevivientes e intentando obtener declaraciones de testigos traumatizados. Sebastián tenía razón en una cosa: estos atentados ocurrían con tanta frecuencia en todo el mundo que la gente se estaba volviendo inmune a ellos. Hace unos días, otro ataque terrorista y un centenar de personas más, condenadas a la eternidad sin Cristo.

Entre las entregas de los tragos, intentó hablar con Greg, pero él pareció encerrarse aún más en sí mismo tras la mala noticia. Por lo tanto, se limitó a decirle que estaba orando por él, lo que al menos le arrancó una sonrisa. Esperaba que la acompañara a la sala de descanso como antes, pero en lugar de eso, pasó media hora sola, frotándose los pies y comiéndose un sándwich de atún. Y, por supuesto, orando. Al volver a la pista, casi choca con Melody cuando la mujer se apresuraba a ir a la barra con la bandeja vacía en la mano.

"Hola, Mels, no había tenido oportunidad de saludarte en esta noche".

"Sí, he estado muy ocupada" Se apartó un rizo negro de la frente con un soplido y se dio prisa.

"¿Cómo está Jackson?" Angélica la siguió a la barra a buscar una bandeja.

Melody se detuvo y la miró como si le hubiera preguntado si su hijo era del espacio exterior. "¿Te acordaste que estaba enfermo?"

"Claro. He estado orando por él".

Melody sonrió. "Está bien. Ya no tiene fiebre ni vómitos. De hecho, hoy vuelve a la escuela". "Me alegra oír eso".

Dejando la bandeja sobre la barra, Melody le entregó a Greg su pedido de bebidas, dándole a Angélica un momento para observar a la madre soltera, preguntándole al Padre si había algo más por lo que pudiera orar, o algo que pudiera decir para acercarla a Él. Pero algo no andaba bien. Angélica lo sentía en su espíritu, una sensación de consternación, dolor y pérdida. ¿Pero de qué? Buscó el espíritu de Dios en su interior y al instante, la visión apareció, como siempre, en forma de una pequeña pantalla de televisión suspendida en el aire. Mientras Angélica observaba cómo se desarrollaban las escenas, su corazón se endureció y tuvo que hacer un gran esfuerzo para contener las emociones. Finalmente, la visión desapareció, respiró hondo y miró a Melody.

"Normalmente conduces por East Broward para llegar a casa, ¿verdad?"

Melody puso las bebidas en su bandeja. "Sí, ¿por qué?".

"No vayas por ahí esta noche".

"¿De qué estás hablando?" Suspirando, tomó su bandeja mientras Greg limpiaba el mostrador, escuchando.

"Algo malo va a pasar. Simplemente no vayas por ahí. Prométemelo, ¿de acuerdo?".

Melody negó con la cabeza y se rió. "Ok, Dimensión Desconocida, pero solo por ti". Le guiñó un ojo y salió. Greg movió la cabeza y se alejó.

"Esa soy yo, Señor. Haciendo amigos e influyendo en las personas". Con un suspiro, Angélica se dirigió a una mesa de universitarios con aspecto sediento, preguntándose si estaba haciendo algo bueno.

Al final de la noche, quería meterse en un agujero durante un año. La habían insultado, codiciado, le habían hecho proposiciones lascivas, no había avanzado nada con Greg, Melody se había reído de ella y Sebastián le había coqueteado lascivamente dos veces. Todo por unas 20 miserables monedas del NOM en propinas. A este paso, no podría comprar comida para la próxima semana.

Se echó el bolso al hombro, salió por la puerta trasera al cálido aire de Florida y se dirigió a su coche. *Padre, sé que proveerás para mis necesidades como prometiste.* Sebastián hizo bien en mantener el aparcamiento bien iluminado para que no la sorprendieran los delincuentes que merodeaban. Excepto que... había un hombre de pie apoyado en su coche. Se detuvo, mantuvo la distancia y lo observó. A pesar de resultarle familiar, no parecía amenazante. Tampoco era Daniel. Su cabello era demasiado claro y su cuerpo demasiado delgado.

"¿Puedo ayudarle?", dijo ella desde donde estaba, lista para volver corriendo al club si era necesario.

"Soy yo, Smokes". Él se incorporó.

"¿Tomás?". Nadie más la llamaba Smokes. Ella se acercó lentamente, notando su elegante traje y sus zapatos italianos. "Sabes que te pueden robar aquí con esa pinta tan elegante".

Él resopló, desviando la mirada hacia el club. "Qué bien te ha ido, Smokes".

"¿Qué quieres?".

"Parece que no recibiste mi última advertencia".

"La recibí". Ella esperó, toqueteando el gas pimienta en su bolso. "El problema es que no acato tus órdenes".

"La última vez, sí lo hiciste".

Ella suspiró y se dirigió furiosa a su coche. "Sí. Me mantuve alejada, tal como dijiste. Tal como él quería. Y tenías razón. Se convirtió en alguien importante".

"Entonces, ¿por qué te empeñas en arruinarlo? Sobre todo, ahora que tiene éxito".

Frunció el ceño y si no fuera cristiana, le habría dado una bofetada. "Sabes que nunca me importaron esas cosas".

"¿Fama? ¿Dinero? ¿Una casa cómoda? ¿Quién no querría todo eso?.

"¿Ya terminaste?".

"Aléjate de él". Su tono le provocó un escalofrío en la espalda.

"Como te dije antes, eso es lo que intento hacer. Es él quien sigue viniendo a verme".

"Podrías haberle dicho que no a su invitación a SeaWorld".

Sí, podría haberlo hecho. Debería haberlo hecho. Pero odiaba la arrogancia de este hombre. Hace doce años, no era más que un niño asustado con grandes sueños que vivía a la sombra de Daniel. Ahora, solo porque vestía un traje caro y, probablemente, tenía una mansión como la de Daniel, creía que podía decirle qué hacer. Pero él seguía siendo el mismo niño asustado. Ella levantó la barbilla. "Yo le respondo a una autoridad superior a la tuya".

Él se rió y la miró con rencor. "En tu patético mundillo, no hay autoridad superior". Ella le sacó el seguro a la puerta del auto y lo abrió. "Buenas noches, Tomás".

"Esta es tu última advertencia", le dijo.

"¿O qué?".

"Bueno, digamos que sería una tragedia dejar a tu hijo huérfano". Sonriendo, se dio la vuelta y se alejó tranquilamente, silbando como si fuera el dueño del mundo.

El terror dejó a Angélica sin aliento.

Pero antes de todas estas cosas os echarán mano, y os perseguirán, y os entregarán a las sinagogas y a las cárceles, y seréis llevados ante reyes y ante gobernadores por causa de mi nombre.
Lucas 21:12 (RVR 1960)

Capítulo 14

La siguiente semana la pasó sumergida en diferentes actividades mundanas— y con terror, si Angélica lo admitía.

Tomás la había amenazado de muerte... ¿cierto? Todavía no podía creer que lo había oído bien. Definitivamente no era un santo, pero le costaba creer que se rebajara a asesinar. Probablemente solo intentaba asustarla para que se alejara de Daniel. Estaba funcionando. Ahora, más que nunca, no quería volver a verlo.

Seguramente, Dios encontraría a alguien más que ayudara a Daniel—alguien que no representara una amenaza para él. ¿No sería eso lo mejor? Tal vez incluso Tomás podría recibir ayuda. Sin embargo, cuando presentó su caso ante Dios, el cielo guardó silencio. O tal vez simplemente no quería escuchar la respuesta. En cualquier caso, no arriesgaría la vida de su hijo— por nada ni por nadie. Isaac lo era todo para ella, su razón para levantarse por la mañana, para querer sobrevivir cada día. La idea de dejarlo solo para enfrentar este mundo loco la aterrorizaba más que su muerte. Al menos en la muerte, estaría con el Señor.

Daniel, por supuesto, no había cumplido su última petición que los dejara a ella y a Isaac en paz. Él había estado llamando, enviando mensajes, tarjetas y flores, pero hasta ahora, ella había logrado evitarlo en persona.

"Padre, si quieres que vuelva a ver a Daniel, tendrás que organizarlo. Hay demasiadas razones para no verlo y ninguna que se me ocurra para continuar viéndolo". Se quedó mirando su refrigerador vacío, orando en silencio para que el ilustre predicador la abandonara pronto y pasara a su siguiente conquista.

El cerrojo hizo clic, la puerta se abrió de golpe y entraron Isaac, Joel y, finalmente, Francisca, guapísima a pesar de su sudadera holgada y su cabello alborotado. Dejó caer el bolso sobre la mesa, pasó rozando a Angélica y echó un vistazo al refrigerador.

"No hay ningún refresco". Lo cerró de golpe y se enfrentó a Angélica, con su cabello negro cayendo en ondas alrededor de su rostro.

"Gracias por recoger a Isaac", dijo Angélica, luego escudriñó la habitación en busca de su hijo. "Hola, señor". Arqueó las cejas y extendió los brazos.

"Ay, mamá". Corrió hacia ella y la abrazó mientras Joel tomaba el control remoto y encendía la televisión.

"¿Qué tal la escuela?".

"Bien", respondió como siempre. Sacó la mochila y la dejó sobre la mesa. "¿Puedo ver televisión antes de hacer la tarea?".

"Claro. Pero solo media hora".

Angélica miró a Francisca. "Perdón por no tenerte un refresco. Sé que es tu bebida favorita para después de un duro día de trabajo".

Francisca intentó sonreír y miró a su hijo con la misma mirada que Angélica imaginaba que tan a menudo miraba a Isaac—con extremo amor y extrema preocupación.

"Te ves cansada", le dijo Angélica.

"Lo estoy. Nos hemos quedado sin comida".

"Lo sé. Iré a la tienda. ¿Tienes dinero? Tengo treinta billetes, pero no me alcanzarán".

Veré qué puedo reunir". Francisca se dejó caer en una silla

a la mesa y suspiró. "Todo se está poniendo muy caro".

Angélica asintió. "Recuerdo los días en que la nevera y las alacenas estaban llenas, y teníamos que obligarnos a no comer todo lo que queríamos".

Su amiga empezó a rebuscar monedas en su bolso. "¿Supongo que esta es una de tus profecías?".

"En realidad, sí... escasez de comida, hambruna. Todo está profetizado en la Biblia para los últimos días".

"¿Este Dios tuyo da alguna vez buenas noticias?".

Entonces, dejó caer un puñado de monedas sobre la mesa y buscó más.

"Sí. sí que da buenas noticias. Es su especialidad". Angélica se apoyó en la encimera de la cocina. "La palabra 'evangelio' significa buenas noticias. Todos estos problemas que estamos viendo nos llevan a la mejor noticia de todas. Jesús regresará para arreglar el mundo. No habrá más dolor, ni enfermedad, ni tristeza. No más hambre ni neveras vacías. Y no más muerte".

"Mmm. Suena maravilloso. Si fuera verdad".

Angélica sonrió. Al menos su tono no era ni iracundo ni desafiante, como solía ser al hablar de Dios.

Francisca añadió más monedas a su montón. "Bueno, al menos no tenemos que hacer esas largas colas bajo el calor de Florida para conseguir una bolsa de harina y verduras enlatadas".

"Cierto. Dios ha sido bueno con nosotros".

Unos ruidos extraños en la televisión pusieron nerviosa a su madre, y miró en esa dirección para ver a dos personas desnudas en la cama juntas en la pantalla. Corrió a la sala, se puso delante del televisor y cambió de canal. "Ya es suficiente por hoy".

"Pero si acabamos de empezar a ver". Protestó el pequeño Joel, sin duda ajeno a lo que acababa de presenciar.

La cara roja y los ojos abiertos de Isaac, en cambio, indicaban que sabía exactamente lo que había visto. Tendría que hablar de esto con él más tarde.

Angélica se puso las manos en las caderas. "Vayan a hacer

sus tareas. Los dos".

Isaac se levantó con el ceño fruncido.

"No tengo tareas", anunció Joel con orgullo, mirándola con sus ojos inocentes.

"Ven aquí y hazle un dibujo a mami". Francisca cogió papel y crayones del estante y los puso sobre la mesa mientras Isaac, a regañadientes, agarraba su mochila y se marchaba.

Algo cayó al suelo, y Angélica fue a recogerlo. "Ojalá aceptaras cancelar el cable".

"Sí, probablemente tengas razón. No puedo creer lo que están poniendo durante el día".

Sorprendida por la respuesta de su compañera de piso, Angélica se detuvo y la encaró. "No es que el sexo tenga nada de malo", añadió Francisca. "Es perfectamente natural, y tarde o temprano se enterarán". Levantó a Joel y le dio un crayón.

"¿Qué es el sexo, mami?", le preguntó el niño.

"Olvídalo. Dibújame algo bonito".

Angélica la miró con una expresión incriminatoria. "Seguro que estás de acuerdo en que tu hijo es demasiado pequeño para estar expuesto a eso".

Se encogió de hombros. "Sí, supongo".

Mientras tanto, en la televisión, una voz burlona anunciaba "Por fin ha llegado Jesús"; lo que atrajo las miradas de ambas y produjo una risita de Francisca.

Angélica se encogió al ver la imagen de un hombre barbudo con una túnica blanca deambulando por las calles de Londres.

"Parece que tu Dios ha regresado justo a tiempo", bromeó Francisca.

"Querida, la Biblia predice también que habrá falsos mesías". Angélica se dirigió al televisor.

"Un terremoto de 8.2 grados ha golpeado Marruecos", continuó el presentador.

Angélica agarró el control remoto y apagó el televisor. Ya eran suficientes malas noticias por hoy. De regreso a la cocina, se inclinó para recoger lo que Isaac había dejado caer.

Y no podía creer lo que veía.

Condones. "¡Isaac!". Su grito lo hizo salir corriendo de su habitación.

"¿Dónde los compraste?"

Una marea roja le subió por el cuello y le inundó la cara. "Los están dando en la escuela, mamá. No los quería, en verdad".

Angélica cerró los ojos. "Está bien. No pasa nada. Ven aquí". Tomándolo en sus brazos, lo besó en la frente. "Te amo".

"También te amo, mamá", y salió corriendo.

Francisca la miró de reojo. "Los niños de su edad tienen sexo hoy en día".

"¿A los diez? ¿Es posible?", gimió Angélica mientras abría el armario debajo del fregadero y tiraba los condones a la basura. "Eso no lo justifica".

Cogió su móvil y llamó a la directora del colegio. La mujer era insoportable. Por mucho que Angélica protestara, no se inmutaba. "Además", dijo, "es un mandato estatal dar condones a todos los niños de diez años en adelante. Ustedes, los religiosos, quieren evitar abortos no deseados, ¿no?".

Angélica le había informado que ningún aborto era no deseado. Matar a un niño era una decisión, simple y llanamente. A lo que la mujer dijo que tenía que irse y colgó.

Francisca le entregó veintinueve billetes y un puñado de monedas, arqueando una ceja. "¿No salió bien?".

Angélica tomó el dinero. "No, pero la verdad es que no esperaba que entendiera". Aun así, tenía que intentarlo. Además, necesitaba hablar con Isaac sobre eso—de sexo. En momentos como estos, anhelaba un padre para él, alguien que pudiera hablar de esas cosas desde la perspectiva de un hombre piadoso. ¿A quién engañaba? Desde el nacimiento de Isaac, había anhelado un padre para él, alguien que ayudara a criar a este precioso niño. Desde la primera vez que vio su dulce rostro, le había aterrorizado hacerlo sola, insegura de sí misma, de su capacidad para ser una buena madre, para guiarlo por el camino correcto.

Después de dejar los billetes en su bolso, estaba a punto de irse cuando llamaron a la puerta. Su corazón se congeló, orando para que no fuera Daniel.

Sin embargo, era Melody quien entró cuando Francisca le abrió la puerta, con un niño pequeño en brazos y otro de la edad de Joel aferrado a su pierna. Angélica apenas la reconoció sin maquillaje y con sus jeans y polera.

"Melody, qué sorpresa. ¿Qué haces aquí?"

"Supongo que hemos estado en turnos diferentes en el trabajo, pero no podía esperar ni un minuto más para agradecerte". Miró a Francisca.

Angélica las presentó. "¿Agradecerme por qué?".

"Me salvaste la vida".

El niño se sentó a la mesa junto a Joel y lo observaba dibujar.

Angélica sonrió al niño en brazos de Melody. "Este debe ser Jackson".

"Sí. Está mucho mejor". Melody besó a su hijo y luego miró a Angélica como si fuera un fantasma. "¿Cómo lo supiste?".

"¿Saber qué?".

¡Que iba a haber un enorme socavón en East Broward esa noche"!

Francisca levantó la vista después de ayudar a Joel a dibujar. "Ah, eso". Angélica sonrió. "Me alegró mucho saber que lo evitaste. Dios me lo reveló esa noche en el bar".

"¿Dios?"

Angélica le acercó una silla a la dama que de repente parecía tambalearse. "Sí, ¿quién más?". "Casi me fui por ahí", murmuró.

"Pero en el último minuto, pensé en tu advertencia".

"Espera un momento". Francisca apuntó a la señora con un crayón rojo. "¿Intentas decirme que Angélica te dijo que no condujeras por East Broward antes de que ocurriera ese socavón?".

Melody asintió. “Varias horas antes”.

“Lo que prueba que hay un Dios”. Angélica puso su mano sobre el brazo de Melody. “Y que Él se preocupa por ti”.

Ambas mujeres la miraron boquiabiertas mientras ella agradecía a Dios en silencio por la oportunidad de darle gloria.

Esa euforia continuó al día siguiente en la playa con Anna, Robert y Clay, quienes atendían a la multitud. Casi esperaba que Daniel volviera a aparecer, pero por el bien de su hijo, se alegró de que no lo hiciera. Aunque, si lo admitía, una pequeña parte de su corazón sentía un dolor al pensar que probablemente ya había seguido adelante. Lo que lo hacía más difícil era que Isaac preguntaba a diario cuándo volverían a ver a Daniel. La mirada de expectación en los ojos de su hijo casi la mata, y ella había intentado decepcionarlo con delicadeza diciéndole que Daniel era importante y un hombre muy ocupado.

Ahora, al mirar a su hijo, empapado y con la tabla en la mano, saliendo del agua, sonrió. Ojalá pronto se olvidara por completo del famoso pastor.

Clay tocaba la guitarra mientras la multitud se acercaba. Hoy le tocaba a Robert recitar las Escrituras, y había elegido Isaías 53, una profecía mesiánica. Isaac se unió a ellos y se dejó caer en la arena mientras la gente escuchaba absorta las palabras que describían el sufrimiento de Jesús con precisión —más de 500 años antes de su nacimiento.

“Ciertamente llevó él nuestras enfermedades, y sufrió nuestros dolores; y nosotros le tuvimos por azotado, por herido de Dios y abatido”, continuó Robert.

Una mujer mayor comenzó a llorar.

“Mas él herido fue por nuestras rebeliones, molido por nuestros pecados; el castigo de nuestra paz cayó sobre él, y por su llaga fuimos nosotros curados.”.

Robert terminó el pasaje con su propio testimonio. Aunque Angélica lo había escuchado docenas de veces, nunca se cansaba de la historia de cómo Dios lo había rescatado de la drogadicción y la violencia de pandillas, lo había perdonado de todos sus pecados y le había dado una nueva vida y un propósito.

"No solo eso", añadió Robert con los ojos brillantes. "Sino que cuando termine mi tiempo en la tierra, viviré para siempre con mi Padre en un lugar hermoso sin maldad, tristeza ni dolor. Y todo lo que tienes que hacer para recibir este regalo gratuito de Dios es arrepentirte de tus pecados, aceptar el sacrificio de Jesús, confesarlo con tu boca y seguirlo el resto de tus días. Esta vida solo tiene dos puertas que conducen a la eternidad. Elige la puerta correcta".

¡Qué gran don tenía este hombre para la evangelización! Si Angélica no fuera ya salva, seguiría adelante con las cinco personas que ahora respondieron al llamado de Robert para recibir a Jesús. Así las cosas, ella, junto con Anna, Clay y algunos de los demás presentes, alabaron a Dios por las almas salvadas, los nacidos de nuevo.

Al final de la multitud, apareció su ángel, junto con otros que no conocía. Todos bailaban y cantaban, saltando como niños pequeños y levantando arena. ¡Qué espectáculo tan glorioso!

Hasta que dos policías se abrieron paso entre ellos; ahí desaparecieron.

"¡Sepárense! ¡Sepárense!», gritó uno de ellos. "¿Qué está pasando aquí?".

Una de las nuevas conversas corrió hacia ellos con lágrimas corriendo por sus mejillas. "¡Soy salva! ¡He conocido a Dios!".

El hombre resopló y miró a su compañero, que ya estaba sacando las esposas y pidiendo refuerzos.

"¡Fuera de aquí!". El policía le hizo un gesto a la multitud y la mayoría salió corriendo. Los pocos que no lo hicieron se mantuvieron a distancia.

"Les dijimos que la próxima vez que los encontráramos haciendo proselitismo en esta playa, los arrestaríamos".

"Así es, mi sargento". Robert se dio la vuelta y se llevó las manos a la espalda.

El otro policía levantó a Clay, con demasiada brusquedad, mientras otros policías avanzaban hacia ellos desde el estacionamiento.

Angélica no podía respirar. Atrajo a Isaac hacia sí, su primer pensamiento fue huir con él, pero uno de los policías la agarró del brazo y la giró tan rápido que sintió un dolor intenso en los hombros.

El frío acero le rodeó las muñecas y las esposas se cerraron con un clic.

Y seréis aborrecidos de todos por causa de mi nombre; mas el que persevere hasta el fin, este será salvo.
Mateo 10:22 (RVR 1960)

Capítulo 15

Daniel presionó la Tecla RETROCESO en su teclado y borró la oración que recién había escrito. Pura basura, pura basura. Un gruñido involuntario le subió por la garganta. Llevaba horas trabajando en este discurso y solo llevaba dos párrafos y ni siquiera eran buenos.

Todo era culpa de Ángel. ¿Por qué no podía dejar de pensar en ella? Podía elegir a cualquier mujer, pero ahí estaba, suspirando por una mesera como un universitario enamorado.

¡Ridículo! La mujer le había dejado claro que no quería saber nada de él. Sobre todo, después de que los pusiera a ella y a Isaac en peligro;

Sin embargo, la echaba de menos. ¡Qué horrible sensación! Se sentía como si volviera a tener veintidós años, de pie bajo la lluvia en la cafetería de Sunrise. Durante horas. Y ella nunca había aparecido. ¿Por qué se estaba sometiendo a esto otra vez?

Un golpe en la puerta lo alivió de sus pensamientos, y se alegró de ver a su buen amigo Marley entrar en la habitación. ¿O no? El pobre hombre parecía confundido. Y Daniel definitivamente no necesitaba más conflictos hoy.

Marley se acercó al escritorio de Daniel con un libro grueso en la mano. "¿Qué pasa, querido?". El intento de Daniel por mostrarse alegre no afectó la mirada contemplativa de su amigo.

"Creo que lo estamos haciendo todo mal".

"¿Haciendo mal qué?".

"Todo. He estado estudiando la Biblia".

Daniel se rió entre dientes, aún con la esperanza de animar al hombre. "Claro que sí, eres pastor".

"No, me refiero a estudiarla de verdad, a pedirle al Espíritu

Santo que me instruya".

Daniel lo miró fijamente, temiendo lo peor, temiendo que se estuviera convirtiendo en uno de esos fanáticos ilegales. "¿De qué estás hablando?".

Estoy hablando de ceder ante el mundo, de desafiar lo que Dios dice" —levantó su Biblia— "por el bien de la corrección política y cultural".

Levantándose, Daniel rodeó su escritorio, con la mirada fija en la Biblia que su amigo sostenía, sus sospechas aumentaban. "¿Es eso—?

"Sí". Marley asintió, con la mandíbula rígida. "Una Biblia vieja. La tengo desde hace tiempo".

Daniel se apretó el tabique nasal y gruñó. "¿Sabes lo que nos podría pasar, si alguien encuentra eso en esta iglesia? ¡No puedo creerlo!".

"Lo siento, Daniel. De verdad.". Marley se hundió en una silla y se inclinó hacia adelante sobre sus rodillas. "Me la llevaré a casa hoy". Moviendo la cabeza, miraba la alfombra. Es que... es que no me he sentido bien con las cosas... en mi espíritu, ¿sabes?". Miró a Daniel.

No, Daniel no sentía nada malo; al menos, no en su espíritu. Su corazón era otra cosa. "Todo está bien en la iglesia. Te lo aseguro. De hecho, nunca ha estado mejor. Estamos haciendo un buen trabajo aquí".

"¿De verdad?"

Daniel cerró los ojos, buscando la poca paciencia que le quedaba. "Tienes que recomponerte, hombre. ¿Me oyes? No puedo permitir que mi pastor de jóvenes se vuelva loco".

Lo sé, Daniel. Es solo que… bueno, se supone que debemos hacer discípulos, no llenar las bancas. Se supone que debemos enseñarles a seguir a Jesús, a obedecer la Palabra de Dios, y por lo que leo, Dios dice que cualquier forma de inmoralidad es pecado y abominación para Él.

Daniel lo apuntó con el dedo. "Precisamente por eso quitaron esos versículos. Asustan a la gente. Ninguno de nosotros puede ser perfecto, ¿verdad? Incluso nuestras buenas obras son como trapos de inmundicia para Dios. Seguro que tú también leíste ese versículo. Entonces, ¿por qué preocuparse? Acepta el regalo de la salvación y el perdón de pecados y luego ama a todos. ¿No es ese el verdadero mensaje de la Biblia?".

"Sí, claro", dijo Marley, pero su tono carecía de convicción.

"Centrémonos en el amor, la bondad y la gracia de Dios, como lo hemos estado haciendo, no en su juicio y rechazo. Eso solo desanima a la gente. Es excluyente y no inclusivo, y Dios es un Dios inclusivo". Daniel le ofreció a su amigo su sonrisa más tranquilizadora.

Frunciendo el ceño, Marley se puso de pie y se dirigió a la puerta. Antes de llegar, se dio la vuelta. "Sabes, creo que estamos cerca del final, Daniel".

"¿Qué final?"

"El fin de esta era. Ya sabes, cuando Jesús regrese".

"Sí." Daniel lo despidió con un ademán. "La gente lleva siglos diciendo eso".

"Pero esta vez es diferente. Deberíamos advertirle a la gente, decirles que se arrepientan y se preparen".

La frase "que se preparen" le recordó a Daniel la primera advertencia de Ángel, pero la ignoró. "Escucha, Marley". Usó su tono de mando. "Toma esa Biblia y deshazte de ella. Es una orden." Ya estaba harto de esta locura religiosa. No solo era mala para su iglesia, sino que incluso permitir que Marley hablara de ello podría llevarlos a ambos a la cárcel.

Después de que Marley se fuera, Daniel se recostó en su cómodo sillón y volvió a mirar el monitor de la computadora, sintiendo que le aumentaba el dolor de cabeza.

"Bien. Espero que estés preparando tu discurso para el desayuno de oración".

Daniel levantó la vista y vio la cabeza de Tomás asomando por la puerta abierta.

"Lo estoy intentando". Daniel se recostó en su sillón e hizo un gesto a su amigo para que entrara.

"No me quedaré mucho tiempo. Solo estoy viendo cómo vas. Hay que repasarlo un par de veces antes de irnos a Washington D. C. Sabes que es dentro de un mes, ¿verdad?".

"No hace falta que me lo recuerdes". Daniel se quedó mirando la foto de su madre en el escritorio, deseando que no hubiera muerto hacía tantos años. Su firme fe era una gran inspiración para Daniel, y siempre sabía qué decir, qué consejo dar—la forma correcta de consolarlo después de que su padre lo menospreciara y lo reprendiera hasta convertirlo en polvo. Algo así como se sentía ahora. Después del rechazo de Angélica y ahora esta presión de escribir el discurso de su vida, de ser grande y carismático cuando por dentro se sentía el perdedor que su padre siempre le decía que era.

Tomás se arregló el pelo de las sienes. "Entonces tampoco hace falta que te recuerde lo importante que es esta exposición. Si lo logras, todos en Washington D. C. sabrán tu nombre".

Daniel se levantó y se dirigió a la barra a tomarse un café. "¿Quieres beber algo?".

"No, estoy bien". "¿Entonces qué te pasa?" le preguntó Daniel al darse la vuelta. "Algo te preocupa".

Tomás tocó un pisapapeles de cristal con forma de paloma que estaba sobre el escritorio de Daniel. "Es que desde la semana pasada que te veo deprimido por aquí como si acabaras de descubrir que tienes cáncer o algo así".

Daniel le dio un sorbo a su café, lamentando que su amigo se hubiera dado cuenta. "Estaré bien".

"Es Smokes, ¿verdad?" Daniel dudó, preguntándose cómo lo sabía su amigo. "La extraño. Pero me ha dejado claro que no quiere volver a verme."

La sonrisa de Tomás se veía demasiado triunfante. "Menos mal. Ya que no me escuchas y no te alejas de ella por tu cuenta".

"Entonces debes de estar muy contento".

"No puedo decir que no lo esté, Daniel; especialmente, pensando en lo que se ha metido ahora".

"¿De qué estás hablando?".

"¿No te has enterado?", resopló Tomás. "Tanto a ella como a su pandilla de fanáticos de Jesús los arrestaron ayer y los metieron en la cárcel".

Zadquiel y Zarene permanecían uno junto al otro contra los fríos barrotes de acero, junto a cinco de sus compañeros. Todos observaban a sus protegidos, acurrucados al fondo de la gran jaula que albergaba al menos a cincuenta personas, la mayoría borrachos, drogadictos y prostitutas. Parte de esa multitud eran algunos ladrones y un hombre acusado de abusar sexualmente de su sobrina de nueve años. Zadquiel notó que el corazón del hombre estaba completamente oscuro, su conciencia atormentada por pecados repetidos, lo que ahora le impedía sentir lástima, remordimiento o incluso arrepentimiento por sus viles acciones.

"¿No hay esperanza para él, cierto?", preguntó Zarene.

"No, ya ha elegido su camino".

"Qué tristes estos humanos".

"Sí. Pero centrémonos en nuestros protegidos". Zadquiel no podía evitar sonreír mientras miraba a Angélica. Qué orgulloso estaba de ella por obedecer al Padre en lugar de al hombre, por arriesgar su vida y su seguridad para hacer Su voluntad y, especialmente, por arriesgar la seguridad de su hijo.

"Ella se preocupa demasiado por Isaac". Zarene señaló la forma en que atraía al muchacho hacia ella en el banco.

"Es su debilidad. Una que debe superar pronto."

Zarene miró a Zadquiel, que estaba al menos a sesenta centímetros por encima de él. "Es un buen chico. He tenido la bendición de cuidarlo desde que nació".

Zadquiel solo asintió.

Los dos se quedaron en silencio un momento, observando como Robert, Anna, Clay, Angélica e Isaac formaban un círculo, tomándose de las manos para comenzar a orar.

Algunos de los prisioneros se burlaban de ellos y les

escupían, profiriendo todo tipo de maldiciones: no obstante, el grupo persistió en sus peticiones al Padre. Rayos de luz los rodeaban, elevándose hacia el cielo mientras cada palabra que pronunciaban se convertía en incienso perfumado que flotaba ante el trono.

Los demás ángeles sonreían y asentían a Zadquiel. "Lo están haciendo bien", dijo Hikith, el guardián de Robert.

"En efecto", respondió Zadquiel.

Zarene tiró de la túnica de Zadquiel. "¿Recuerdas cuando Pablo y Silas cantaban himnos en la cárcel y el Padre envió un terremoto para sacudir sus cadenas y abrir la puerta?".

"Sí, claro", le dijo Zadquiel. "Yo estaba allí, cuidando de Silas".

"¿De verdad? Yo solo oí hablar de ello". Zarene miró a Zadquiel con admiración. "Qué bendición fuiste al proteger a tal hombre".

"Ahora somos bendecidos, amigo mío, al estar asignados a guerreros tan santos del fin de los tiempos".

Asintiendo, la mirada de Zarene volvió a Isaac, con entusiasmo en su voz. "Ojalá el Padre volviera a hacer algo así".

Él tiene otros planes esta vez. Observa y ten paciencia".

No era una de las mejores cualidades de Zarene. "Hay mucho en juego aquí". Zadquiel observó a Angélica, notando el sudor en su frente y la forma en que se apoyaba en Robert. "Mucha maldad se ha desatado sobre Angélica, muchas misiones oscuras del enemigo, pues el Padre le ha encomendado una importante tarea, una que podría llevar a miles a entrar al cielo".

"¿Miles?", dijo Zarene. "Entonces debo permanecer siempre vigilante sobre Isaac".

"De acuerdo. "Mira, ahora es su madre". Zadquiel señaló a Angélica y Zarene finalmente notó que vacilaba.

"Está enferma", dijo.

"Sí. Tiene Gecka".

"¿La plaga que ha matado a tantos humanos? ¿Dónde la

contrajo? ¿Cómo la contrajo? ¿Por qué el Padre permitió tal cosa?". Zadquiel no decía nada.

"Dime que esto no terminará en su muerte.".

"Yo, realmente, no lo sé."

Algo andaba terriblemente mal. Angélica lo sabía desde hacía tiempo. Empezó a sentir un calor inusual apenas una hora después de que los arrojaran a la celda. Luego vinieron los escalofríos, el malestar estomacal y, finalmente, el sarpullido con picazón que le brotaba como puntitos rosados en el estómago. Había orado para que no le pasara nada, pero solo había empeorado. El enemigo no dejaba de susurrarle al oído que tenía la peste y que moriría, dejando a su hijo solo en la cárcel. Y por mucho que intentara ignorarlo, sus miedos crecían hasta casi estrangularla.

No tenía miedo de morir, pero dejar a Isaac... ¡sobre todo en la cárcel! ¿Cómo saldría? ¿Quién lo cuidaría, lo protegería, evitaría que lo engañaran y terminara en el infierno? Claro que sabía que Dios lo haría. Al menos lo sabía en su cabeza. Pero su corazón estaba en estado de pánico.

A los pocos minutos de llegar, todos habían sido fichados, les habían tomado las huellas dactilares y les habían tomado las fotos policiales. Ahora eran criminales. Criminales por Cristo. Aunque este sufrimiento insignificante difícilmente podía compararse con el de los miles de santos masacrados por el Estado Islámico o con aquellos obligados a morir trabajando en campos de concentración en Corea del Norte; lo que ya era suficientemente aterrador para ella. Sin embargo, después de veinticuatro horas en esa celda, llena de la gente más sucia y maloliente que jamás había visto, seguía sin haber señales de ser liberada, ni siquiera de hablar con un juez o de tener un juicio justo. Nada. Ni siquiera les habían permitido una llamada telefónica, y Angélica se preguntaba cuándo les habían arrebatado ese derecho... como a tantos otros.

Ahora, estaba enferma. Y empeoraba a cada minuto. Y aunque había intentado evitar que Isaac se acercara demasiado, el pobre chico aterrorizado no había dejado de aferrarse a ella desde que los habían arrestado. Si tan solo le permitieran llamar a Francisca, podría encargarse de que lo recogiera y lo llevara a casa. ¡Era solo un niño inocente! Pero sus constantes súplicas a los carceleros cayeron en oídos sordos.

Finalmente, cuando los demás de su grupo notaron su enfermedad, Robert sugirió que formaran un círculo y oraran por ella. El acto solo pareció molestar a Isaac y provocar un montón de maldiciones de los demás prisioneros. Había querido taparle los oídos a su hijo, pero en lugar de eso, lo abrazó y se sentó.

Anna le tomó la mano, mientras Robert le aseguraba que Dios tenía un plan, pero su mente se nublaba como si viviera una pesadilla. Ojalá fuera cierto. A lo lejos, oyó a alguien vomitar y a otro prisionero golpear la puerta de la celda, llamando a gritos a un guardia. Pasaron minutos, ¿o fueron horas? Angélica sentía un calor sofocante y se aferró a Isaac como a un salvavidas. El tintineo de la puerta de la celda llenó sus oídos, seguido de pasos que se acercaban y una voz áspera.

"Muy bien, chiflados religiosos, son libres de irse". El oficial les hizo un gesto. Angélica sintió el brazo de Anna rodeándola y ayudándola a ponerse de pie. Los cinco salieron de la celda arrastrando los pies entre las maldiciones y quejas del resto de los prisioneros. Se marcharon a través de un laberinto de celdas, luego subieron unas escaleras, y finalmente terminaron en una especie de oficina, donde se les indicó que firmaran los papeles de liberación.

"¿Por qué nos están liberando?", les preguntó Robert.

"Algún tonto pagó su fianza", respondió el hombre detrás del mostrador. "No obstante, tendrán que volver para su cita en la corte el próximo mes".

"¡Alabado sea Dios!" Anna firmó el papel. Los demás hicieron lo mismo y, así de fácil, quedaron libres. ¿O no? Para Angélica todo parecía un sueño. El mundo se difuminaba a su alrededor en una visión surrealista como si estuviera viendo una película en 3D— allí, pero no allí. ¿Y por qué hacía tanto calor, tan horrible calor? Buscó a su ángel con la mirada, pero no vio nada al salir de la comisaría, solo cielos azules y nubes blancas e hinchadas...

Y a Daniel recostado en su limusina.

Apareció en el cielo una gran señal: una mujer vestida del sol, con la luna debajo de sus pies, y sobre su cabeza una corona de doce estrellas. 2Y estando encinta, clamaba con dolores de parto, en la angustia del alumbramiento.

Apocalipsis 12:1-2 (RVR 1960)

Capítulo 16

Daniel intentaba negar lo que sintió su corazón cuando Ángel entró por la puerta principal de la comisaría. ¡Hombre qué bien me hace verla! Y también a Isaac, quien, para sorpresa de Daniel, se separó de su madre y corrió hacia él. Antes de que Daniel pudiera reaccionar, el niño se abalanzó sobre él y le dio el abrazo más fuerte que había recibido en mucho tiempo.

Tragándose la emoción, Daniel le alborotó el pelo. "Oye, pajarito preso".

El niño lo miró fijamente. "¡Sabía que vendrías a salvarnos!".

"¿En serio?".

"Solo lo presentía". Isaac miró por encima del hombro. "Pero tienes que ayudar a mamá".

Daniel levantó la vista mientras Anna y Ángel se tambaleaban hacia él, seguidos por el resto de sus amigos.

Estaba a punto de soltar su discurso de "te lo dije" cuando notó la palidez de Angélica, el sudor en la frente y la dificultad que tenía para caminar.

"¿Qué pasa?", le preguntó a Robert, que seguía de cerca a su esposa.

"Yo que tú me quedaría atrás, Dan. Creemos que es Gecka. Aunque no puedo estar seguro".

"No me importa qué sea. Necesita un médico". Daniel le hizo un gesto a su chófer para que abriera la puerta y luego tomó a Ángel de los brazos de Anna y la ayudó a subir.

"Gracias, predicador", le dijo Clay. "¿Fuiste tú quien pagó la fianza?".

Después de acomodar a Angélica, Daniel le hizo un gesto a Isaac para que se metiera a su lado. "Sí." Miró fijamente a los amigos de Ángel. "Pero no lo volveré a hacer si siguen con estas tonterías".

Robert le dio una palmada en la espalda. "Eres un buen hombre, Dan. No sé cómo agradecértelo".

"No hace falta". No les diría que de hecho consideró simplemente liberar a Ángel e Isaac y dejar a los demás en la cárcel—como una lección. "¿Necesitan que los lleve?".

Clay silbó. "¿En esta cosa? ¿Cómo podemos resistirnos?".

"Sí, si no te importa". Anna dejó caer los hombros. "Ha sido una noche larga".

Los miembros de la secta subieron a la limusina con exclamaciones de admiración y comentarios sobre los lujosos asientos y la alfombra que hicieron que el rostro de Daniel se sonrojara de vergüenza. Anhelaba aclararles respecto a sus actividades ilegales y su falsa religión mientras tenía toda su atención, pero en ese momento estaba más preocupado por Ángel. Un roce en su frente reveló una fiebre descontrolada.

"Deberíamos llevarla al hospital más cercano", dijo Robert después de dejar a Clay.

Anna lo negó con la cabeza. "No harán gran cosa. Tiene seguro médico estatal y no tiene dinero. Yo supongo que la pondrán en cuarentena".

"No te preocupes. Yo la cuidaré", ofreció Daniel, ansioso por librarse de ellos y hacer precisamente eso. "Llamaré a mi médico personal".

"¿Tú lo harás?, sonrió Anna.

"Por supuesto".

"Te dije que era un buen tipo", dijo Robert cuando se detuvieron frente a su casa, abrió la puerta y salió.

Anna se deslizó al borde del asiento y dudó. Quizás

deberíamos quedarnos con ella". Miró a Ángel y luego a su esposo.

"Está en buenas manos". Robert la ayudó a levantarse. "Además, podemos orar por ella aquí mismo".

Apenas se alejó la limusina, Daniel llamó a su médico y le exigió que los encontrara en su casa.

"¿Qué le pasa a mi mamá?" La voz de Isaac temblaba. Daniel le apretó la mano. "No te preocupes. Vamos a averiguarlo. Voy a conseguir al mejor médico de Fort Lauderdale para que la atienda".

Pero no pudo evitar que el miedo creciera en su interior. Si era Gecka, tal vez ni él ni nadie más podrá hacer algo.

Angélica estaba parada en su playa favorita, Contemplando el mar en calma. Amaba ese momento del día, cuando el sol apenas asomaba por el horizonte, extendiendo sus dedos dorados sobre las cristalinas aguas azules, dándoles vida. Había tanta pureza en la mañana y tanta magnificencia en el mar que la combinación siempre le recordaba a su Creador.

El suelo temblaba. La arena se movía debajo de sus pies descalzos. La mañana dio paso al mediodía y una multitud apareció al instante en la playa—Había familias haciendo picnic, mujeres bronceándose, adolescentes coqueteando y niños construyendo castillos de arena.

Las olas se retiraban de la orilla como si algo las asustara. Atrás... atrás... atrás, se precipitaban hacia el horizonte, dejando tras de sí arcos espumosos sobre la arena mojada, peces que se agitaban y un tesoro de conchas.

El calor abrasador del sol caía sobre Angélica. Protegiéndose los ojos, observaba cómo los niños y los adultos se apresuraban con alegría a recoger conchas y peces y adentrarse en el empapado fondo marino.

Una montaña azul apareció en la distancia, extendiéndose por el horizonte. No, no era una montaña. Era una ola. Un muro de agua se alzaba desde las profundidades como un dragón de otro mundo saliendo de su guarida. Crecía cada vez más alto hasta oscurecer la luz del sol.

Angélica corrió hacia la gente que recogía conchas. "¡Es un Tsunami! ¡Corran!" Señalaba la ola, pero nadie la escuchaba. "¡Corran todos! ¡Tenemos que salir de aquí!" Agarró a una niña y empezó a arrastrarla hacia el estacionamiento, pero su madre la levantó y miró a Angélica con rencor.

"¡Ya viene! ¡Tienen que irse!", gritaba Angélica una y otra vez, agitando las manos e intentando llamar la atención de todos.

Pero nadie escuchaba. Siguieron comiendo, bronceándose, recogiendo conchas y jugando en la arena como si no estuvieran a punto de ser arrastrados.

La ola ahora se precipitaba hacia ellos—un Leviatán gigante de agua furiosa y espumosa.

Cayendo de rodillas, Angélica inclinó la cabeza y oraba.

El agua arrollaba todo a su paso.

Ella se oyó gritar.

Tranquila, Ángel. Solo fue un sueño. Tranquila. Estás a salvo".

Esa voz…fuerte, profunda, tranquilizadora. *Daniel.* ¿Dónde estaba? ¿Por qué hacía tanto calor?

"El Tsunami" logró murmurar.

"Está alucinando…" dijo una voz desconocida. Es parte de la fiebre. Su último pensamiento fue para Isaac antes de que todo volviera a oscurecerse.

"Definitivamente es Gecka", dijo el doctor Milson a través de su mascarilla mientras guardaba sus instrumentos en su maletín. "Lo siento". Miró a Daniel, pero las palabras se le resistían.

Aturdido, Daniel se dejó caer en la silla junto a la cama.

El doctor Milson miró a Ángel con una mirada de derrota.

Gecka. El nombre finalmente aterrizó en la mente reticente

de Daniel. "¿Qué podemos hacer?".

"Nada. Es un virus tan reciente que no tenemos cura. Asoló Sudamérica el año pasado, matando a casi una cuarta parte de la población, y ahora ha habido varios casos en Estados Unidos".

Claro, Daniel había oído hablar de él. Pero esto era algo que afectaba a otras personas, a personas que no conocía y que vivían en lugares lejanos. No a sus amigos…

No a la mujer que amaba. Daniel se levantó lentamente. "Tiene que haber algo que podamos hacer".

"Manténgala cómoda. Intente que coma algo". El doctor revisó la bolsa de fluidos que Ángel tenía conectada por vía intravenosa y luego miró a la enfermera con mascarilla sentada junto a la cama. Apenas Daniel llamó al doctor Milson y describió los síntomas de Ángel, llamó al hospital y contrató a una enfermera de tiempo completo. Esta llegó antes que el doctor y de inmediato le aplicó compresas frías y una vía intravenosa. Lo cual solo aumentó los temores de Daniel.

Temores que ahora se hacían realidad cuando una nube mórbida de fatalidad descendía sobre él.

"Llámeme si hay algún cambio", le dijo el doctor Milson a la enfermera antes de dirigirse a la puerta. "La veré mañana". Deteniéndose, miró a Daniel. "Ojalá usaras la mascarilla que te di. No sabemos cómo se transmites. "Estaré bien, doctor"". Daniel apenas recordaba haber acompañado al hombre hasta la puerta. O incluso haber regresado para sentarse junto a la cama de Ángel. ¿Qué le iba a decir a Isaac? Miró su reloj. Dos horas antes de que tuviera que recogerlo de la escuela.

Ángel gimió y meneó la cabeza, y la enfermera le ajustó las compresas frías en la frente y el cuello. Se veía tan pálida, tan débil. Sus pestañas revoloteaban contra sus mejillas, y él anhelaba desesperadamente volver a ver esos ojos verde jade.

Sintiéndose impotente, Daniel fue a su habitación y cerró la puerta. Después de caminar de un lado a otro durante varios minutos, hizo algo para lo que rara vez tenía tiempo. Oró. Oró *con fuerza.*

Una suave ola de agua tibia acarició los pies descalzos de Angélica antes de volver a caer al mar. Respirando profundamente el aire húmedo y salado, abrió los brazos y contempló los miles de millones de estrellas que brillaban en el cielo nocturno—diamantes sobre terciopelo negro. No recordaba haber visto nunca tantas estrellas, brillando con tanta intensidad.

Algunas formaban la figura de una mujer tumbada boca arriba. Tenía una rama en la mano y una corona de estrellas. El sol se posaba sobre su hombro y la luna brillaba a sus pies. Pero algo iba horriblemente mal. Gritando de dolor, se agarró el vientre como si estuviera de parto. Un dragón rojo, feroz y aterrador, se extendía por el cielo ante ella, con la boca abierta y los dientes chorreando sangre.

Angélica quiso gritar para advertirle a la mujer, pero en cambio solo pudo observar cómo se desarrollaba la obra en la oscura extensión sobre ella. La mujer dio a luz a un niño. El dragón chasqueó las fauces. Pero una mano poderosa descendió y le arrebató al niño, llevándolo fuera de peligro.

El dragón rugió tan fuerte que el suelo tembló bajo Angélica. Barrió su cola por los cielos y mil meteoritos llameantes cayeron a la tierra.

¡Fuego, fuego, en todas partes! Las llamas devoraron todo a la vista, dedos al rojo vivo alcanzando el cielo. El calor quemaba su piel. Angélica estaba en medio de una gran ciudad. Cuál, no podía decirlo. Los edificios se derrumbaban a su alrededor. La gente corría de un lado a otro, gritando y gimiendo. Un fuerte estruendo a la distancia detuvo a todos para que no miraran. Una nube de hongo del tamaño de una montaña se elevó sobre el horizonte brillante.

La explosión provocó un tremendo estruendo.

Angélica jadeaba en busca de aire. El aire del mar llenó sus pulmones. Y, extrañamente, el aroma de lavanda. Intentó levantar la mano, pero la sentía como plomo. Alguien estaba golpeando su cerebro con un mazo. ¡*Para*! Intentó decir, pero no le salió nada.

"Te amo, mamá", escuchó decir a Isaac, pero su voz sonaba muy triste. Desesperada, intentó responder, pero no podía moverse, ni siquiera podía abrir los ojos.

"Va a estar bien", dijo Daniel.

Alguien la besó en la mejilla. Olía a Aqua Velva.

Pasaron los minutos, quizá horas o incluso días, no lo sabía. Una voz familiar la despertó. Robert. Tenía que ser Robert. Y también estaba la voz de Anna. Y la de Scottie. ¿Estaría en la iglesia? ¿Se habrà quedado dormida? ¡Qué vergüenza!

Sintió que unas manos la tocaron. Alguien habló en un idioma extranjero. El nombre de Jesús llenó el aire. ¡Qué nombre tan tan dulce!

¿Estaría muerta? Si era así, ¿Dónde estaba la luz? ¿No se suponía que debía haber una luz y su ángel para guiarla al cielo?

¿Qué sería de Isaac? El terror le oprimía el corazón.

Intentaba moverse, pero todo volvió a sumirse en la oscuridad.

El dulce canto de los pájaros colmaba de alegría los oídos de Angélica mientras una brisa le acariciaba el rostro. Movió la mano. Sábanas de seda encontró su tacto. ¿*Seda*? Quienquiera que le hubiera estado martillando la cabeza se había detenido. Su piel ya no parecía una sartén, y sus pulmones ya no se sentían llenos de líquido.

Debía estar de en el cielo.

La risa de Isaac flotaba en el viento. ¿Habían muerto juntos?

Al abrir los ojos con fuerza, la visión borrosa que tenía ante ella se aclaró lentamente para revelar una cama con dosel de caoba, una cómoda tallada a mano, un espejo dorado, un tocador y lámparas Tiffany. Definitivamente no era el hospital. Ni su departamento. Lo que dejaba el cielo aún dentro de las posibilidades.

Pero entonces, oyó la voz de Daniel y supo que no podía ser.

¡Rayos!

Le tomó varios intentos incorporarse y sentarse. La habitación le daba vueltas, y se recostó en la cama durante lo que pareció una eternidad. Finalmente, capaz de balancear las piernas por el borde, notó la vía intravenosa en su mano y se encogió. Definitivamente no era el cielo. ¡Odiaba las intravenosas! Cerrando los ojos, agarró el tubo, se lo arrancó del brazo y lo tiró a un lado. ¡Cielos! ¿Qué tan enferma había estado? Y más importante aún, ¿dónde estaba?

Pero, por supuesto, tenía que ser la casa de Daniel. No conocía a nadie más que viviera con tanto lujo. Pero cómo había llegado allí y por qué era otra cuestión. Lo último que recordaba era estar en la cárcel, muerta de preocupación por Isaac.

No, recordaba otras cosas. Visiones y sueños extraños. Y voces, algunas familiares, otras no—voces preocupadas, luego voces de alabanza. Ah, sí, se había despertado antes, brevemente, pero todo había sido borroso. Alguien la había ayudado a sentarse y le había dado trocitos de hielo, y luego recordó el caldo caliente deslizándose por su garganta.

El miedo volvió a acosarla. Se llevó una mano al estómago y miró una camiseta grande que le caía hasta las rodillas. De Daniel, sin duda. ¿Quién la había vestido? O, mejor dicho, ¿quién la había desvestido? Mortificada, intentó levantarse, pero sus piernas cedieron y la hicieron caer de nuevo sobre la cama. "Padre, necesito tu fuerza", susurró una oración, y tras dos intentos más, logró salir a tropezones de la habitación y bajar—muy despacio y agarrada a la barandilla—por una escalera de caracol. El sonido de risas y chapoteos la atrajo a través de la cocina y la sala.

Dobló una esquina y se detuvo al ver eso. Isaac estaba de pie sobre los hombros de Daniel en la piscina. Ambos rieron cuando Daniel lo agarró de las piernas y lo lanzó por los aires. Su hijo formó una bala de cañón perfecta en la parte profunda. De no ser por la sonrisa en su rostro al emerger, ella habría corrido hacia adelante y reprendido a Daniel por realizar una maniobra tan peligrosa.

Los dos comenzaron a chapotear, luego se sumergieron en el agua para luchar. Cuando ambos asomaron la cabeza, Daniel retó a Isaac a un concurso de balas de cañón, y se dirigieron a la parte profunda de la piscina.

Solo entonces recordó su visión de los dos jugando en la piscina de Daniel. ¡Que Dios la ayudara, se había hecho realidad! ¿Significaba eso que el resto de sus visiones también se cumplirían? Le temblaban las piernas, y se apoyó en la pared y observó, sin poder apartar la vista de la forma despreocupada y divertida en que jugaban. Ningún hombre que hubiera conocido—ni siquiera los de su iglesia, se había interesado tanto por Isaac. Ni se había conectado con él tan bien y tan rápido. Aunque Angélica había orado una y otra vez por un padre para su hijo, Dios aún no había respondido a su oración.

Sin embargo, ahora, mientras los observaba juntos, lágrimas le hacían arder los ojos. *No este hombre. Cualquiera menos él.*

"¡Ángel!" Agarrándose al borde de la piscina, Daniel salía del agua y se puso de pie de un salto—un dios griego que surgía del mar con la misma solidez que una de esas estatuas antiguas. Se sacudió el agua del pelo, se lo peinó con la mano y se dirigió hacia ella.

Sí. Definitivamente se sentía mejor.

"¡Mamá!" Isaac llegó rápidamente tras él, y ella se arrodilló con los brazos abiertos para recibir su resbaladizo pescado. Él se abalanzó sobre ella, empapándole la camisa y abrazándola con tanta fuerza que no podía respirar.

"Con cuidado, amigo." Daniel se cernía sobre ellos. "Tu madre todavía está débil".

Débil y avergonzada, ahora que su camiseta estaba mojada,

Angélica soltó a su hijo y dejó que Daniel la ayudara a levantarse, pero luego rápidamente se abrazó al pecho.

Daniel fue hacia el patio y regresó con una toalla. Siempre caballeroso.

"Ven, siéntate. No deberías levantarte todavía". La acompañó con cuidado a una de las sillas del patio mientras Isaac la tomaba de la mano para ayudarla.

"Estoy bien", dijo Angélica, sentándose. "Solo un poco mareada, nada más".

"¿Tráele agua a tu mamá, amigo?", le pidió Daniel a Isaac, enviando al niño corriendo a la cocina.

¿Amigo? ¿Cuándo empezó eso? Y más importante aún, ¿cuánto tiempo llevaba enferma? ¿Y su trabajo? Tenía tantas preguntas que no sabía por dónde empezar. Al final, simplemente preguntó: "¿Qué pasó?".

"Moriste, mamá". Isaac regresó con un vaso de agua, con los ojos brillantes. "Moriste y Jesús te devolvió a la vida".

Mas vosotros, hermanos, no estáis en tinieblas, para que aquel día os sorprenda como ladrón. 5Porque todos vosotros sois hijos de luz e hijos del día; no somos de la noche ni de las tinieblas. 6Por tanto, no durmamos como los demás, sino velemos y seamos sobrios.
1 Tesalónica 5:4-6 (RVR 1960)

Capítulo 17

Daniel observaba como Ángel envolvía sus hombros con la toalla y cubría su pecho. Se mordía el labio, y unas diminutas arrugas se formaron entre sus cejas al saber que había muerto. Ciertamente, no era la reacción que él esperaba— ni histeria ni terror, ni conmoción ni consternación. Unos mechones dorados y enmarañados rodeaban su rostro demacrado, unas sombras le enmarcaban los ojos, y parecía delgada y frágil. Pero en ese momento, era más atractiva de lo que él hubiera creído posible. Lo sorprendió mirándola y se sonrojó, conquistándola aún más.

"No recuerdo haber muerto", dijo con una sonrisa.

"Bueno, en realidad no dejaste de respirar, mamá". Isaac se dejó caer en una silla a su lado. "Pero el médico dijo que no sobrevivirías la noche".

Ángel arqueó las cejas. "¿En serio?".

"Sí, tuviste Gecka". Miró a Daniel con sorpresa y él asintió.

Isaac continuó: "Sí, el Sr. Cain— quiero decir Daniel, contrató al mejor médico de toda Florida".

"Lo hizo, ¿verdad?" Ella sonrió, y a él se le llenó el corazón al ver la admiración en sus ojos.

"Isaac estaba muy preocupado por ti", dijo Daniel. "Se negaba a separarse de tu cama. Lo arrastraba constantemente, preocupado de que también enfermara, pero no quería saber nada. Terco como su madre".

Esto le ganó una sonrisa.

Pero, entonces, "Llegaron Robert, Anna y Scottie", anunció Isaac con orgullo.

Ángel se quedó sin aliento y miró a Daniel. "¿Llamaste a la secta?".

"Más bien, ellos me llamaron a mí. Pero bueno, estaba desesperado".

Ella se frotó la frente y cerró los ojos un segundo.

"Recuerdo haber oído sus voces".

Isaac le agarró la mano y se la apretó. "Ellos oraron por ti, mamá. Luego Scottie dijo que estabas sana y se fueron".

Daniel recordaba bien el momento. Se había reído del hombre, de todos ellos, mientras los acompañaba a la salida. Los había tomado por tontos. Ángel seguía con fiebre y tenía dificultad para respirar. No se había curado en absoluto.

Pero entonces…

En menos de una hora después, empezó a mejorar. Al principio lentamente, pero en cuatro horas, la fiebre había desaparecido, el sarpullido desapareció y volvía a respirar. Daniel había llamado al doctor Milson, quien acudió e inmediatamente la declaró completamente recuperada, para su asombro. Incluso la enfermera estaba atónita. Lo que le recordó a Daniel que debía llamarla y decirle que no era necesario que fuera esa tarde.

"Nunca había visto a nadie recuperarse tan rápido. Y menos de Gecka", había dicho el médico.

Daniel tampoco podía creerlo. Claro, él creía en Dios, pero este tipo de cosas simplemente no pasaban. Tenía que haber otra explicación. Quizás no había sido Gecka, sino solo la gripe.

"Entonces". Ella arqueó una ceja en su dirección. "¿Ahora crees en la sanidad sobrenatural?"

Daniel frunció el ceño. "No sé qué creo". Desvió la mirada hacia Isaac. "Excepto que tú, jovencito, tienes tareas que hacer".

Isaac se quejó. "¿Tengo que hacerlo? Mamá acaba de

levantarse".

"Sí, y ella se va a la cama. Necesita descansar".

Levantándose, Isaac regresó lentamente a la sala, gruñendo por el camino, hasta que Daniel lo vio sentarse en el suelo junto a la mesa de centro, y abrir un libro.

Ángel bebió un sorbo de agua. "Debería irme a casa".

"Debería llevarte de vuelta a la cama", dijo Daniel. El rostro de Ángel se puso de un intenso tono granate, y se removió en su asiento, añadiendo: "Quise decir que... deberías volver a la cama".

Ella bajó sus pestañas increíblemente largas. "No puedo creer que me hayas traído aquí... que me hayas cuidado".

"¿Por qué no iba a hacerlo?".

"Podrías haberte contagiado de Gecka. He oído que no tiene cura". Ella le tomó la mano por encima de la mesa. ¿Por qué harías algo así?

Felizmente, él entrelazó sus dedos con los de ella. Quería decir que era porque la amaba, porque ahora se daba cuenta de que nunca había dejado de amarla. "Soy pastor. Ayudo a la gente".

Retiró la mano, ladeó la cabeza y lo observó con esa ternura suya, y él supo que no se lo creía. Una brisa le revolvió el pelo en la cara mientras el sonido de las olas que rompían en la orilla les daba una serenata desde la playa.

"¡Dios mío, mi trabajo! ¿Cuánto tiempo llevo enferma?". Empezó a levantarse, pero él la ayudó a bajar con suavidad.

"Cuatro días. Y ya llamé a tu jefe para contarle lo que pasó".

Dio un gran suspiro, frotándose las sienes. "Francisca debe estar muy preocupada".

"Ya me encargué de eso. Te manda cariños y te desea que te mejores pronto".

Ella lo observaba como si fuera una extraña anomalía.

"Debería traerte algo de comer. Necesitas recuperar fuerzas". Se levantó, pero ella le hizo un gesto para que se sentara.

"No tengo hambre". Miró a Isaac por encima del hombro. "¿Lo has estado llevando y trayendo a la escuela y también ayudándolo con sus tareas?".

Se encogió de hombros. "La verdad es que lo he disfrutado".

Él sonrió hacia la sala, donde el chico estaba trabajando arduamente. "Es tan inteligente y divertido. Y después de que saliste de peligro, él y yo hemos estado disfrutando de la piscina y la playa. De hecho, también es bueno jugando tenis de mesa".

Ella le sonrió. "Sí, lo es. ¿Y qué hay de tu iglesia, de tu trabajo?".

"Tomás se está encargando de todo".

Al instante frunció el ceño y se movió incomoda en su asiento. "Debería irme a casa. Quíta tu pelo de encima".

"Me gusta que estés en mi pelo", le dijo, provocando que ella lo mirara de nuevo con asombro. Se inclinó hacia ella. "Ángel, tienes que dejar de predicar en la playa. Prométemelo." Ella apartó la mirada y dio un sorbo a su agua, mientras la luz del sol se reflejaba en el vaso. "Lo que Dios quiera" .

"¿Crees que Él quiere que tú e Isaac pasen el resto de sus vidas en prisión?" Él se recostó en su asiento con un bufido. "Algunos creyentes ya han sido arrestados y enviados a campos de FEMA por todo el país. Por hacer exactamente lo que tú y tus amigos hacen: predicar y orar en público, reunirse ilegalmente y usar la Biblia prohibida. Por Dios, entiendo tu pasión por hacer lo que crees correcto, pero esto raya en la locura".

La vio tragar saliva con dificultad y vio la lucha en sus ojos. Tal vez por fin estaba llegando a alguna parte. Si tan solo pudiera convencerla de que renunciara a estas cosas, no solo ella e Isaac estarían a salvo, sino que Daniel podría tener una relación con ella como tanto ansiaba.

"Están intensificando su cruzada contra los fanáticos", continuó. "Los libros cristianos están prohibidos, los blogs están siendo cerrados. Tenemos que trabajar dentro del sistema y al menos estar agradecidos de que todavía podemos predicar el evangelio".

En lugar de responder, ella simplemente se quedó mirando el viento que danzaba entre las hojas de palmera.

Él lo interpretó como una señal para continuar. "Podemos salvar a más personas, hacer más bien, si cumplimos las reglas, no causamos problemas y presentamos el evangelio de la forma permitida en las iglesias autorizadas".

Supo que se había pasado de la raya, cuando ella lo miró, con la mandíbula apretada y la mirada dura como las piedras del patio bajo sus pies. "¿En serio? ¿Eso fue lo que hizo Jesús? Me parece que causó problemas a muchos cuando estuvo aquí. Y tampoco recuerdo que presentara un mensaje diluido y políticamente aceptable".

"¿Por qué eres tan terca?", replicó.

"¿Por qué eres tan tonto?".

Sonrió. No pudo evitarlo. Echaba de menos sus bromas. Ninguna mujer podía igualarlo con ingenio como Ángel.

"Te insulto y sonríes", le dijo sonriendo.

"Solo porque eres tú, Ángel".

Ella bajó la mirada. "Deberíamos irnos. Ya has hecho bastante, y puedo recuperar fuerzas igual de bien en mi propia casa".

Él había deseado que se quedara un par de días más. "Te llevaré a casa con una condición".

Ella lo miró con recelo.

"Cuando te recuperes, me dejarás llevarlos a ti y a Isaac de picnic". "¿Me mantendrías de rehén en tu casa solo para ir de picnic?

Él sonrió y le dijo: "Pruébame."

Era el día perfecto para un picnic. Ciertamente no era el típico clima caluroso y bochornoso de Florida en otoño. Una brisa fresca soplaba desde el mar, mientras que algunas nubes ocasionales se cernían sobre el sol, protegiéndolos de su calor.

El sonido de las risas de los niños llegaba suavemente a Angélica desde un parque infantil cercano. A lo lejos, dos equipos de las ligas infantiles jugaban un emocionante partido por el sonido de los vítores de sus padres, mientras algunos corredores y madres con cochecitos de bebé recorrían el sendero que rodeaba uno de los parques favoritos de la playa Pompano Beach. Un perro ladraba, y ella miraba a un hombre que le lanzaba un frisbee a su mascota.

Qué extraño que la vida continuara como si el mundo no se estuviera desmoronando, como si no sonaran tambores de guerra en el Medio Oriente y China, como si la comida abundara y las enfermedades no proliferaran, y como si la tierra no temblara y escupiera ceniza en un ataque de anticipación por la próxima era.

Como si quienes seguían a Jesús no estuvieran siendo arrojados a la cárcel.

¿Pero no es eso lo que dice la Biblia? En los días previos al diluvio de Noé, la gente comía y bebía, se casaba y se daba en matrimonio, hasta el día en que entró en el arca. Jesús dijo que sería igual antes de su regreso. Ella tocó una ramita de hierba, mirando los platos y tazas vacíos del almuerzo. Daniel les había preparado un almuerzo gourmet; bueno, si se le pudiera llamar "gourmet" a la ensalada de col rizada y pasas, hamburguesas de tofu y papas fritas con quinoa. A pesar del sabor extraño, ella se había devorado todo. Apenas una semana después de su experiencia cercana a la muerte, aún estaba recuperando fuerzas. Y agradecía continuamente a Dios por sanarla. Al parecer, el Todopoderoso aún tenía una obra para ella en la tierra. Parte de esa obra, creía ella, consistía en advertir a otros de su pronto regreso.

Angélica estaba sentada bajo un árbol en el césped fresco viendo a Daniel y a su hijo lanzarse una pelota de béisbol, viendo a su hijo reír y bromear con un hombre que una vez le había destrozado el corazón. Esto le recordó que había visto esa misma escena en una visión hacía unas semanas, la segunda que se había hecho realidad. El pensamiento la hizo estremecerse.

Un sonido lejano resonó en el cielo, casi como un trueno, pero no lo era. No, era uno de esos sonidos de trompeta, bajo y profundo, tan extraño que casi todos en el parque se detuvieron un segundo para escuchar y mirar hacia arriba. Pero luego desapareció tan rápido como había llegado y la gente volvió a sus actividades como si nada hubiera pasado.

"¿Qué es eso, padre?", murmuró Angélica, pero no hubo respuesta. Daniel llamó a Isaac y le mostró la forma correcta de sujetar un guante de béisbol, algo que Angélica jamás podría hacer. Se separaron de nuevo y Daniel lanzó la pelota con más fuerza esta vez. Isaac la atrapó *de golpe* con su guante y una enorme sonrisa iluminó su rostro.

Ella no podía negar la alegría que sintió al verlo. Si el camino al corazón de un hombre era su estómago, el camino al corazón de una mujer era a través de sus hijos.

Un grupo de chicos se acercó y habló con Isaac, lo que lo hizo correr hacia ella para preguntarle si podía jugar béisbol con ellos. Daniel se acercó y se sentó a su lado mientras ella observaba a los chicos y la proximidad del campo, insegura... el miedo le oprimía el corazón una vez más.

"Ah, déjalo ir", le dijo Daniel. "Estamos a solo unos metros".

Ella lo miró con el ceño fruncido, queriendo decirle que se fuera, pero en lugar de eso, le dio permiso y vio a su hijo alejarse a toda velocidad.

"Tiene buen ojo", le comentó Daniel.

"Supongo que debería inscribirlo en las ligas infantiles. Nunca mostró interés hasta ahora".

"También es bueno surfeando. Es un chico atlético y realmente listo".

Su ira se disipó rápidamente y lo miró con timidez. "Si estás intentaando conquistarme, estás haciendo un buen trabajo".

Recostándose sobre las palmas de las manos, sonrió, cautivándola con ese hoyuelo.

Había querido que sus palabras fueran una broma, pero la expresión de su rostro la inquietó, acelerando su corazón traicionero.

Ella cambió de tema rápidamente. “Recuerdo los sueños que tuve mientras estaba enferma. Fueron tan vívidos. Estaba en la playa y un tsunami se acercaba ruidosamente hacia nosotros, pero nadie nos prestaba atención. Luego, había una mujer embarazada en las estrellas por la noche, dando a luz”. Desde entonces, había buscado cualquier referencia a una mujer en labor de parto en la Biblia y descubrió que Apocalipsis 12 describía exactamente lo que había visto. Pero ¿por qué se lo había mostrado Dios? Tendría que consultar los mapas estelares para ver si esta configuración ocurrió alguna vez, o si aún estaba en el futuro.

Masticando un trozo de hierba, Daniel miraba al horizonte.

“Luego, un dragón intentó comerse a su hijo, pero Dios se lo arrebató”. Una paloma aterrizó cerca de ellos, buscando comerse las migajas que quedaron en sus platos de cartón. “Entonces, un montón de meteoritos se estrellaron contra la tierra, incendiándolo todo. Y lo peor de todo, una explosión nuclear. Fue todo tan horrible”.

“Solo sueños”, dijo finalmente. “De tu cerebro febril. Llegaste a tener 42 de temperatura, ¿sabes?”.

“No, yo creo que significan algo. Advertencias, tal vez. He estado teniendo muchas visiones así últimamente. Simplemente no sé qué hacer con ellas”. Lo que más la asustaba era que si las que tenía sobre Daniel se estaban haciendo realidad, ¿qué pasaría con estas más horribles?

Él suspiró y la miró como si hubiera perdido la cabeza. “Yo que tú me los guardaría para mí. Ese tipo de cosas solo asustan a la gente y las ponen nerviosas”.

Una brisa le trajo a la nariz el aroma a hierba fresca, sol y Aqua Velva, y Angélica miró a su hijo bateando. ¡Zas! Golpeó la pelota, mandándola a volar alto.

“Quizás la gente debería tener un poco de miedo”, le dijo.

"Quizás los cristianos deberíamos advertirles",

La paloma continuaba avanzando lentamente hacia ellos.

"¿Sobre qué?" Frotándose la barba incipiente de la mandíbula, se apoyó en los codos.

"El fin de los tiempos. El regreso de Jesús".

Daniel tiró el trozo de hierba al suelo. "Vamos, la gente lleva siglos prediciendo su regreso. Se supone que no sabemos cuándo vendrá. Ni el día ni la hora, ¿verdad? Viene como un ladrón".

Angélica sonrió. "Así que sí recuerdas los pasajes que quitaron".

Sus ojos azules brillaban. "Sí. Supongo que antes me interesaban esas cosas".

"Entonces deberías saber que Jesús solo viene como ladrón para quienes no lo buscan. Eso dijo el apóstol Pablo en 1 Tesalonicenses 5".

"¿Qué importa?". Se encogió de hombros. "Vendrá cuando tenga que venir".

Angélica miró de reojo a Isaac para asegurarse de que estuviera bien. "Importa muchísimo. ¿Sabes que, por cada profecía de la Biblia sobre la primera venida de Jesús, hay cinco sobre la segunda venida? La mayoría de la gente no lo vio la primera vez que vino, y él los reprendió por no saber el momento de su visitación. ¿Cuánto más serán castigados por no saber el momento de su segunda venida?".

La paloma picoteó tímidamente las migajas del plato, meneó la cabeza con un chisporroteo y se fue volando.

Angélica no pudo evitar reírse.

Frunciendo el ceño, Daniel recogió los platos de cartón vacíos y los metió en una bolsa de plástico. "Aun así, se supone que no sabemos ni el día ni la hora".

"Día y hora, sí. Pero ¿y año, estación, mes o semana? No dice nada al respecto".

Ató la bolsa y la dejó a un lado, mirándola con insistencia. "Aun así. Digamos que tienes razón. Eso solo asusta a la gente o hace que dejen de vivir y se queden esperando".

"No a los verdaderos creyentes. De hecho, nos inspira a salir y advertir a la gente, salvar a la gente y poner nuestras vidas en orden—a buscar vidas buenas y santas que le agraden". Angélica vio a su hijo saltar para atrapar una pelota en primera base.

"Deberíamos estar haciendo eso de todos modos".

"Cierto. ¿Pero la mayoría de nosotros lo hacemos?".

Se apretó el tabique nasal. "No discutamos por eso, Ángel. ¿Ves? El tema del fin de los tiempos siempre causa discusiones. Es aterrador y divisivo. Mejor no tratar el tema".

Puede que tuviera razón en eso. Había escuchado muchas discusiones de creyentes que se acaloraban bastante por sus interpretaciones de las profecías del fin de los tiempos. Ridículo. "Yo sigo pensando que es importante que estemos atentos y preparados. Hay un pasaje que dice que Jesús viene por quienes anhelan su venida y…". Sintiendo su creciente frustración, cerró la boca de golpe, decidiendo cambiar de tema. No estoy segura de haberte agradecido como es debido... por acogernos a mí y a Isaac en tu casa y por contratar a ese médico y a esa enfermera —espera, probablemente hubo más de una, si no recuerdo mal— y, bueno, por todo lo que hiciste.

El lado derecho de sus labios se curvó hacia arriba, formando de nuevo ese hoyuelo. Fue un placer. Se acercó más, y antes de que ella pudiera detenerlo, la rodeó con un brazo y la atrajo hacia sí. Demasiado cerca, pero no quería detenerlo. Se sentía bien. Siendo sincera, había echado de menos la fuerza y la calidez del tacto de un hombre. Sobre todo, de Daniel.

Apretando la cabeza contra su hombro, se relajó mientras él le frotaba el brazo.

Un coro de sonidos la invadió como una brisa de verano — pájaros cantando, el viento bailando entre las hojas, gente riendo, niños jugando, el lejano murmullo de las olas... todo tan relajante...

Igual que el cálido aliento de Daniel sobre su rostro,

recordándole días pasados. Y por un instante, solo un instante, Angélica se permitió disfrutarlo todo.

Él se movió y antes de que ella se diera cuenta, sus labios estaban sobre los de ella, cálidos, suaves, hambrientos. Perdió el control y le permitió el beso—no solo lo permitió, sino que lo devolvió con el mismo fervor. Un beso tan dulce, suave, amoroso... nada exigente, urgente ni lujurioso. Lo inhaló, con el corazón latiendo con fuerza, su cuerpo calentándose mientras sus brazos la apretaban contra su pecho.

Un recuerdo la atormentó, de un tiempo lejano, en un parque de la ciudad muy parecido a este. Habían estado caminando, tomados de la mano, compartiendo, riendo... y había empezado a llover. No solo lluvia, caía en gotas tan grandes como pelotas de béisbol. Pero en lugar de correr a su coche, Daniel la abrazó y empezó a bailar por el sendero como si fueran un príncipe y una princesa en un baile. ¿Qué clase de hombre hace eso? Solo Daniel. Rieron, sonrieron y se arremolinaron hasta que ambos quedaron completamente empapados.

Y entonces, con el agua corriendo por sus caras, la besó.

Con la misma intensidad y amor que ahora.

¡NO! Ella se apartó y lo miró horrorizada.

Bajando la mirada, él exhaló un profundo suspiro. "¿Por qué sigues resistiéndote? Te he echado mucho de menos, Ángel, y se nota que tú también me has echado de menos". Le tomó la mano. "Por favor, ¿por qué no podemos retomarlo donde lo dejamos?

¿Dónde ellos lo dejaron? Donde lo habían dejado era a ella, sola en su restaurante favorito, agarrando un corazón pisoteado y sangrante—un corazón que se desangró durante más de un año. Y no tenía pensado darle la oportunidad de volver a hacerlo. Además, no era solo su corazón el que arriesgaría ahora. También era el de Isaac.

Retiró la mano y se apartó. "¿No arruinaría tu carrera una relación con una 'seguidora de una secta'?"

Se frotó la barbilla y la miró como un niño pequeño al que

hubieran pillado con las manos en la masa. "Supongo que esperaba convencerte de que abandonaras tu secta". Se puso serio. "Como mínimo, tu experiencia en la cárcel debería haberte ayudado a ver lo peligrosos que son". Miró hacia el campo de béisbol. "Cuán malos son para Isaac".

¡Qué astuto! Estaba usando el miedo de Angélica por Isaac. "¿Y si te pidiera que dejaras tu iglesia y asistieras a la mía?".

"Eso es diferente. Soy el pastor. Es mi sustento. No puedes pedirme que deje mi trabajo".

"Puedes buscar otro".

La miró fijamente. "No volveré a ser un don nadie".

"Nunca fuiste un don nadie, Daniel". Una brisa cálida le apartó el pelo y su mirada se encontró con Isaac una vez más. "Además, no estás predicando lo correcto".

"¿En serio? ¿Como qué?". Él se rió. "Espera. No respondas a eso. Te propongo una idea. Este domingo vamos a hacer una obra de teatro—una gran producción— y voy a dar un pequeño sermón. ¿Qué tal si vienes? Después, puedes decirme exactamente qué estoy haciendo mal".

El ángel de Jehová acampa alrededor de los que le temen,
Y los defiende.
Salmo 34:7 (RVR 1960)

Capítulo 18

Ante el "entra" de Sebastián, Angélica se deslizó por la Puerta hacia la lúgubre oficina. El hedor a vodka y a colonia barata de hombre le picaba la nariz mientras evitaba mirar el calendario de mujeres desnudas en la pared, que estaba detrás del escritorio de su jefe..

Sebastián dejó el bolígrafo, se recostó en la silla y la examinaba como un zorro a un conejo. Casi esperaba que se le escapara la baba por esa sonrisa malvada que curvaba sus labios. "¿En qué puedo ayudarte, Angélica?".

Respiró hondo y sin titubear lo dejó salir sin rodeos. "Sebastián, necesito un adelanto del sueldo de la semana que viene. Estar enferma una semana me ha retrasado mucho, y tengo que pagar el alquiler y otras facturas". Se mordió los labios, orando en silencio para que le concediera su deseo. Sin condiciones.

Percibió la emoción del poder en sus ojos, el brillo de autoridad que ostentaba en su pequeño mundo. Levantando su huesuda figura de la silla, rodeó el escritorio con sigilo y se recostó en él, a menos de medio metro de donde ella estaba. Su ceño fruncido era tan falso como el reloj de oro que llevaba en la muñeca. "No lo sé. Este mes estamos apretados. El negocio no ha ido bien. Sabes que el otoño es nuestra temporada baja".

"Lo sé, Sebastián. Solo preguntaba". Más bien, estaba suplicando; ya que la mirada suplicante que ella le dirigió casi le revuelve el estómago.

Ladeó la cabeza y extendió dos dedos por cada lado de su bigote. “Sabes, Angélica, todos tus problemas de dinero podrían acabar en un abrir y cerrar de ojos". Chasqueó los dedos.

Ella frunció los labios y resistió el impulso de dar un paso atrás. “Y yo te he dicho más de una vez que eso no es posible”.

Él resopló. “Claro que es posible, pero tú sigues rechazándome”.

Se puso de pie e intentó estirarse más allá de su metro setenta y cinco, luego deslizó un dedo por la mandíbula de ella. “Quiero cuidar de ti, Angélica y de tu hijo. Nunca más tendrías que trabajar ni preocuparte por el dinero”.

Las náuseas le revolvían el estómago, pero se mantuvo firme. “Mi respuesta sigue siendo no. Lo siento, Sebastián”.

Con un gruñido, regresó furioso a su escritorio. “Entonces mi respuesta también es no”.

“¿Me negarás un adelanto solo porque no quiero acostarme contigo?”.

Él se hundió en su silla. “No. Es porque no tenemos los fondos”, respondió con brusquedad. “¡Ahora, vuelve al trabajo!”. La despidió con un ademán.

De vuelta al bar, con la bandeja de bebidas en la mano, Angélica reprimía su ira y hacía todo lo posible por perdonar a Sebastián. No era fácil lograrlo, y ciertamente no algo que sintiera en su corazón. En cambio, oró en silencio por él, por sus finanzas, para que Dios le diera un mejor trabajo y, finalmente, por los clientes perdidos a los que atendía.

Tantos estaban perdidos... tantos buscando respuestas en el alcohol, las drogas y el sexo. Oró por cada uno de ellos. Un hombre en particular estaba a punto de pedir su cuarta copa. Se sentó solo, mirando a las sirenas que nadaban en el tanque y jugueteando con un anillo de bodas que se había quitado. Angélica se tomó un momento para pedirle a Dios una revelación, cualquier cosa que la ayudara a alcanzarlo. Las sombras se deslizaban a su alrededor, acariciándolo, riendo, tejiendo una red de oscuridad sobre su corazón.

Ella se apartó de la visión. "¿Quizás pueda traerte un café?".

"¿Por qué te importa si me emborracho o no?", murmuró sin levantar la vista.

Dudando, esperó una revelación desde arriba. Ahí llegó—un conocimiento que no podía ser de ella llenó su mente. "Porque normalmente no bebes, y esperabas que el alcohol calmara el dolor que hay en tu corazón porque tu esposa te dejó por otro hombre. Pero estás descubriendo que solo lo empeora". Ignoró la mirada atónita en su rostro y continuó: "Hay susurros en tus oídos que te dicen que bebas hasta el olvido, que acabes con todo, y estoy aquí para decirte que esas son las voces de tu enemigo".

Sus ojos vidriosos la miraban como si fuera de otro planeta. "Sé que crees que todo está perdido", continuó. "Pero hay esperanza. Hay un Dios que te ama, que nunca te abandonará y que quiere ayudarte. Puedes llegar a Él a través de su Hijo, Jesús, quien murió para que pudieras ser libre".

La sorpresa en sus ojos nublados se desvaneció, reemplazada por lágrimas, y bajó la mirada hacia la mesa. Las sombras chillaron y se retiraron.

"¡Angélica!". Oyó a Sebastián llamándola a gritos, y se giró para irse cuando, de pronto, el hombre la agarró de la muñeca.

"Señorita, yo me tomaré ese café".

Sonriéndole, asintió, sin importarle ya lo que su jefe le iba a decir. "Pasaste demasiado tiempo con ese cliente cuando había otros esperando sus bebidas!". Se bebió un trago de vodka al seco.

"No volverá a pasar". Ella sonrió, una sonrisa genuina que no tenía nada que ver con él y todo que ver con lo que acababa de suceder. Pero cuando regresó al hombre con el café, él ya no estaba.

¡Rayos! ¿Lo habría alcanzado o simplemente se habría ido a otro bar donde no lo acosaran? Luchando contra el desánimo, oraba por aquel hombre mientras cumplía con sus tareas.

En la sala de descanso, Angélica metió la mano en su bolso y le entregó un librito a Melody, que acababa de empezar su turno y se estaba poniendo sus tacones.

"¿Qué es esto?"

"Una Biblia".

"Melody tragó saliva y la abrió con más reverencia de la que Angélica habría esperado. "¿Una de verdad?"

Angélica asintió. "Guárdala en tu casa. Léela. Empieza por el Evangelio de Juan. Si tienes alguna pregunta, no dudes en hacérmela".

"Gracias". Sus ojos húmedos alternaban con los de Angélica. "Me da miedo tenerla, pero quiero saber de este Dios tuyo y por qué se preocupó por salvarme". Guardó la Biblia en su bolso, luego cogió un peine y se lo pasó por el pelo negro y rizado. "En serio, si a Él le importa mi vida, ¿Por qué mi vida es un desastre? O sea —señaló a Angélica con el peine— dos matrimonios horribles, este trabajo patético y criar a dos hijos sola sin ayuda. ¿Qué clase de Dios hace eso?".

"Dios no hizo eso, Mel. Tú tomaste esas decisiones. Además, vivimos en territorio enemigo".

Melody empezó a peinarse de nuevo. "¿De qué estás hablando?".

"Solo léela... ya verás".

Greg entró, las vio a ambas y fue a la máquina expendedora. Después de guardar el peine, Melody se puso los zapatos y cerró de golpe su casillero.

Antes de que Greg metiera sus monedas, se giró para mirarlas. "Oí lo del socavón", les dijo mirándolas a ambas.

Melody asintió. "Me habría muerto si hubiera ido por ahí".

El dio un paso hacia Angélica. "¿Cómo lo supiste?"

Angélica se agachó para sentarse y descansar los pies antes de que terminara su descanso. "Dios me lo dijo".

"Tengo que salir. Hablamos luego". Melody salió corriendo por la puerta.

Angélica miró a Greg. "No me crees". Él se dio la vuelta e

insertó sus monedas, marcando los números correctos para sacar una barra de Snickers. "No importa".

"Sí importa". ¿Qué te pasa? No has sido tú mismo últimamente".

"Nada". Agarró su barra de chocolate y se dirigió a la puerta, pero se detuvo para mirarla. "Gracias, Angélica, por ser siempre tan amable conmigo".

Sonó a despedida.

"Estoy, obviamente, aquí para ti cuando quieras. Lo digo en serio". Ella hizo un ademán para tomarle la mano, pero él sonrió y salió corriendo.

El resto de la noche transcurrió sin incidentes. Finalmente, Angélica cambió sus tacones por zapatos para caminar y salió a la bochornosa noche de Florida; o mañana, debería decir, pues eran más de las dos de la madrugada. A pesar del dolor de pies y la pesadez de los párpados, sonreía y daba gracias a Dios por los pequeños éxitos—por ejemplo, que Melody aceptara la Biblia, el milagro que Greg notó y el hombre que dejó de beber y se fue. Oraba por cada uno ellos, mientras cruzaba por el estacionamiento. Estaba lleno cuando llegó, por eso tuvo que aparcar lejos de la puerta.

Un sonido gutural sordo resonó en el cielo. El mismo sonido que había oído hacía poco en el parque y en otras ocasiones. Deteniéndose, contempló el cielo negro salpicado de estrellas y se preguntó, no solo por el sonido, sino por lo magnífico, vasto y glorioso que era el universo.

Estaba tan enamorada de la belleza de la creación de Dios, que no oyó el motor del coche acelerar ni el chirrido de los neumáticos cuando un gran vehículo se dirigía directamente hacia ella.

Zadquiel montaba guardia junto a Angélica mientras ella contemplaba las maravillas de Dios. Este precioso ser humano nunca dejaba de sorprenderlo. Su vida no era fácil. Era madre soltera con un trabajo humillante y duro que la dejaba con el cuerpo adolorido, agotada, armarios vacíos y un montón de chatarra vieja como auto. Sin embargo, había atraído a tanta gente a la luz esa noche—más de los que imaginaba. Y aquí estaba, después de nueve horas difíciles, sin saber cómo pagaría el alquiler, contemplando el cielo en adoración.

Zadquiel comprendía perfectamente ese asombro, sin reservas, pues había visto al Creador, había estado ante su trono y había presenciado su brillante gloria—los cuatro seres vivientes, el arcoíris, el relámpago y el trueno, los serafines con sus seis alas y el río cristalino de agua viva que brotaba debajo de sus pies. Miles de ángeles cantaban en adoración a Él, simplemente porque no podían hacer otra cosa en su presencia.

Pero esta mujer nunca había visto al Padre, nunca había presenciado su gloria.

Y ella seguía adorándolo como si estuviera ante su trono. ¡Asombroso!

Un susurro de advertencia capturó sus pensamientos—una palabra desde arriba. No se le había escapado que las fuerzas de la oscuridad se habían fortalecido alrededor de Angélica últimamente. Aunque siempre estaban presentes, siempre buscando una forma de entrar en la fortaleza de luz que la rodeaba, esto era diferente. Se habían invocado más demonios, demonios más fuertes, letales. Ya habían intentado matarla dos veces, una con una bala, otra con una plaga. No albergaba ninguna duda de que lo intentarían de nuevo. Agarrando la empuñadura de su espada, examinó los alrededores, divisando a la horda a lo lejos, escupiéndole y siseándole, con el odio evidente en sus maliciosos ojos amarillos.

Sin embargo, ellos ya habían tomado su decisión. Él también. Y jamás permitiría que lastimaran a su protegida.

Un motor rugió. Un sedán azul oscuro apareció de la nada, dirigiéndose directamente hacia Angélica. Le gritó en espíritu que se moviera, pero ella estaba tan absorta en su adoración que no lo oyó. Aunque anhelaba aparecerse ante ella, hablarle con voz humana, no tenía permiso. No podía tocarla. No podía apartarla de un empujón. ¿Qué hacer?

El coche se dirigía a toda velocidad hacia ella. Dos demonios estaban sentados en el techo, su risa malvada lo irritaba. Más sombras llenaban el coche, girando alrededor del conductor.

Angélica finalmente los miró. Pero no tuvo tiempo de apartarse. Así que Zadquiel hizo lo único que podía hacer. Con la espada desenvainada, se interpuso entre ella y el vehículo que avanzaba a toda velocidad.

En la fracción de segundo antes de que el coche impactara, Angélica elevó una oración por Isaac. Sabía que iba a morir y no quería que su hijo se quedara solo. "Por favor, cuídalo, padre".

Apenas había pronunciado esas palabras cuando el coche la impactó. Un momento. No sintió nada. No salió volando por los aires ni aterrizó sobre el capó. No fue lanzada violentamente hacia un lado. No la atropellaron neumáticos, ni sus órganos internos quedaron irreparablemente aplastados.

En cambio, el coche la atravesó... directamente... a ella.

El capó la atravesó primero. Nada más que una mancha azul. Luego vio el interior—los asientos deportivos, la palanca de cambios, al conductor, luego el asiento trasero, lleno de envoltorios vacíos de comida rápida, y finalmente el maletero.

Luego, nada más que asfalto negro.

¿Estaría muerta? Todavía de pie en el mismo sitio, miró hacia el coche y lo vio alejarse a toda velocidad, con los neumáticos chirriando en el pavimento.

Se le doblaron las piernas, el cielo dio vueltas y cayó al suelo, respirando con dificultad. ¿Qué acababa de pasar? ¿Me estoy volviendo loca? Intentó calmar su corazón que palpitaba a mil. Un destello de luz la atrajo hacia arriba y vio a su ángel. Era alto, muy alto, todo de metal brillante y luz. Envainando su espada, sonrió y señaló su coche y luego desapareció.

Con esfuerzo por levantarse, recogió su bolso y finalmente logró, con dedos temblorosos, abrir el coche y subirse. Cerró la puerta de golpe, echó el cerrojo y se sentó. Simplemente se sentó, intentando recuperar el aliento y la razón. Pasaron varios minutos antes de que arrancara el motor y se dirigiera a casa. ¿Por qué alguien intentaría atropellarla? Tal vez solo fuera una persona desconocida, enloquecida por las drogas y el alcohol o uno de sus clientes que no se tomó muy bien que mencionara a Jesús. De cualquier manera, la amenaza de Tomás surgió en su mente para atormentarla.

Pero no, el hombre no era tan malvado.

"¡Padre, me salvaste! Enviaste a mi ángel de la guarda para protegerme". Apretó el volante con fuerza, las lágrimas corrían por sus mejillas, aún con la dificultad de creer que un coche la hubiera atropellado sin hacerle un rasguño. Pero lo sabía. De alguna manera, Dios le había dado a su ángel el poder de distorsionar las leyes de la física para salvarla.

Dos días después, Angélica se convenció de que el accidente del coche había sido un acto aleatorio perpetrado por un lunático. Quizás incluso un terrorista. Eran conocidos por atropellar gente, solo que normalmente atacaban multitudes con camiones grandes, no a una sola mujer en plena noche. Pero bueno, vivía en un mundo loco y al revés.

Agradeció a Dios una y otra vez por haberla salvado, sobre todo al mirar a Isaac, que seguía dormido en su cama. Siempre lo dejaba dormir hasta tarde los domingos, pero ya había pasado mucho tiempo después de su hora habitual de levantarse. El pobre chico se esforzaba mucho en sus estudios y luego dedicaba tiempo extra a repasar con ella todo lo aprendido para que pudiera hacer todo lo posible por revertir el adoctrinamiento. Además, hacía las tareas del hogar y ayudaba a Francisca con Joel. Angélica era dura con él. Pero ella quería que él creciera capaz de manejar la vida en este difícil mundo.

Si terminaban estando aquí mucho más tiempo.

Lo que le recordó la conversación que tuvo sobre la segunda venida de Jesús con Daniel. Lo que luego le recordó que esta noche era la obra en su iglesia a la que había prometido asistir. Debería cancelar. Quería cancelar. Después de la forma en que su beso la afectó, la parte carnal de ella deseaba desesperadamente volver a verlo. Lo que, por supuesto, significaba que nunca más debería volverlo a ver.

Le apartó un mechón de cabello castaño de la cara a su hijo y resistió el impulso de besarlo en la frente. En cambio, fue a la cocina, le sonrió a Francisca, que estaba sentada adormilada a la mesa, con una taza de café en la mano, y luego encendió sus noticias independientes, en bajo volumen porque Joel estaba viendo dibujos animados en el living.

Apenas había tomado una taza cuando escuchó: "Un terremoto de 9.2 golpeó la falla de Cascadia esta mañana a las 3:42 a.m.". La voz del locutor estaba tensa por el miedo.

"No". Francisca se quedó boquiabierta al levantarse y entrar a la cocina para ver la escena. Angélica subió el volumen. Siempre esperaba historias como esta, pero aun así fue impactante verlas, presenciar las escenas de horror que ahora se reflejaban en la pantalla. Devastación total y absoluta. Ciudades reducidas a escombros, incendios por todas partes, el paisaje cambiado para siempre.

Los presentadores no tenían idea de cuántas vidas se habían perdido. Los equipos de rescate que llegaron en avión tuvieron dificultades para aterrizar debido a las réplicas. Y se emitieron alertas de tsunami a lo largo de la costa de Washington hasta el Área de la Bahía en California.

"Qué horror." Francisca se apoyó en el mostrador mientras Angélica permanecía allí de pie, demasiado aturdida como para moverse.

"Para empeorar las cosas," añadió el presentador, "El volcán de Yellowstone está fallando de nuevo. Esta vez, está arrojando azufre y fuego al aire. Todos los turistas han sido evacuados del parque".

Francisca apagó el televisor. “Lo siento, no puedo seguir viendo”. Volvió la mirada temerosa hacia Angélica. “¿Qué está pasando?”

Angélica se sirvió un café, orando rápidamente por la gente de la Costa Oeste. “Es el fin de los tiempos.”

“Simplemente no lo sé”. Francisca miró a su hijo y luego se abrazó a sí misma. “¿Por qué Dios causaría toda esta destrucción y muerte? Creí que habías dicho que era bueno y amoroso”.

“Dios no está haciendo esto. Todo esto es parte del mundo caído en el que vivimos. Cuando el hombre cayó en el jardín, la tierra también se vio afectada. Ahora, gime y se agita anticipando el regreso del Rey.” Angélica dejó la taza a un lado, con el estómago revuelto y los ojos llenos de lágrimas. “Pobre gente”. Pasaría unas horas hoy ayunando y orando por los que aún estén vivos.

Francisca se echó el pelo por encima del hombro y suspiró. “He estado leyendo sobre los últimos días”.

Angélica levantó la vista. “¿Lo has hecho?”.

“"Los pasajes que marcaste en la Biblia que me diste. Todo, todo se está haciendo realidad. Incluso este gobierno mundial. Ese es el IGPP, ¿no es cierto?”.

"Ese es el comienzo, sí. Junto con la religión mundial que ya está arrasando el mundo: la iglesia falsa. Pero un hombre se levantará como gobernante supremo sobre los que actualmente ostentan el poder. La Biblia lo llama el Hijo de Perdición, la bestia o el Anticristo”.

Francisca movió la cabeza. “Oh, vamos, ¿el Anticristo?”.

“Yo puedo mostrarte las escrituras. Será mil veces peor que Hitler, y el mundo lo adorará”.

Francisca frunció el ceño, con los ojos llenos de miedo. “Quiero creer, de verdad, pero no lo sé”.

¡Ay, cómo ansiaba Angélica aprovechar el momento y obligar a Francisca a entregar su vida a Jesús antes de que fuera demasiado tarde! Pero el Espíritu Santo no obraba así. Era un caballero. Lo bueno era que su amiga lo estaba buscando. Y quienes buscan, realmente, la Verdad, la encuentran.

Un fuerte golpe en la puerta las sobresaltó a ambas, y Francisca se asomó sigilosamente por la mirilla. Miró a Angélica. "Es un tipo grande vestido de traje", susurró, y luego se giró y gritó a través de la puerta. "¿Quién es?".

"El guardaespaldas de la señorita Smoke".

Francisca arqueó una ceja y sonrió. "Para ti, supongo".

Con la cadena todavía en la puerta, Angélica la entreabrió para ver a un hombre del tamaño de un mariscal de fútbol americano, vestido de traje y corbata.

"¿Puedo ayudarlo?".

"Señora, solo quería que supiera que estoy aquí para llevarle a la Iglesia de la Gracia de Fort Lauderdale a las 3:00".

Angélica quería echarse a reír. "¿En serio? ¿Y quién sería usted?".

"Es el guardaespaldas que envió Daniel, mamá", anunció la voz ronca y soñolienta de Isaac, y se giró para verlo acercarse en pijama de los X-Men, frotándose los ojos.

"¿Qué?" De ninguna manera. *Esto no estaba pasando. Se enfrentaba a la bestia.* "Sr....".

"Llámeme Tank, Sra. Smoke".

Por supuesto. Sonrió. "Sr. Tank, no necesito ningún guardaespaldas, así que se puede ir".

"No puedo hacer eso, señora".

"Es muy fácil. Simplemente dese la vuelta y regrese por donde vino".

"Solo acato las órdenes del Sr. Caín, señora".

"¡Deje de llamarme señora!".

Finalmente obtuvo una reacción de él cuando una ceja se atrevió a levantarse. Aun así, él miraba fijamente hacia su puerta, y ella se dio cuenta de que haría falta una barra de dinamita para moverlo. Tal vez dos.

Cerró la puerta y encaró a su hijo. "¿De qué se trata esto?".

"Después de que casi te atropellan—" empezó Isaac, pero un bostezo lo interrumpió al abrir la alacena y coger una caja de cereales.

"¿Cómo sabes eso?".

"Te oí contárselo a Francisca." Angélica gruñó e intercambió una mirada con su compañera de piso. "bueno. ¿Pero qué tiene eso que ver con Daniel?".

Isaac vertió el resto del cereal en un bol, llenándolo solo hasta la mitad, y luego dejó la caja vacía en la encimera. "Bueno, más o menos se lo conté".

"¿Cuándo?".

"Cuando hablé con él por teléfono".

Esto iba de mal en peor. "¿Por qué hablas con él por teléfono?".

"Me llamó y me pidió que fuéramos a pescar".

"¿Qué hizo qué…" Contuvo la ira y respiró hondo?

Abrió el frigorífico y sacó la leche aguada que Angélica había hecho con concentrado en polvo. "¿No hay leche de verdad?".

"Lo siento." Se le rompió el corazón al verlo verter la leche falsa en el cereal, pero no había nada que hacer. "¿Y…?"

Tomando una cuchara, Isaac se sentó a la mesa junto a Francisca. "Así que envió un guardaespaldas para protegerte. ¡Espectacular ¿no?!

Ella miraba a Francisca, quien contenía la risa. ¡No, no es espectacular para nada! ¿Cómo se atrevía a meterse en su vida sin su permiso? Esto estaba yendo demasiado lejos, y ella le pondría fin esa noche. Iría a la obra como había prometido y luego le diría a Daniel que no lo quería volver a ver nunca más—nunca más…

Porque vendrá tiempo cuando no sufrirán la sana doctrina, sino que, teniendo comezón de oír, se amontonarán maestros conforme a sus propias concupiscencias, y apartarán de la verdad el oído y se volverán a las fábulas.
2 Timoteo 4:3-4 (RVR 1960)

Capítulo 19

Angélica subió las escaleras que conducían al santuario principal de la iglesia de la Gracia de Fort Lauderdale. No pudo evitar sonreír al recordar la última vez que estuvo en esos mismos escalones. Vestía su uniforme de camarera y venía a darle a Daniel el mensaje que había escuchado de Dios. Habían pasado casi dos meses, pero parecía una eternidad. Ahora, mientras se abría paso entre la multitud que entraba por las enormes puertas de madera, se preguntaba por milésima vez por qué estaba allí.

Ah, sí, para regañar a Daniel.

Había dejado a Isaac en casa con Francisca. Aunque él le había rogado que lo dejara ir. Lo último que quería era que se expusiera a más adoctrinamiento del que ya recibía en la escuela.

Miró hacia atrás y vio a Tank, imponente como un bulldog con esteroides. No le había permitido llevarla, pero la seguía de cerca en su Suburban negra. Era bueno, eso sí que lo reconocía. Había intentado despistarlo dos veces en el tráfico —solo por diversión, claro—pero no pudo. Ni siquiera cuando aparcó y salió corriendo hacia la iglesia. El hombre tampoco tenía sentido del humor, pues se daba cuenta de que sus travesuras no le habían hecho ni pizca de gracia. Quería decirle que tenía mucha más protección de lo que él le podría ofrecer—un ángel a quien Dios había asignado para cuidarla, pero sabía que eso no cambiaría nada.

Se dirigió a una pared lateral y se detuvo en el vestíbulo,

aún insegura de si debía continuar hacia el santuario principal. Una sensación de inquietud la invadía, agitando su espíritu. La multitud seguía entrando por las puertas, charlando y riendo como si miles y miles de personas no hubieran muerto en la Costa Oeste. Quizás mencionarían la tragedia en el servicio y dedicarían un tiempo a orar en grupo. Como hacían ahora mismo en su iglesia. Scottie había convocado una reunión de oración de emergencia esa noche y anhelaba estar entre amigos, ayudando a los heridos y a los que seguían atrapados bajo los escombros, y orando contra nuevas olas y el tsunami que se predecía que llegaría a la costa en una hora.

Si se iba ahora, podría llegar a tiempo a casa de Scottie.

No obstante, ella se lo había prometido a Daniel.

Armándose de valor, continuó observando a la multitud que entraba en tropel desde el vestíbulo al auditorio principal como hormigas en un hormiguero—familias con niños pequeños, solteros, ancianos. Algunas jóvenes llevaban ropa que revelaba demasiado. Y recibían lo que merecían—o, quizás, lo que querían—que muchos hombres las miraran lascivamente. Dos hombres pasaban de la mano. Apartando la mirada, vio un cuadro de Cristo caminando sobre el agua, agachándose para ayudar a Pedro, que había empezado a hundirse en la tormenta. Apropiado para los acontecimientos del día, supuso. A ambos lados de él, colgaban retratos de Daniel y Tomás, estratégicamente colocados como si fueran apóstoles.

Perdóname, Señor. Estoy juzgando y no es mi intención. Algunas de estas personas te pertenecen. Podía ver sus luces, como agujas que se elevaban desde sus espíritus hacia el cielo. Otras caminaban en la oscuridad. Otras estaban encadenadas.

Nadie le hacía caso.

Hasta que entró en el santuario principal y un acomodador se le acercó corriendo. "Usted debe ser la señorita Smoke".

Ella lo miró con curiosidad.

"Por aquí, por favor". Él sonrió y la condujo por el pasillo principal. Tuvo que hacer todo lo posible para no tropezar mientras admiraba la grandeza de la sala. Los estadios de hockey eran más pequeños que este. Y mucho menos elaborados. Filas tras filas de bancos de madera con cojines rojos se extendían desde el escenario hasta las puertas traseras y luego a dos balcones. Una lujosa alfombra cubría el suelo. Una cortina de terciopelo púrpura cruzaba el escenario, y sobre ella había una pantalla tan grande como ninguna otra que hubiera visto.

El acomodador la condujo a la primera fila y le indicó un asiento en el pasillo.

"No querría sentarme aquí". Era demasiado visible. Se sentía demasiado incómoda. ¿Por qué todos la miraban de repente? Se oían murmullos a su alrededor y la gente la señalaba, así que se agachó rápidamente para esconderse.

Al otro lado del pasillo, un joven le guiñó un ojo, mientras que detrás de él, un hombre, o era una mujer—no podía saberlo— la fulminaba con la mirada. Con el corazón latiéndole con fuerza, miró al frente. Hubiera querido matar a Daniel por esto. La obra era espectacular. Había una orquesta completa escondida bajo el escenario y la actuación era soberbia. Una vez que las luces se atenuaron y Angélica ya no sintió todas las miradas sobre ella, lo disfrutó. Aunque, sinceramente, el mensaje espiritual era débil, si es que había alguno. La historia se parecía más a un cuento de hadas que a cualquier otra cosa— árboles, animales y plantas ocupaban el centro del escenario, estaban muriendo en un mundo arruinado, pero luego eran salvados al final por un vago creador.

Entre bastidores, Daniel bajó corriendo las escaleras, ignorando las llamadas de sus socios, los gritos de Rubio e incluso las felicitaciones que le dirigían. Solo tenía una idea en mente: llegar a la intimidad de su oficina, a donde había ordenado al Sr. Roberts, alias Tank, que llevara a Ángel. Al verla sentada en primera fila, mirándolo fijamente, casi se le reventó el corazón de alegría. ¡Había venido! Y estaba deslumbrante con un modesto vestido azul ajustado, una sencilla cadena de oro alrededor del cuello y el pelo recogido en un elegante moño.

Lo mejor fue cómo lo miraba durante su breve sermón... igual que cuando eran jóvenes y él predicaba a quien quisiera escucharlo—como si lo adorara, admirara y no quisiera separarse nunca de su lado. ¿Por qué la había dejado salir de su vida?

Se sintió vivo de nuevo, por primera vez, en mucho tiempo, y tuvo que contener las ganas de gritar de alegría al doblar la última esquina hacia su oficina. Una vez dentro, se deslizó al baño, se alisó el pelo y se miró en el espejo antes de buscar una pose natural al sentarse en su escritorio, ansioso por escuchar sus elogios por la maravillosa producción, su disculpa por insinuar que su iglesia no predicaba el evangelio verdadero, y tal vez incluso —se atrevía a creer— su disposición a considerar dejar su iglesia para asistir a la suya.

Un golpe en la puerta precedió a Tank, que la hizo pasar. Luego, tras saludar a Daniel con la cabeza, el guardaespaldas salió y cerró la puerta. Daniel le había ordenado que no dejara entrar a nadie más. Quería que esta noche fuera especial. Quería hablar con ella como antes y luego invitarla a cenar. Una expresión de asombro se apoderó de su rostro mientras recorría con la mirada su oficina. "¡Guau!", fue todo lo que dijo.

Él lo interpretó como una señal. Reunió la docena de rosas y gardenias de su escritorio, y se las ofreció, esperando su expresión de alegría.

En cambio, ella cruzó los brazos sobre su pecho, ladeó su bonita cabeza y dijo: "No puedes comprarme, Daniel".

Un mazazo en el corazón le habría dolido menos. Se obligó a disimular su indiferencia. "No pretendo hacerlo". Dejando las flores, se acercó a ella, tragándose el orgullo y con la esperanza de volver a empezar. "Por favor, siéntate". Señaló su sofá.

Ella no se movió. "No tienes derecho a asignarme un guardaespaldas sin mi permiso". Sus ojos eran hielo verde.

Esto no iba bien. Se giró y empezó a juguetear con clips en su escritorio. "¿Tank? Él es inofensivo. Además, deberías haberme contado que casi te atropellan".

"¿Acaso es asunto tuyo? ¿Y por qué llamas por teléfono a mi hijo?"

Se giró, se apoyó en el escritorio y se afirmó en el borde. "Por si no te has dado cuenta, Ángel, me importas. Este mundo es peligroso, no quiero que nadie te lastime".

Ella suspiró y miró a su alrededor. "Te lo agradezco, Daniel, de verdad, pero sigue siendo mi vida, y no puedes entrometerte cuando quieras". Se tocó el collar y lo fulminó con la mirada. "Sé que eres el más importante aquí, pero no tienes poder sobre mí".

¡Ay! Daniel tardó un minuto en recuperarse, viendo cómo sus planes para esa noche se hacían añicos. Cuando recuperó la voz, solo pudo decir: "Yo no quiero perderte".

Su confesión pareció debilitar sus defensas mientras se hundía en el sofá. "Oye, sé que tuvimos algo una vez. Sé que nos besamos en el parque, pero eso no significa nada".

"Significó algo para mí", le dijo él, preguntándose cuántos golpes más podría aguantar.

Ella bajó la mirada, frunciendo el ceño. "Quítame a tu perro guardián, por favor."

Se levantó del escritorio, recogiendo lo que le quedaba de orgullo. "Dalo por hecho."

"Y por favor, no hables con Isaac sin mi permiso".

Se acercó a ella, muy frustrado. "Oye, lo que pasó es que me llamó después del accidente. Está preocupado por ti".

Entrecerró los ojos. "¿Por qué te llamó a ti?".

"Es que yo le pedí que lo hiciera si necesitaba algo. Lo siento." Levantó las manos en señal de rendición. "No tenía derecho a hacerlo". Ya me conoces—a veces, puedo ser un poco insistente".

"¿En serio?" Finalmente, él le sacó una sonrisa.

Con cautela, se sentó en el taburete frente a ella. "¿Me

perdonas?".

Ella lo miró asintiendo con la cabeza. "Claro, supongo que sí".

"Entonces, déjame compensarte y llevarte a cenar".

¿No sabéis que los injustos no heredarán el reino de Dios? No erréis; ni los fornicarios, ni los idólatras, ni los adúlteros, ni los afeminados, ni los que se echan con varones, ni los ladrones, ni los avaros, ni los borrachos, ni los maldicientes, ni los estafadores, heredarán el reino de Dios.
1 Corinthians 6:9-10 (RVR 1960)

Capítulo 20

¿Qué fue lo que sucedió con Daniel Cain que derrumbó todas las defensas de Angélica?¡Incluso aunque ella estaba enfadada con él!

Lo último que Angélica pretendía era cenar con él. Sin embargo, allí estaba, caminando por la playa mientras el sol se ponía sobre los Everglades, con el estómago lleno de patas de cangrejo frescas y papas rellenas, y con el corazón demasiado inclinado hacia él. Por supuesto, Daniel había pedido ensalada César—el único plato saludable en el pequeño puesto de cangrejos al que la había llevado. O, mejor dicho, ella lo había llevado a él, rechazando su invitación a uno de los mejores restaurantes de la ciudad.

"Son las cosas sencillas de la vida las que son mejores", había dicho ella mientras se sentaban a comer en una mesita frente a la barraca.

Él le preguntó entonces sobre la obra. ¿La había disfrutado? ¿Qué pensaba?

Para evitar una discusión, le dio su opinión sobre lo magnífica que era la iglesia, lo hermosa, grande, ornamentada y bien decorada que era. Y su despacho... mejor que el Despacho Oval.

Ante esto, él se rió.

Sin embargo, ahora, mientras caminaban uno al lado del otro, con los zapatos en la mano y los pies descalzos hundiéndose en la arena húmeda, se quedó pensativo y le preguntó qué pensaba realmente de la obra y su sermón.

"La obra fue espléndida, Daniel. Profesional y entretenida. Y siempre has sido un gran orador".

"Pero…"

"Pero nada". Se quedó mirando a un pajarito que recogía una papa frita de la arena.

"Te conozco demasiado bien. Hay más".

Se abrían paso entre un grupo de niños que construían un castillo de arena mientras Angélica escogía sus palabras. "Todo era superficialidad, buena voluntad, esperanza, felicidad. Todo eso es genial y bonito, pero la gente necesita escuchar toda la verdad. Necesitan escuchar cómo ser salvos, verdaderamente salvos, y que la vida cristiana no es fácil. Es una vida de sacrificio, y a veces de sufrimiento y abnegación". Ella suspiró y lo miró. "Ni siquiera mencionaste a Jesús".

Él gruñó y se clavó los dedos en la nuca. "Por supuesto que lo menciono. Solo que no en todos los sermones".

"Pero esta era una actividad evangelística, ¿O no?"

Pateó el agua de mar que entraba, lanzando espuma al aire.

"Lo siento, Daniel. Me preguntaste, y no puedo mentirte".

"No, yo valoro tu honestidad. O al menos eso creía". Soltó una risita triste. "Pero me alegro. Siempre pude contar contigo para decirme la verdad."

Ella odiaba haberlo decepcionado, pero los halagos no servían de nada. Una ola se estrelló contra ellos, y él la tomó del brazo y la apartó del camino, dándole una idea. Tal vez si evadía el tema y lo dejaba hablar, él vería la verdad por sí mismo. "¿Por qué no me cuentas sobre tu iglesia? ¿Cómo es ser un pastor tan importante? ¿Cómo son tus días? ¿Con quién trabajas?".

Sus preguntas lo impulsaron a iniciar lo que resultó ser una conversación de casi una hora, en la que describió sus numerosas responsabilidades y a todos los empleados que tenía que manejar. Especialmente los más difíciles—Tomás, siempre encima de él, su administradora, la señora Clipton, que parecía incapaz de hacer nada bien, Rubio, el director musical, que nunca estaba contento, junto con un montón de otros empleados y varios miembros que se quejaban constantemente de todo, desde la temperatura de la iglesia hasta el tema de los sermones.

"Son grandes ofrendadores, ya sabes, así que tengo que escucharlos". Él resopló cuando llegaron a un faro encaramado en una pared de rocas y se dio media vuelta.

"Parece que eres el CEO de una gran empresa".

"Es exactamente así. Mucho trabajo y mucha responsabilidad".

"Pero no te queda mucho tiempo para Dios ni para dedicarte realmente al discipulado".

"Hay otros que se encargan de eso".

El aire cálido y salado los envolvió, soltándole el pelo de las horquillas. "Pero tú solías querer hacer eso. ¿Recuerdas? Sentías un gran amor por los perdidos". Ella lo miró fijamente, protegiéndose los ojos del sol poniente, y anheló llegar al antiguo Daniel que aún permanecía en lo más profundo de su interior.

Él se echó el pelo hacia atrás, enviándolo en una docena de direcciones, y la miró de reojo. "Eso fue hace mucho tiempo. Tuve que madurar y enfrentarme al mundo real".

"Todavía veo ese fervor en ti, Daniel". Había visto destellos de él en la iglesia cuando él subió al púlpito, destellos aquí y allá cuando hablaba de Dios. Solo destellos. Pero le daba esperanzas de que pudiera avivarse.

Al otro lado de la playa, la gente preparaba neveras portátiles y sombrillas, sacudiendo toallas mientras el sol poniente tejía una cinta dorada en el horizonte occidental. Caminaban en silencio, las olas le hacían cosquillas en los pies y depositaban pequeñas conchas en la arena. No tenía ni idea de qué decir a continuación, pero había percibido la frustración de Daniel al hablar de su iglesia, y tal vez incluso un poco de tristeza. "Pero no pareces muy feliz", dijo finalmente.

"Escucha, Ángel". Su tono se volvió defensivo. "Si quiero tener éxito y ganarme la vida, tengo que hacer concesiones".

"¿Es tan importante tener éxito ante los ojos del mundo?".

"Por supuesto. Solo entonces la gente te escucha. ¿De qué otra manera puedo llegar a la mayor cantidad posible de personas con el amor de Dios?".

Ella lo miró mientras caminaba, con la mirada baja, pasos mesurados, la mandíbula apretada. Y a pesar de su fama y prestigio, de repente era el mismo joven inseguro que había conocido, decidido a forjarse un nombre, a luchar contra los insultos y la degradación que su padre borracho le había infringido de niño. ¿Seguía librando esa misma batalla? Lo tenía todo, y su nombre era conocido en todo el mundo, aunque, tal vez, no era suficiente para satisfacer su voraz necesidad de ser *alguien*.

"Has demostrado con creces tu valía, Daniel. Ante el mundo *y* ante tu padre".

"Él no tiene nada que ver". Su tono enojado desafió su afirmación.

"Está bien. Está bien. Lo siento".

"Lo siento". Deteniéndose, la encaró mientras una ola pequeña barría sus pies. "Supongo que solo quería impresionarte. Mostrarte lo lejos que he llegado, demostrarte que estoy haciendo algo bueno".

"No necesitas demostrarme nada. Nunca lo has necesitado. Ni a Dios. Solo síguelo y deja de tener un pie en el templo y un pie en el mundo".

Él se rió entre dientes. "No estoy seguro de lo que eso significa".

Ella arqueó una ceja. "Como casarse con dos hombres".

Su sonrisa se desvaneció. "Oye, es la ley. Y excluirlos solo los aleja de Dios". Empezó a caminar de nuevo. "Nunca pensé que fueras una persona que odia".

Una gaviota chilló sobre sus cabezas. "No odio a los homosexuales. Ni a nadie, para el caso. De hecho, creo que tú los odias más con tu aprobación".

Enojado, negó con la cabeza como si se hubiera vuelto loca.

“Piénsalo así. Ves a una persona corriendo hacia un precipicio. No está prestando atención y no ve que, con solo un par de pasos más, se precipitará hacia la muerte. ¿Qué haces? ¿Le gritas y le dices que va por mal camino, intentas interponerte en su camino y detenerla a riesgo de que se enfade contigo o te llame intolerante u odiador? ¿No sería eso, en verdad, amor? ¿O simplemente le sonríes y saludas mientras caen al precipicio?”.

Él guardó silencio por un buen rato. La música empezó a sonar a todo volumen en un bar cercano mientras el viento arreciaba, trayendo consigo el aroma a bronceador y cerveza. “De acuerdo. Entiendo más o menos lo que quieres decir. Pero el estado me prohíbe interponerme en su camino; además, ¿no crees que Dios les dará una nueva oportunidad? Al fin y al cabo, no pueden evitarlo, y esas viejas escrituras que lo consideran una abominación son simplemente arcaicas. No se pueden aplicar a nuestra cultura actual”.

“¿Y qué hay del primer capítulo de Romanos? Explica con claridad la opinión de Dios sobre la homosexualidad y sobre todos los que lo niegan. Y en 1 Juan dice que quien conoce a Dios no sigue pecando a propósito”.

“Todos seguimos pecando. Por eso necesitamos a Jesús”.

Otro pájaro se lanzó frente a ellos, perseguido por una ola que se acercaba, mientras Angélica respiraba hondo para calmarse. “No puedo responder por Dios, Daniel. Solo sé lo que dice Su Palabra. Dios no cambia según nuestra cultura. Ama a todos y quiere que cada persona se una a Él en el Cielo, y por supuesto que lo hacemos confiando en Jesús. Pero la Biblia es clara en tantos pasajes que también debemos obedecerle y seguir haciendo Su voluntad. Como este de 1 Juan 2: “El que dice: Yo lo conozco, pero no guarda sus mandamientos es mentiroso, y la verdad no está en él”. O este de Mateo 7: “No todo el que me dice: “Señor, Señor”, entrará en el reino de los cielos, sino el que hace la voluntad de mi Padre que está en los cielos”. ¿No deberíamos decirles la verdad a las personas? ¿Hacer todo lo posible por salvarlas? Especialmente a las que están atrapadas en un pecado habitual".

Él guardó silencio por un momento, dándole esperanza de haberlo alcanzado, pero luego se rió.

"¿Qué tiene de gracioso?".

"Tú. Tú no querías saber nada de Dios hace doce años".

Ella le devolvió la sonrisa. "Supongo que ambos hemos cambiado".

"No tanto". Para su sorpresa, él le tomó la mano. "Sabes que me encanta hablar contigo, Ángel. Siempre me desafías".

"¿Es eso bueno?".

"Sí, claro". Le apretó la mano. "Dime que estás disfrutando de nuestro tiempo juntos tanto como yo".

Sí, lo estaba disfrutando tanto como él. En muchos sentidos, era el mismo Daniel que siempre había conocido—su caballero de brillante armadura de hacía años: ingenioso, encantador, cariñoso, inteligente, bueno con la gente, y la forma en que la miraba... tal y como la está mirando ahora... le traía de vuelta tantas sensaciones que temía perder el control y caer en sus brazos. Era como si volviera a tener veintiún años, tan enamorada de él, que se habría casado con él en el acto si tan solo se lo hubiera pedido.

Los recuerdos llenaban su mente de la primera vez que se conocieron. En el Seashore Lounge, su primer trabajo como camarera. Él y sus amigos del seminario habían entrado a tomar algo. Solo que Daniel no estaba bebiendo. Recordó haber pensado en lo extraño que era para ser un chico tan joven. Sobre todo, cuando sus amigos se volvían cada vez más alborotadores con cada bebida. Y cada vez más frescos con ella, incluyendo algunos comentarios no muy puros que le habían lanzado. Si hubiera sabido en ese momento que eran feligreses, les habría dado una buena reprimenda. Pero como Estaba acostumbrada a que le faltaran el respeto. Parte del trabajo, le había dicho su compañera.

Daniel, sin embargo, había sido muy educado. Aunque la había visto fijamente más de una vez, su mirada no era de lujuria, sino más bien de admiración. O de interés.

"¿En qué estás pensando?", dijo finalmente, devolviéndola al presente.

No debería decírselo. Solo alimentaría su ego. "¿Recuerdas cuando nos conocimos?".

"Nunca lo olvidaré". Él sonrió y le apretó la mano. "Te veías tan guapa con ese traje que te obligaron a usar".

"¿Eso es todo lo que puedes recordar?", se rió entre dientes. "¿Recuerdas que te echaron de allí?".

"Ah, sí, eso". Se encogió de hombros. "Bueno, no podía dejar que ese tipo te pusiera las manos encima así. No después de que le dijeras que no. Dos veces".

"Pero no tenías que pegarle".

"Funcionó, ¿verdad?". Apareció su hoyuelo.

Ella le sonrió, imaginando al borracho pervertido desplomándose hacia atrás por el puñetazo de Daniel, volcando la mesa y haciendo que todas las bebidas se estrellaran contra el suelo. Era la mesa contigua a la de Daniel, y ni siquiera se había dado cuenta de que la estaba mirando.

"Me rescataste. Nadie había hecho eso por mí antes".

"Eso me consiguió tu número telefónico". Le apartó el pelo de la cara y luego le pasó el pulgar por los labios. "Nunca debí dejarte ir. Siempre has sido mi ángel". Se inclinó hacia ella y le robó un beso.

Es decir, ella se lo permitió, él no se lo robó en absoluto.

¡Ay de vosotros, escribas y fariseos, hipócritas! porque sois semejantes a sepulcros blanqueados, que, por fuera, a la verdad, se muestran hermosos, más por dentro están llenos de huesos de muertos y de toda inmundicia.
Mateo 23:27 (RVR 1960)

Capítulo 21

Con la sensación del dulce beso de Ángel aún resonando en su cuerpo, Daniel durmió más profundamente que en años. Al levantarse por la mañana, sintió como si se hubiera quitado un peso de encima, sin saber por qué. Después de prepararse un batido de frutas, seguía sonriendo al cruzar las puertas de FLIG y dirigirse a su oficina. ¡Cuánto había extrañado a Ángel! Había olvidado lo maravilloso que era simplemente hablar con ella. Tenía una forma especial de escuchar, un don poco común entre la gente de hoy en día, que constantemente intentaba interponer sus opiniones y consejos. Pero Ángel no. Ella simplemente lo escuchaba durante horas. Y, más que eso, le importaba. Lo notaba en las preguntas que le hacía y en el tono de su voz. Ella lo entendía, el estrés que sentía, la responsabilidad. Ojalá pudiera ver el panorama general y comprender por qué tenía que ceder en algunos asuntos para beneficiar a más personas.

Todo a su tiempo. Ella lo vería. Y su beso significaba que había esperanza para que pudieran retomar el camino donde lo habían dejado.

Al doblar una esquina, vio la puerta de Tomás entreabierta y se detuvo, mirando dentro. Le encantaría saber qué pensaba de la obra de anoche. Oyó gruñidos y gemidos, así que entró y examinó la habitación. En el rincón más alejado, Tomás estaba tumbado encima de una mujer en un sofá.

'¿Qué está pasando?", gritó Daniel antes de que pudiera pensar. La mujer chilló, mientras Tomás saltaba de ella y se daba la vuelta, con la camisa y los pantalones desabrochados.

Kimberly Monroe se incorporó, arañándose la blusa para intentar cubrirse.

Al ver a Daniel, Tomás bajó los hombros y sonrió. "No mucho", dijo sarcásticamente.

"Ay, Dios mío". Kimberly buscó sus zapatos, se los puso y se levantó, esforzándose por alisarse la falda y abotonarse la blusa.

"¿Podrías golpear la próxima vez?", le pidió Tomás, arreglándose la ropa.

"No pensé que tuviera que hacerlo. ¿Qué demonios están haciendo ustedes dos?". El disgusto le agrió la boca.

Claramente nerviosa, Kimberly le lanzó a Tomás una mirada alarmada y pasó junto a Daniel al salir por la puerta, diciendo rápidamente: "Lo siento".

Tomás la vio irse y luego se dejó caer en una silla. "¿Tanto tiempo que no lo haces que no entendiste lo que estaba pasando?".

La ira le calentó la sangre a Daniel. "¿¡Qué hacen mi pastor asociado y mi pastora de jóvenes teniendo sexo!?".

"Bueno, en realidad no llegamos tan lejos".

"¿Crees que esto es gracioso?", le gritó Daniel, arruinando su gran mañana. "¡Esto es inaceptable!".

"Vamos, hombre, relájate. Todo el mundo lo hace". Thomas se puso los zapatos.

"No en mi iglesia".

Tomás resopló. "Te sorprenderías".

"¿Qué quieres decir?".

Levantándose, Tomás se echó el pelo hacia atrás. La rebeldía brillaba en sus ojos, y Daniel anhelaba borrar esa sonrisa de su rostro. "¡Madre mía! Me doy cuenta de que quitaron de la Biblia los pasajes sobre la fornicación —resopló Daniel—. ¿Pero dos de mis pastores teniendo sexo? ¡En tu oficina, donde cualquiera podría verlos!"

"Tienes derecho a hablar, Daniel, andando con esa

prostituta". Apretando el puño, dio un paso hacia Tomás y se detuvo. No les serviría de nada pelearse a puñetazos. "Sabes muy bien que no es una prostituta".

"Es una copetinera sin estudios y con un hijo fuera del matrimonio. ¿Qué parece eso?".

"No me importa qué parezca. Solo me importa lo que vi aquí. Y no volverá a pasar. ¿Me oyes?

Como Tomás no respondió, Daniel salió hecho una furia y se dirigió a su despacho, buscando su cafetera, orando para que la señora Clipton hubiera preparado otra tanda.

Y lo había hecho. Que Dios la bendiga.

Oyó los pasos de Tomás golpeando la alfombra tras él. "Más vale que te importe, porque toda la iglesia está hablando de la fulana que invitaste a nuestra obra. La pusiste en primera fila, a la vista de todos. ¿En qué estabas pensando?".

Daniel se sirvió una taza de café, intentando controlar la ira. "Estaba pensando en lo bien que me lo iba a pasar invitando a una amiga a la obra, nada más".

"Pero es una mujer, y muy atractiva, y la forma en que la mirabas con lujuria desde el púlpito... ¿Crees que la gente no se dio cuenta?"

"No la estaba mirando lascivamente—"

"Ahora toda la iglesia cree que sales con una copetinera".

Daniel se sentó tras su escritorio y dejó el café. "¿Y qué?".

"¿Y qué?". Tomás apoyó los nudillos en el escritorio de Daniel.

"¡Están en pie de guerra! Harold Jakes y su cómplice Brinkenburg ya están convocando a una reunión de la junta para hablarlo".

"¿Hablar de qué? Invité a una amiga a la obra. Resulta que era mujer".

"Vas a arruinarlo todo". Tomás se apartó del escritorio y se alejó. "Lo sabes, ¿verdad?". Se giró para encarar a Daniel. Este trabajo en Washington y cualquier posibilidad de ser elegido, la Conferencia de la Nueva Religión Mundial. Todo. Incluyendo esta iglesia".

"No seas ridículo. Daniel sabía que Tomás tenía un don para lo dramático, pero esto era demasiado. ¿Por salir con una antigua novia? Oye, casi la convenzo de que deje a esos fanáticos religiosos con los que está metida. Se nota que se está debilitando. Piensa en la gran historia de interés humano que sería". Escribió un titular en el aire. "Pastor famoso rescata a una mujer y a su hijo de una secta peligrosa y luego se enamoran". Él sonrió. "A todos les encantan las historias de redención y romance".

"Por favor, no me digas que estás enamorado de ella".

Daniel no respondió. Tomás gruñó. "Si logras convencerla, supongo que podríamos convertirlo en algo que la gente acepte. Pero es una gran incógnita. Simplemente no te entiendo. ¿Para qué arriesgarse?". Aceleró el paso. "Sé que suena arcaico, y uno pensaría que con nuestra cultura permisiva la gente lo superaría pronto, pero no lo hace. No en círculos religiosos. No si quieres ser un líder espiritual mundial. Tienes que ser perfecto, santo, sin pasado. Y tampoco puedes salir con una mujer con pasado. Claro, podrías convencer a la junta y mantener tu puesto aquí, aunque definitivamente perderías miembros. Sin embargo, en cuanto Washington D. C. o la Conferencia Mundial de Religiones se enteren, puedes despedirte de cualquier futuro más allá de esta iglesia".

Daniel miró la foto de su madre en su escritorio y anhelaba su consejo. Todo estaba permitido en el mundo actual. Incluso podías casarte con tu perro si querías. Pero Tomás tenía razón. Los consejeros y líderes espirituales aún tenían estándares más altos.

"¿Cómo emparejaste tu incidente con Kimberly con mi situación con Ángel?".

"Dejaré las cosas con Kimberly si eso te hace sentir mejor. Además, ella se me insinuó. Pero tienes que recomponerte. Hemos llegado demasiado lejos como para perderlo todo ahora". Tomás se detuvo y miró fijamente a Daniel. "¿Y para qué? Una mujer que te dejó y te rompió el corazón. Casi te arruina una vez y lo volverá a hacer". Una expresión de disgusto se dibujó en su rostro. "A menos que de verdad quieras acabar siendo un fracaso... igual que tu padre"

Anthem dejó escapar un suspiro de frustración al ver a su protegido, Tomás, intentar convencer a Daniel de que se alejara de Angélica.

"Lo siento", le dijo a Azazel, que estaba a su lado en la oficina de Daniel.

"No hay necesidad de disculparse", le dijo Azazel. "No puedes controlarlo. Tu trabajo es protegerlo, no influir en él de una forma u otra".

"Lo sé".

"El Padre les dio libre albedrío, tal como nos lo dio a nosotros. ¿Recuerdas cómo Lucifer y un tercio de los ángeles decidieron rebelarse contra el Padre hace mucho tiempo? Tomaron su decisión y fueron expulsados del cielo, separándolos para siempre de la fuente de toda bondad, amor y luz. Ahora solo son maldad y perversidad. Ya no son ángeles— sino demonios; sin embargo, nosotros elegimos seguir siendo sus siervos, obedecer cada una de sus órdenes. Cuando Dios creó a los humanos, les dio la misma opción de obedecerlo o desobedecerlo, empezando por Adán y Eva. Solo podemos observar cómo toman sus propias decisiones, tal como nosotros tomamos las nuestras".

Anthem se removió incómodo. "Muy cierto. Pero me siento responsable de alguna manera. ¿Ves todos los demonios que lo tienen en sus garras?". Señaló a al menos veinte espíritus malignos que estaban influyendo, directamente, en la vida de Tomás.

"Sí. sigue todas sus malvadas sugerencias, lo que les permite atarlo a su carne. No podemos anular sus decisiones".

Anthem cruzó los brazos sobre su pecho. "Es difícil

quedarse de brazos cruzados sin poder intervenir. Ojalá el Padre me hubiera asignado una tarea más fácil".

"Debió pensar que estabas bien equipado". Azazel observaba como Daniel defendía a Angélica, sintiendo que la esperanza crecía, pero luego se desplomaba al ver que su intención era alejarla de la verdad. "Está tan cerca." Azazel hablaba con más emoción de la que quisiera. "La oscuridad se debilita en él. Debe seguir viendo a Angélica. Ella es la única que le infunde luz, vida".

"Al menos hay esperanza para el tuyo. Tomás sigue alejándose de la luz".

"Ten paciencia, amigo mío. El Padre no te habría asignado a él, si fuera a endurecer su corazón más allá del punto de salvación".

Anthem asintió.

"Debemos hablar con Shemel. Quizás pueda instar a Marley a influir en estos dos. Marley camina con más luz cada día".

"Buena idea". Azazel miró a su amigo, notando urgencia en sus ojos. "No te involucres demasiado. Solo estamos para vigilar y proteger".

"No sé cómo lo haces".

"No muy bien. Porque, en verdad, temo por Daniel todos los días. Lo conozco desde que nació. Lo he visto amar al Padre con todo su corazón, y ay, cómo anhelo esos días de nuevo".

"Qué insensatos son estos humanos. Tantos eligen el camino que lleva a la desesperación, al rechazo y a la tristeza".

"Se creen las mentiras del enemigo, el engaño que ha sembrado sobre el mundo entero: que la fama, el poder y el dinero conducirán a la felicidad, que esas cosas dan valor e importancia a la vida".

"Si supieran lo valiosos que ya son."

Una brisa cálida, impregnada de aromas marinos y

bronceador, acariciaba el rostro de Angélica, cuando abrió los ojos. Mientras Daniel e Isaac pescaban en el muelle, ella había aprovechado esta rara oportunidad para orar a solas. Había tantas peticiones, tantas personas en su vida que necesitaban conocer el amor de Dios. Y luego estaban las víctimas del terremoto de Cascadia. Las noticias estaban llenas de historias horribles de muerte, destrucción, saqueos, delincuencia y tantas personas sin hogar que necesitaban artículos de primera necesidad. Su iglesia, aunque pequeña, había reunido una colecta de bienes y dinero para enviar a una iglesia de la zona para su distribución. Eso y sus oraciones eran todo lo que podía hacer.

Sin embargo, a pesar de las tragedias del mundo, y para su vergüenza, sus pensamientos se dirigían continuamente a Daniel y al beso que habían compartido. Suspiró, castigándose por ser tan débil. Daniel tenía una forma de despertar en ella sentimientos que no eran solo físicos, sino que llegaban a lo más profundo de su alma. Era una de las razones por las que se había enamorado de él, y una de las razones por las que debía mantenerse alejada de él.

Lo cual, por supuesto, le hacía preguntarse por qué estaba allí con él ahora, permitiéndole interactuar con su hijo. Su mirada se encontró con la pequeña figura de Isaac de pie junto a la grande figura de Daniel en la orilla del muelle, con las cañas de pescar sobre la barandilla y los sedales en el agua. Otra de sus visiones haciéndose realidad. El viaje de pesca se había planeado por teléfono días antes de que Angélica irrumpiera en la oficina de Daniel. Isaac siempre había querido pescar, pero Angélica no tenía ni idea de cómo, ni el dinero para el equipo. ¿Cómo iba a rechazar una oferta para ambas cosas cuando su hijo estaba rebosante de emoción?

¿Qué estoy haciendo, Señor? Isaac necesitaba un hombre fuerte de Dios que lo influya en la dirección correcta, no un pastor ávido de poder y concesiones.

Unos rayos de sol muy ardientes le llovían desde arriba, lo

que hizo que ella tomara su protector solar y se aplicara más en brazos y piernas. Como nativa de Florida, siempre estaba bronceada, pero era propensa a quemarse si se exponía demasiado al sol.

"¡Hola, Angélica!". La alegre voz la hizo protegerse los ojos y levantar la vista para ver a Anna acercándose con camiseta, pantalones cortos y chanclas.

"¡Anna! ¡Qué sorpresa!". La mujer se dejó caer a su lado. "Creí verte por aquí. Robert y yo vinimos a nadar temprano por la mañana". Señaló a su esposo, sentado en una silla de playa a varios metros de distancia, con un libro en la mano, y luego respiró hondo". "Echo un poco de menos la playa desde que dejamos de hacer lo de los sábados".

"Yo también echo de menos lo de los sábados".

"Sí, yo también. Pero parece que nos va bastante bien en la casa de Scottie".

La risa de los niños atrajo la mirada de Angélica hacia un grupo de niños que estaban participando en una pelea en la arena. "Cierto. Ha habido mucha gente nueva últimamente. Varios que antes nos escuchaban aquí en la playa".

Anna apretó el brazo de Angélica; sus ojos brillaban. "Dios está haciendo cosas maravillosas".

Angélica asintió. "¿Cuántos sanaron la semana pasada?".

"Al menos cuatro. Y dos fueron salvos. Y luego Robert expulsó a ese demonio de ese chico nuevo, Rich". Le sonrió a Angélica. "Además de la palabra profética que proclamaste".

Angélica miró a Isaac, luego tomó un puñado de arena y la dejo escurrir entre sus dedos. "Solo digo lo que el Señor me da".

"Pero nos da mucho ánimo. Sobre todo, cuando escuchamos al Señor diciéndonos que aguantemos, que perseveremos ante tal maldad creciente". Quitándose los zapatos, Anna hundió los dedos en la arena. "El Espíritu Santo se está derramando por todas partes. Scottie me dijo ayer que ha estado en contacto con más de cuarenta iglesias en casas solo en Fort Lauderdale".

"Cuarenta..." Angélica silbó. "No tenía ni idea".

"Y algunas de ellas están en contacto con iglesias de todo el país y del mundo. Están sucediendo cosas, Angélica. Milagros, sanidades, tanta gente entrando en el reino. Tiempos emocionantes".

"Qué buenas noticias. Espero que nos las comparta el sábado".

"Seguro que sí".

Angélica vio a un pelícano lanzarse en picada. Momentos después, emergió con un pescado en el pico.

"¿Dónde está Isaac?" preguntó Anna.

Siguió la mirada de Angélica, entrecerró los ojos y luego sonrió. "¿Es ese el predicador famoso?".

Cuándo Angélica no respondió, añadió, "Pensé que te alejarías de él".

Se rió. "Sí, no salió tan bien".

"¿Y eso es malo porque...?".

Angélica suspiró y se quedó mirando las olas cubiertas de espuma que rompían en la arena. "Demasiadas razones para enumerarlas todas".

Daniel e Isaac recogieron sus cañas de pescar y empezaron a empacar.

"Te rompió el corazón una vez... yo lo sé".

Lo rompió, devoró y desechó. Anna había sido la única persona a la que Angélica se lo había contado. Ni siquiera Francisca conocía toda la historia. "Pero eso no es lo peor. Él es parte de la iglesia apóstata".

"¿Quién puedo influir en su vida mejor que tú?".

"Pero no me escucha. Es demasiado terco. Créeme, lo he intentado. Sigue pensando que somos unos locos".

Daniel e Isaac llegaron al borde del muelle y empezaron a caminar por la arena.

"Lo amas, ¿verdad?".

"No". Pero su corazón la traicionó al verlo acercarse, su paso seguro, el viento en su cabello y la forma en que charlaba con su hijo. “Sí, supongo que sí. Quizás nunca he dejado de amarlo”.

Anna puso su mano sobre la de Angélica. “Ten cuidado. Es obvio que el hombre te está persiguiendo, pero como ahora mismo no está siguiendo al Señor, debes buscar la guía de Dios. Ora por él, sé un ejemplo, pero cuida tu corazón. Dios puede usarte para traerlo de vuelta a la luz, pero síguelo a Él y no a tus emociones”.

Angélica pateó la arena. “Es más fácil decirlo que hacerlo. ¿Pero por qué yo? Solo soy una camarera, una madre soltera que apenas puede mantener a su hijo”.

“Porque es obvio que el hombre te ama”.

Angélica parpadeó. “¿Qué?”

“Te sacó de la cárcel bajo fianza y luego se arriesgó a contraer la Gecka por cuidarte. No conozco a muchos hombres que hicieran eso”.

“Le gusta hacerse el héroe”. Angélica se atrevió a mirarlo, su físico musculoso admirado por varias mujeres cuyas miradas lo seguían mientras caminaba. “Además, podría tener a cualquier mujer que quisiera”.

Anna arqueó una ceja. “Qué raro, entonces, que elija salir contigo”.

“Más frustrante que raro”. Angélica sonrió. “Además, estoy preocupada por Isaac. Daniel no es una buena influencia para él”.

“Mmm. Quizás”. Anna miró fijamente el mar brillante mientras una ráfaga de viento le agitaba su pelo castaño. Daniel e Isaac estaban a pocos metros de distancia cuando volvió a mirar a Angélica, con una sonrisa cómplice en los labios. “Por cierto, ¿cuándo le vas a decir que Isaac es su hijo?”

Porque os acordáis, hermanos, de nuestro trabajo y fatiga; cómo trabajando de noche y de día, para no ser gravosos a ninguno de vosotros, os predicamos el evangelio de Dios. Vosotros sois testigos, y Dios también, de cuán santa, justa e irreprensiblemente nos comportamos con vosotros los creyentes; así como también sabéis de qué modo, como el padre a sus hijos, exhortábamos y consolábamos a cada uno de vosotros,

1 Tesalonicenses 2:9-11 (RVR 1960)

Capítulo 22

Angélica abrió su boca para responder a esa pregunta tan chocante de Anna, pero algo se le había atascado en la garganta—un nudo de terror y conmoción. Levantó la vista y vio a Daniel e Isaac, riendo y hablando, volviéndose cada vez más amigos

"¡Mamá, pesqué un pez!", oyó gritar a su hijo. Pero solo pudo mirar a Anna. Sonriendo, la mujer le apretó el brazo y se incorporó con dificultad. "Señor Caín, me alegro de volverlo a ver. ¡Oye, Isaac, mira que gran pescado!".

Daniel saludó a Anna, mientras Isaac sonreía con orgullo.

Agradecida, Angélica recuperó el aliento antes de desmayarse.

El fuerte olor a pescado le picaba en la nariz mientras la viscosa criatura gris llenaba su visión.

"¿Mamá, estás bien?" Su rostro apareció detrás de la criatura. El joven respiró hondo y la emoción se reflejaba en su voz. "¿Tú pescaste esto?"

Él le respondió con una sonrisa radiante. "Sí".

Miró a Daniel, que parecía tan orgulloso como su hijo, y luego volvió a fijar la mirada en Isaac. "¡Genial! Supongo que cenaremos pescado".

¡Bacánl! ¡Yo también puedo alimentar a la familia! Eso será

de gran ayuda. Abrazó a su hijo. Y lo decía en serio. Cualquier comida extra sería una bendición. Solo que ahora tenía que aprender a cocinar pescado.

"Tiene un don natural, por supuesto". Daniel dejó la caña. "Lo recoge todo con mucha facilidad".

"Bueno, los dejo a todos con eso. Robert parece solo". Anna le guiñó un ojo a Angélica, agarró sus zapatos y se alejó.

Daniel la miró y se frotó la nuca. "Por un momento, pensé que la vieja pandilla había vuelto a causar problemas".

"¡Isaac!", gritó desde la orilla un chico de su edad.

Después de mirarlo, Isaac le lanzó una mirada suplicante a Angélica. "Mami, ¿puedo ir a surfear?".

Se protegió los ojos y volvió a mirar al chico para asegurarse de que lo reconocía. "Claro. Solo ten cuidado".

Tras echar el pescado al cubo, Isaac dejó la caña, agarró la tabla y salió disparado.

Dejándose caer en la arena junto a su toalla, Daniel estiró las piernas como si quisiera quedarse. Olía a pescado, a mar y a Daniel, y a ella le costaba concentrarse. La declaración de Anna la había aterrorizado tanto que creía que no se recuperaría. Mantenía la identidad del padre de Isaac en secreto. Pero si Anna podía descubrirlo, otros también podrían. Y eso no debía suceder jamás.

Por el bien de Isaac.

O Daniel lo rechazaba por completo para salvar su carrera —como ya había demostrado ser más que capaz de hacer— lo cual devastaría a Isaac y lo marcaría de por vida, o Daniel lo aceptaría, la demandaría por la custodia parcial y arrastraría a su hijo a la apostasía delirante que él propagaba desde el púlpito.

Y ella iría a la tumba antes de permitir que cualquiera de esas dos cosas sucediera.

Daniel se dio cuenta de que algo le pasaba a Angélica. Había estado actuando raro desde que él e Isaac le trajeron el pescado que habían pescado. Para empezar, no lo miraba a los ojos. Además, no dejaba de mirar a Isaac surfeando como si quisiera atraparlo y huir.

¿De qué? ¿De él?

No había hecho más que ayudar al chico. Y no por otra razón que simplemente porque disfrutaba de su compañía. Daniel siempre había anhelado una esposa e hijos, pero había priorizado su carrera. Sin embargo, estos momentos con Isaac le hacían desear haber podido formar una familia de alguna manera. Pensaría que Angélica estaría encantada de que un hombre piadoso lo acogiera bajo su protección. Sin embargo, la mayor parte del tiempo parecía todo menos emocionada.

"Gracias por dejarme enseñarle a pescar", dijo finalmente.

"¿En serio? Lleva años suplicándomelo". Se llevó las rodillas al pecho. "No puedo pensar ni en tocar gusanos, anzuelos y, bueno... el hedor". Soltó una risita.

"Ah, apuesto a que podrías con ello. Eres una madre muy empoderada.

Su sonrisa era triste. "Hay cosas que no puedo hacer. Deportes, pescar y surfear, y tengo el presentimiento de que un día de estos, cuando sea más alto que yo, dejará de escucharme.

"¿En serio?" Daniel negó con la cabeza. Lo dudo. Lo estás criando bien. Te respeta y te quiere, y eso cuenta.

Por fin, ella lo miró. Al principio con curiosidad, pero luego un destello de agradecimiento brilló en sus ojos. Espero que tengas razón. Daniel ansiaba deslizar su mano en la de ella, retomar el hilo donde lo habían dejado en la playa dos noches atrás. Pero algo había cambiado. Podía sentirlo. Una distancia que ella ponía entre ellos. O tal vez era él. Le costaba superar la discusión que había tenido con Tomás. En todo caso, le había hecho darse cuenta de algo que había estado intentando negar.

Él amaba a Angélica.

Y la quería de vuelta. Incluso después de que ella lo abandonara hacía tantos años. En aquel entonces, él había estado dispuesto a dejarlo todo por ella. Pero lo que no sabía —lo que lo había estado atormentando desde que ella había regresado a su vida— era si, llegado el caso, estaría dispuesto a hacer lo mismo ahora. Esta vez, tenía mucho más que perder. Y ya no era un niño con sueños tontos.

Una brisa le alborotó el cabello sobre el hombro desnudo; su piel bronceada brillaba al sol. Un aroma a talco le cosquilleó la nariz y lo hizo sonreír. Talco de bebé, siempre dulce e inocente, como ella. Tomás la había llamado prostituta. Daniel debería haberle dado un puñetazo por eso, porque nada podía estar más lejos de la verdad. Llevaba el traje de baño más modesto de la playa. Y encima, llevaba pantalones cortos. Si no fuera por su pasado desenfrenado y su actual participación en una secta, se arrodillaría allí mismo y le pediría la mano.

Al menos uno de esos impedimentos había tenido la oportunidad de destruir.

"Me alegra ver que tú y tu iglesia han dejado de evangelizar en la playa", dijo para romper el silencio entre ellos.

Ella soltó un largo suspiro y tomó un puñado de arena. "No, ya no lo estoy haciendo. Realmente estábamos ayudando a la gente".

"Tal vez, pero no puedes ayudar a nadie en prisión".

"¿En serio? ¿Esto lo dice un predicador?" Ella lo reprendió con la mirada, una de esas que harían que Isaac se fuera corriendo a su dormitorio. ¿Te suena la historia de Pablo y Silas en prisión? ¿El carcelero que se salvó junto con toda su familia?

Daniel se puso rojo de vergüenza. ¿Cómo podía esta mujer saber más de la Biblia que él? Parece que no logro avanzar contigo.

Ella inclinó la cabeza. Entonces, ¿para qué molestarse en intentarlo?

Daniel se rió. "Siempre mi ángel impertinente".

Por fin consiguió una sonrisa genuina, una que se reflejó incluso en sus ojos. Ella lo miró un instante, como si quisiera decir algo, pero luego volvió la vista al mar.

Isaac los saludó desde la orilla, donde acababa de surfear

una ola hasta la orilla con dos de sus amigos.

Ángel le devolvió el saludo, al igual que Daniel, mientras una nube oscurecía el sol y una brisa los azotaba.

“Debe ser duro ser madre soltera hoy en día”.

Apoyó las manos en la toalla tras ella y se recostó, con la mirada fija en Isaac. “No lo niego. Está creciendo demasiado rápido y le están enseñando cosas horribles en la escuela. Además, el dinero siempre escasea”.

“Escucha, Ángel, quiero ayudarte”. De verdad que sí, pero a pesar de toda su elocuencia, de repente no pudo encontrar las palabras para continuar. “Quiero… bueno, quiero que seamos más que amigos. Te ruego que dejes de ir a esa iglesia. Si te arrestan de nuevo, puede que no pueda ayudarte”.

Se echó el pelo detrás de la oreja y lo miró con esos ojos verde jade, llenos de una fuerza que él jamás se hubiera imaginado. “Si Dios quiere, lo soportaré”.

“¿Para qué? ¿Por qué eres tan terca?” Daniel hundió el pie en la arena.

“¿Por qué es tan importante para ti? Todavía podemos ser amigos, ¿verdad? Ah, ya entiendo”. frunció los labios. “Tienes miedo de que, si me arrestan, afecte tu carrera”.

“No, no es eso. Bueno, quizás en parte. Pero, sinceramente, estoy más preocupado por ti”. Esa sincera verdad lo impactó. “Además, cuando me besaste la otra noche, me di cuenta de que aún sientes algo por mí.” Él deslizó su mano por la de ella.

En lugar de mirarlo con esa sonrisa seductora y admitirlo, la retiró y gritó a Isaac que viniera. Luego, poniéndose de pie de un salto, agarró su toalla y lo bañó con arena.

“¿Te vas?” A Daniel se le encogió el corazón, se levantó y se sacudió la arena del pecho y los brazos.

Ella dobló la toalla y recogió su bolso de la arena. “Lo siento, Daniel. Ese beso fue un error. Nunca voy a dejar mi iglesia. Nunca voy a abandonar la verdad. Y si no puedes aceptar eso, nunca podremos ser amigos.”

♥

Pasaron tres días y Angélica no sabía nada de Daniel. Al parecer, su último desaire por fin le había calado hondo. Bien. Una preocupación menos para ella y para Isaac. Debería estar contenta, ¿no? Entonces, ¿por qué sentía como si le hubieran clavado un cuchillo en el corazón?

Daba igual. Tenía otros problemas, problemas más importantes— la crianza y protección de su hijo, darle de comer y un techo, y compartir el amor de Dios en un mundo que lo odiaba. Lo que la hizo pensar en Greg. No había ido a trabajar las dos últimas noches, y cuando le preguntó a Sebastián, le dijo que Greg había llamado diciendo que estaba enfermo. Claro que Sebastián también insultó a Greg y lo amenazó con despedirlo si no aparecía pronto. Pero no era habitual que Greg faltara al trabajo, al menos no más de un día, y Angélica no podía quitarse de la cabeza la persistente sensación de que algo iba mal.

Con gas pimienta en mano, arrastró sus pies doloridos por las escaleras hasta su apartamento, anhelando nada más que hundirse en su colchón y dormir para siempre. Pero amanecería en cuatro horas y era su turno de llevar a los niños al colegio. Después, esperaba dormir unas horas más antes de tener que recogerlos y hacer varios mandados. Por suerte, tenía dos días libres para recuperarse—tanto en el cuerpo como en el alma herida.

Metió la llave, abrió la cerradura de abajo, luego la de arriba, y finalmente entró en su amado hogar. La oscuridad creaba dragones de los muebles, pero un rayo de luna—brillante y plateado atravesaba las sombras a través de la ventana. Luz y oscuridad. La interminable batalla entre el bien y el mal, entre la verdad y la mentira, entre Dios y Satanás. Pero no, no interminable. Tal como se veían las cosas, esta guerra en el reino espiritual pronto llegaría a su fin. La luz ganaría y esta oscuridad actual desaparecería. Para siempre.

¡Oh, cuánto anhelaba ese día! Recordándose que, por

encima de todo, necesitaba pasar tiempo con su Padre.

Dejó sus cosas sobre la mesa, se dirigió a su habitación, se desvistió, se puso el camisón y se metió en la cama. Antes de que pasara un minuto, su mente se sumió en la inconsciencia.

Pero su espíritu no.

Una serie de escenas la invadieron, desfilando por su mente—un hombre apuesto de mirada penetrante, hablando tras un podio a una multitud tan grande que llenaría una ciudad. Tras él, extrañas criaturas alienígenas, con cabezas alargadas y ojos rasgados, observaban a la multitud. Cada vez que hablaba, la multitud vitoreaba con tal exuberancia que tenían que silenciarla para que pudiera continuar. Entonces, la escena cambió a un campo devastado por la guerra, desolado, humeante—trozos de metal retorcidos y restos humanos esparcidos en un caldo sangriento. Tanques gigantescos pasaban sobre los huesos, aplastándolos. Drones zumbaban en el aire, buscando sobrevivientes.

Entonces apareció Greg, tendido sobre una alfombra en medio de una habitación. Solo y en la oscuridad. Tenía algo en la mano. Una especie de recipiente. Tenía los ojos abiertos, mirando a lo lejos, vacíos y desolados. Una multitud de sombras oscuras se deslizaban a su alrededor, tirando de su mano y susurrándole al oído.

Angélica se incorporó sobresaltada, respirando con dificultad. Balanceando las piernas por el borde de la cama, cogió su móvil, buscó el número de Greg y lo llamó.

La voz aturdida de un hombre respondió. "¿Qué?"

"Greg".

"Sí".

"Soy Angélica".

Se oyó un gemido. "¿Sabes qué hora es?"

Miró el reloj. Las 5:00 a. m. "¿Estás bien?", preguntó, con la imagen de él aún presente en su mente.

"Sí. ¿Qué pasa?".

¿Cómo podía decirle lo que vio? "Sebastián dijo que estabas

enfermo. Solo quería ver cómo estabas".

"¿A las cinco de la mañana?". La ira invadía su tono.

"Sí. Lo siento. Solo estaba preocupada".

"Estoy bien. Solo un resfrío... " Sin embargo, no parecía que estuviera resfriado. Hizo una pausa, y ella intuyó que quería decir algo". "Gracias, Angélica. Siempre has sido una buena amiga.

Oye, déjame pasara verte esta noche. Te llevaré un caldo de pollo"

"No. Estoy bien. Volveré pronto al trabajo. Me tengo que ir".

La llamada se cortó antes de que pudiera contestar.

Dejó el teléfono y se frotó los ojos. Parecía estar bien, como siempre, quizás un poco decaído, pero últimamente había estado deprimido. Sin embargo, había algo, algo que no lograba identificar.

"¿Qué intentas decirme, Padre? ¿Debería ir a verlo?". ¿Y qué había pasado con esas otras horribles visiones? En lugar de volver a dormirse, encendió una lámpara, cogió su Biblia y pasó la siguiente hora asimilando las santas Escrituras, dejándolas penetrar en su agotada alma.

Con las primeras luces, se puso unos pantalones cortos y una camiseta, cogió su gas pimienta y cruzó la calle. No había nadie en la playa tan temprano, salvo algunas personas sin hogar que la policía no había dispersado, y eso le dio la oportunidad de hablar con Dios mientras paseaba por la orilla.

El sol se asomaba por el horizonte, disipando la oscuridad y pintando franjas doradas y naranjas en el cielo. La gloriosa vista le recordó que Dios era pura luz y puro amor, y que tenía el control. Y que todo lo que necesitaba hacer era echar sus preocupaciones, miedos y problemas ante Él, y se disiparían como la niebla ante el sol. ¿Cómo podía hacer otra cosa que adorarlo a Él, a su Creador, a su Padre, a Aquel que nunca la abandonaría? Así que hizo precisamente eso, además de ofrecer sus oraciones por los necesitados. Una hora después, tan saturada del Espíritu de Dios, anhelaba quedarse en la playa, hablando con Él para siempre, pero en lugar de eso se arrastró de regreso a casa.

Después del desayuno, Francisca se fue a trabajar. Angélica dejó a los niños en la escuela e hizo algunos mandados, esforzándose por mantener esa euforia celestial. Pero el mundo tenía una forma de deprimirla. Especialmente cuando las filas para la comida en los centros IGPP parecían haberse duplicado en una semana, por no mencionar el apocalipsis zombi de personas sin hogar vagando por las calles.

Encendió la radio, tratando de encontrar algo de música que la animara cuando una noticia a todo volumen anunció que China había disparado un misil contra un barco japonés, hundiéndolo y matando a todos a bordo. Las dos naciones acababan de declararse la guerra. Ante la noticia, la bolsa se desplomó —casi se hundió, y Corea del Norte amenazó con usar armas nucleares contra cualquiera que los desafiara. En medio de todo eso, la NASA declaró con gran entusiasmo que habían encontrado vida extraterrestre inteligente y que pronto harían un anuncio mundial.

Angélica podía oír a la gente charlando animadamente sobre la noticia de la vida extraterrestre mientras se detenía en varias tiendas para comprar artículos básicos. No estaba tan segura de que fuera algo bueno. ¿Extraterrestres? ¿Había creado Dios vida en otros planetas? De ser así, ¿cómo influyeron en su plan para la Tierra? ¿Y por qué salía ahora a la luz esta información? Parecía demasiado conveniente cuando el mundo estaba sumido en el caos y la gente buscaba un salvador—ansiosa por seguir a cualquiera que los rescatara y resolviera todos sus problemas. Esto le recordó al hombre poderoso y carismático que había visto en su sueño y a las extrañas criaturas que había detrás de él.

Qué propicio era este mundo para un líder así. A pesar de la aterradora noticia, los pensamientos de Angélica seguían ocupados por dos hombres—Daniel y Greg. Rápidamente apartó sus pensamientos sobre Daniel, junto con el dolor que le causaban, y centró sus oraciones en Greg. Pero cada vez que oraba por él, un miedo desgarrador carcomía su alma.

Finalmente, hacia el final del día, mientras Isaac hacía sus deberes y Joel jugaba con la tableta de Francisca, Angélica se tomó un momento para mirar por la ventana hacia la playa y preguntarle a Dios qué quería que hiciera.

Anda a verlo. La voz provenía de su interior—fuerte, imperiosa, pero llena de amor. La voz de su Padre.

Así que, después de que Francisca llegara a casa, Angélica condujo hasta el pequeño apartamento de Greg en la zona oeste de la ciudad. Le gustara o no, se aseguraría de que estuviera bien. Aunque hiciera el ridículo.

Al llamar a la puerta, no escuchó ningún movimiento del otro lado. Volvió a golpear la puerta otra vez y otra vez. Luego gritó su nombre. Aún nada.

El miedo iba en aumento, cogió su móvil e intentó llamarlo. No hubo respuesta. Miró por la ventana, pero las cortinas estaban corridas. Los vecinos la miraban con extrañeza, la mayoría negándose a responder a sus preguntas. Una anciana dijo que no lo había visto en días.

Finalmente, Angélica empujó la puerta. Estaba abierta. Susurrando alabanzas de gratitud a Dios, la abrió y entró sigilosamente. Sus ojos tardaron un momento en acostumbrarse a la oscuridad. Un olor agrio se le metía por la nariz. Una figura yacía sobre la alfombra en el centro de la habitación. El corazón le dio un vuelco. Buscando a tientas un interruptor, encontró uno y lo encendió.

Greg yacía en el suelo, con un frasco vacío de pastillas en la mano.

Y estas señales seguirán a los que creen: En mi nombre echarán fuera demonios; hablarán nuevas lenguas; 18tomarán en las manos serpientes, y si bebieren cosa mortífera, no les hará daño; sobre los enfermos pondrán sus manos, y sanarán Marco 16:17-18 (RVR 1960)

Capítulo 23

"¡Oh, no! ¡Oh no Padre!" Angelica cayó de rodillas junto a Greg y le puso dos dedos en su cuello, sintió a penas el pulso, bajo y esporádico. El suyo se aceleraba mientras acercaba la oreja a su boca. *Aún respiraba*. Gracias a Dios. Con manos temblorosas, marcó el 911 en su teléfono mientras agarraba el frasco de pastillas vacío. Las palabras se le nublaron en la visión mientras el teléfono sonaba y sonaba y sonaba. Finalmente, saltó un contestador automático, informándole que todas las líneas estaban ocupadas y que su llamada sería contestada en el orden en que se recibiera y—Colgó y llamó a Scottie.

No hubo respuesta. ¿Dónde estaría? Sacudió a Greg. Ningún movimiento. Ningún sonido, ni siquiera un gemido. Corrió al baño y agarró una toallita, la empapó en agua y se la puso en la frente a Greg. Una estupidez, supuso, pero necesitaba tiempo para pensar.

Marcó el número de Robert y Anna. No hubo respuesta. Empujó a Greg. "¡Despierta! ¡Despierta, Greg, por favor!". Un sollozo se le atascó en la garganta. *¡Padre, por favor, ayudame!*

Ring...ring...ring... "¡Contesta, Robert!". Pasó a su buzón de voz. Paseándose de un lado a otro, esperó a que sonara el bip y le gritó al móvil: "¡Robert, te necesito! Ven a casa de Greg. Creo que ha intentado suicidarse. No sé qué hacer. ¡Ayuda, por favor!". Le dio la dirección y colgó. Luego volvió a marcar el 9-1-1.

Lo puso en altavoz, dejó el teléfono en el suelo y volvió a

sacudir a Greg, limpiándole la cara con el paño húmedo. Cada timbre sin respuesta la alarmaba aún más.

Finalmente, una voz salió del altavoz. “9-1-1, ¿cuál es su emergencia?”.

“Es mi amigo Greg. Yo…yo acabo de encontrarlo en su apartamento. Creo que se tomó un montón de pastillas. Está inconsciente”.

“Ok, señora. ¿Tiene pulso?”.

“Sí, se desmayó”.

“¿Qué pastillas, señora? ¿Puede leer la etiqueta?”.

Angélica agarró el envase y lo colocó bajo la luz de la lámpara.

“Xanax”, dijo. “Y también hay una botella vacía de bourbon; por favor, envíen una ambulancia”.

“Ya le envié una, señora. Mantenga la calma. Deberían estar allí en media hora”.

“¿Media hora? ¿Es broma? ¡Podría morir!”.

“Lo siento, señora. Tenemos muchas emergencias esta noche. Llegarán en cuanto puedan”.

Aturdida, Angélica solo pudo mirar el teléfono.

“Escuche, señora, intente levantarlo. Necesita mantenerse consciente. Levántelo y camine. Eso ayudará”. El teléfono se apagó.

“¿Caminar?” Angélica miró a Greg. No podía levantarlo, y mucho menos hacerlo caminar. “Padre, ¿qué hago?”.

Pesha estaba a los pies de Greg, con la mandíbula apretada y la espada desenvainada, mirando fijamente a su protegido. Zadquiel estaba a su lado, Había llegado recién con Angélica.

“Le fallé”, dijo Pesha mientras observaba la multitud de demonios —al menos veinte— que llenaban el cuerpo de Greg y la docena que rondaba su cabeza, regocijándose en su victoria.

“Tú hiciste todo lo que pudiste”, le dijo Zadquiel. “Él quería esto. Fue su decisión”.

"No lo quería. Luchó contra ello. Pero hay tantos. Y sus mentiras erigieron un muro de engaño a su alrededor tan denso que la voz del Padre no pudo atravesarlo".

Uno de los demonios se enfrentó a Pesha. Tan alto como el techo, su cuerpo era delgado, demacrado, pero oscuro y cambiante, como una columna de humo negro. No, no negro— sino vacío de luz. Sus dientes eran púas de hierro, sus ojos abiertos y fríos, y soltaba una risa tan maniática que Pesha ansiaba atravesarlo con su espada.

Zadquiel también miró al monstruo, aburrido de su teatralidad. "Suicidio celebra una victoria prematura".

Pesha levantó su espada. "Si tan solo pudiera— ".

"No puedes". Zadquiel la bajó con la mano. "Tu protegido estaba abrumado. Él seguía permitiéndoles entrar, uno tras otro, seguía escuchando sus mentiras".

Pesha asintió mirando hacia Angélica. "Empezó cuando ella intentó hablarle del Padre".

"En efecto. Pero en realidad, solo empezó cuando él consideró escuchar. Fue entonces cuando el dragón envió a sus guerreros a atacarlo. Conocían sus debilidades y fueron directo a ellas".

"Pesha suspiró. "Y yo no pude detenerlos".

"No seas tan duro contigo mismo". Zadquiel ensanchó su postura, preparándose para luchar. "Hiciste todo lo que pudiste. Lo apoyaste, luchaste contra aquellos a quienes no invitó y le susurraste sabiduría al oído.

Pesha bajó la cabeza. "Y ahora su cuerpo morirá, y lo arrastrarán al infierno. Mira cómo la Muerte y el Guardián esperan".

Los dos ángeles miraron hacia la esquina donde la Muerte estaba de pie, con los colmillos chorreando, listo para atacar junto al Guardián que anotaba algo en un gran libro abierto en su regazo.

"No te rindas todavía, amigo mío. *Ella* está aquí ahora". Zadquiel sonrió a Angélica. "Mira qué brillante es su luz. Se hace más fuerte cada día".

"Ella es, sin duda, una de las poderosas guerreras del Padre. ¿Pero qué puede hacer ahora?".

"Mira", —Zadquiel cruzó los brazos sobre su poderoso pecho— "mira cómo los demonios se retiran cuando ella se acerca. Tiene miedo, pero finalmente está suplicando al Padre".

Pesha esperaba que se apresurara mientras veía a la Muerte acercarse un paso más.

Zadquiel señaló el teléfono que tenía en la mano. Por fin lo está llamando".

"¿A quién?"

"A quien el Padre le dijo que llamara". Zadquiel sonrió. ¿No sabes que el Padre tiene un plan para cada uno de sus preciosos hijos? ¿Crees que este momento lo tomó por sorpresa?"

"Claro que no. Perdóname". Pesha levantó la barbilla. "Pero Greg aún no ha sido adoptado".

"Mantén, todavía, la espada firme, Pesha. La batalla está a punto de comenzar".

Daniel odiaba cómo se aceleraba su corazón cuando el nombre de Ángel aparecía en su celular. Odiaba la forma en que esa mujer le afectaba. Tanto ahora como hace doce años. Como ninguna otra mujer lo había hecho jamás. Había mantenido las distancias después de que ella lo dejara plantado en la playa, dándole espacio, tiempo para extrañarlo, para replantearse su súplica de ser más que amigos. ¡Madre mía, le estaba ofreciendo el mundo! Una salida a su pobreza, una vida tranquila y un futuro para Isaac. Aun así, no lo había llamado.

Hasta ahora.

"Ángel, hola". Él intentó un tono indiferente.

"Daniel, te necesito". Su voz era tan agitada que se levantó de inmediato y se dirigió a la puerta de su casa, apretando el teléfono contra la oreja.

"Mi amigo puede que se esté muriendo. No… no… ¿puedes ayudarme? ¡Por favor, ayúdame!".

"¿Dónde estás?".

Le dio la dirección y él se subió a su Porsche, encendió el motor y aceleró a toda velocidad entre el tráfico nocturno. ¿Qué demonios hacía ella en esa parte de la ciudad? El miedo lo invadió al entrar en Sistrunk, pasando bares de mala muerte y clubes de striptease, y finalmente a un destartalado edificio de apartamentos que más parecía un motel clandestino. Aparcó y cerró la puerta con llave, orando para que no le robaran el auto. Luego, subiendo las escaleras de dos en dos, se detuvo ante una puerta y llamó, temiendo lo que encontraría detrás.

Ángel, con el rostro pálido y la mirada frenética, lo hizo pasar. "Daniel, viniste". Su voz rezumaba alivio y sorpresa. "Tenemos que levantarlo. Ayúdame".

El olor a alcohol, polvo y moho lo inundó al posar la mirada en un hombre de veintitantos años tendido en el suelo. Arrodillándose, Ángel lo agarró del brazo e intentó levantarlo.

"¿Qué ha pasado? ¡Toma, lo tengo!". Extendiendo la mano por detrás del hombre, lo sentó, le pasó los brazos por los hombros y lo levantó. Se tambaleó bajo el peso muerto del hombre, pero se contuvo antes de caer.

"La chica del 9-1-1 dijo que teníamos que seguir caminando". El miedo ahogó la voz de Ángel.

Daniel echó un vistazo al pastillero vacío y a la botella de licor y dedujo el resto. "¿Van a mandar una ambulancia?".

Ángel abrazó a su amigo y le ayudó a Daniel a arrastrarlo. "Sí, pero quién sabe cuándo llegará".

El hombre gimió, y Daniel quiso preguntar quién era y cómo había acabado en ese tugurio sombrío—*en el apartamento de ese hombre*—pero en lugar de eso guardó silencio y arrastró al hombre inconsciente por la alfombra gastada. Si conseguían llevarlo al coche de Daniel, él podría llevarlo al hospital. Pero solo con la ayuda de Ángel, no habría forma de que bajaran esas escaleras.

Para complicar aún más las cosas, Ángel empezó a murmurar en un idioma extraño, con la voz quebrada y la respiración agitada.

Un golpe interrumpió su murmullo sin sentido.

Sin importarle si había un traficante o un proxeneta al otro lado de la puerta, gritó, "¡Pase!". Tendría que hablar con ella sobre cómo estar más segura más tarde.

Entraron dos hombres, a los cuales había visto en la reunión de su iglesia.

"¡Robert! ¡Scottie, gracias a Dios!", gritó con tal alivio que cualquiera pensaría que eran médicos o incluso ángeles enviados del cielo.

"Ayúdenme a llevarlo a su auto", le ordenó Daniel al hombre corpulento y tatuado.

"Tengo una idea mejor", dijo Robert. "Recuéstenlo en el sofá. ¿Está consciente?".

"Ha estado gimiendo, pero no".

Scottie, el predicador de la iglesia de Ángel miró a su alrededor y se estremeció visiblemente. "¿Los ves, ¿verdad?"

"Sí, demasiados para contarlos", respondió Ángel.

¿Ver qué? ¿Estaban locos? "Tiene que ir al hospital", anunció Daniel con autoridad.

Robert tomó el relevo de Ángel. "El hospital no puede ayudarlo". Él y Scottie intentaron bajar a Greg al sofá, pero Daniel permaneció de pie, agarrándolo con firmeza. "Va a morir. ¿Entiendes? Tenemos que llevarlo a tu coche".

Ángel le puso una mano en el brazo. "Déjalos hacer su trabajo, Daniel. Confía en mí". Lo miró con una súplica tan fuerte, una paz tan repentina, que cedió y ayudó a los hombres a colocar a Greg en los cojines.

Esto no está bien. Esto no está bien. Retrocedió, con ira creciendo contra estos idiotas. Debería llamar a la policía, hacer que los arrestaran a todos antes de que permitieran que este pobre hombre muriera.

Pero entonces Ángel también sería arrestada.

Dudó. Y en esa vacilación, sintió algo oscuro, algo siniestro atravesar la habitación... una nube de gélida niebla que le provocó un escalofrío por la espalda y le erizó el cabello de la nuca.

Greg gemía. Robert y Scottie se arrodillaron a su lado mientras Ángel permanecía de pie en la cabecera del sofá, con las manos agarradas bajo la barbilla, murmurando.

"Greg, ¿me puedes oír?" le preguntó Robert. El hombre volvió a gemir. Sus párpados temblaron y unas palabras desesperadas salieron de sus labios. No quiero morir..."

Scottie le apretó el hombro. "Bien. Nosotros tampoco queremos que mueras. Y Dios tampoco. Él te ama, Greg. Muchísimo.

Greg lo negó con la cabeza; su respiración era entrecortada y agitada.

"¿Sabes cuánto te ama Dios? Envió a su Hijo, Jesús, a morir por ti, para que pudieras ser sanado, tener un nuevo comienzo en la vida y un día vivir para siempre con Él en la eternidad".

"¿Qué estás diciendo?". Daniel rechinó los dientes. ¿Estos locos sin educación le estaban predicando a este tipo cuando necesitaba un hospital? "¡Basta de esto!". Se abalanzó hacia adelante, con la intención de levantar al hombre en sus brazos e intentar bajar las escaleras solo. Mejor arriesgarse a caer que dejar que este hombre muriera.

Los ojos de Greg se abrieron de golpe. Se agrandaron mientras miraba fijamente el espacio vacío sobre él. "¡Ayúdame!". Su cuerpo comenzó a convulsionar. "¡Vienen, — vienen por mí!".

Daniel se congeló. De los labios de Greg salieron sonidos que no eran de este mundo. Gemidos y gritos desgarradores, gritos ásperos de agonía, voces profundas y malévolas que eran metálicas, guturales, masculinas y femeninas—voces que no deberían provenir de un humano.

Tragando saliva de terror, Daniel retrocedió. *¿Qué demonios?* Algo muy malo, muy malvado, estaba pasando allí.

Debería irse. Alejarse de estos psicópatas. La habitación empezó a dar vueltas a su alrededor y sus piernas se debilitaron. Se hundió en una silla, intentando desesperadamente dar sentido a lo que veía, encontrar un punto de razón donde sus pensamientos pudieran aterrizar.

Robert oró con valentía: "Señor Jesús, cúbrenos a todos con tu poderosa protección".

Scottie añadió: "En el nombre de Jesús, ordeno a todos los espíritus malignos que guardaran silencio mientras ministramos a Greg".

El caos cesó al instante, aunque el cuerpo de Greg estaba rígido y tenso.

"Jesús murió y resucitó con poder para vencer todo mal", Scottie continuó con calma. "Él tiene la autoridad para rescatarte. ¿Lo crees?".

"Yo... yo...", farfulló Greg.

"¿Te arrepientes de tu rebeldía contra Dios?".

Greg tosió y gimió. «Yo... yo... sí». Jadeaba en busca de aire, su pecho subía y bajaba como si librara una batalla interior. "¡Oh, Jesús, por favor… sálvame!".

Robert agarró los hombros de Greg. "Demonios, les ordeno que dejen a este hombre de inmediato en el poderoso y santo nombre de Jesús".

¿Qué? Daniel solo podía mirar fijamente.

Greg se convulsionó.

"¡Dije de inmediato, demonios!" Robert alzó la voz. "Ya no es suyo. Ahora pertenece al Padre".

Una convulsión más y Greg lanzó un grito tan atormentador que Daniel estaba seguro de que los vecinos vendrían corriendo. Desafortunadamente, ese no fue el final. Los siguientes veinte minutos transcurrieron en una lentitud insoportable mientras Robert llamaba al menos a cinco demonios más de Greg—Alcoholismo, Inseguridad, Miedo, Desesperanza y el último, Desesperación. Aunque al principio se resistieron, cada uno finalmente se fue con un grito, una convulsión o un profundo suspiro de Greg.

Finalmente, la respiración de Greg volvió a la normalidad, el color regresó a su rostro y sus párpados se cerraron mientras susurraba: "Gracias, Jesús".

Todos, menos Daniel, prorrumpieron en exclamaciones de felicidad.

Apretando su tabique nasal, Daniel se tomó un minuto para ordenar sus pensamientos. Seguramente todo esto era solo una actuación —una broma morbosa para obtener una reacción del famoso pastor. ¿Por qué seguía allí? Toda la farsa era ridícula. Apoyándose en las rodillas, se levantó y levantó las manos para aplaudir cuando un destello le llamó la atención. Al girarse, vio lo que parecía la punta de una espada enorme—una espada brillante—que surcaba el aire. Reflejó el borde de una sombra… no, no una sombra,—sino una masa negra y vacía—que se disipó al instante.

Parpadeando, Daniel se frotó los ojos y miró fijamente el lugar.

No había nada allí.

¿Qué estaba pasando? Sintió un gran alivio al oír el débil sonido de las sirenas a la distancia.

Pesha y Zadquiel gritaron "¡Aleluya!", mirando al cielo, en donde se desataba una alegría mayor.

Un ruido estridente, como el de una legión de cucarachas, llenó el aire, y Pesha observó a docenas de demonios huir del cuerpo de Greg. Llenaron la habitación en una masa de oscuridad, emitiendo una cacofonía de gritos maliciosos y gemidos desesperados, infelices de haber sido expulsados de su huésped.

Al ver a los ángeles, los demonios desenvainaron sus armas y avanzaron en represalia. Azazel y otros dos guerreros los repelieron, alejándose de los humanos, espada contra espada, hoja contra hoja. El sonido metálico de las hojas llenó la habitación, el gruñido del esfuerzo, el gemido de dolor al dar en el blanco. Pronto, las hordas derrotadas se marcharon, lamiéndose las heridas y profiriendo maldiciones e insultos blasfemos contra los guerreros. Solo quedaron los más fuertes—Muerte, Suicidio y el Carcelero.

Pesha apuntó con su espada a la Muerte.

Zadquiel plantó sus poderosas piernas ante Suicidio, mientras Azazel bloqueaba al Carcelero. "Ustedes no tienen control sobre él. Ahora es un príncipe del Altísimo".

"Ya veremos, poderoso guerrero, ya veremos". Un líquido negro goteaba de las uñas puntiagudas de la Muerte mientras desenvainaba una hoja curva teñida de rojo con la sangre de los perdidos. Infringió un corte al aire y luego desapareció.

Suicidio soltó una risa maniática y sacó un cuchillo largo de su cinturón... riendo, siempre riendo, este... pero huyó justo detrás de la Muerte.

El Carcelero se quedó atrás de ellos, escribiendo furiosamente en su libro antes de desaparecer finalmente también.

Los ángeles se regocijaron cuando la habitación se llenó de una luz brillante, y se unieron a los alegres sonidos de los humanos alabando a Dios por otra alma arrancada de la oscuridad y transferida a la luz.

Y a ella se le ha concedido que se vista de lino fino, limpio y resplandeciente; porque el lino fino es las acciones justas de los santos. La cena de las bodas del Cordero Y el ángel me dijo: Escribe: Bienaventurados los que son llamados a la cena de las bodas del Cordero. Y me dijo: Estas son palabras verdaderas de Dios.
Apocalipsis 19:8-9 (RVR 1960)

Capítulo 24

OTra vez más, Daniel se quedó mirando fijamente las palabras en la pantalla de su computadora, incapaz de ordenar sus pensamientos lo suficiente como para terminar su discurso. Tenía que terminarlo a más tardar mañana para que su personal pudiera terminar de editarlo. Sabía que este sería el discurso más importante de su vida, un gran impulso—o un fracaso—para su carrera, le recordaba Tomás constantemente. Y tenía razón. Si Daniel lo lograba, todos en el Desayuno Presidencial de Oración, incluyendo a todos los líderes espirituales importantes del país, sabrían su nombre. Por no mencionar a los miembros más poderosos del gobierno. Y al propio presidente. Un éxito a ojos de ese hombre sellaría el nombramiento de Daniel como su asesor espiritual.

Esta era la oportunidad que había estado esperando. La oportunidad de su vida.

Pero las palabras que acababa de escribir no causaban ningún impacto y carecían de carisma. Mejor se fue a tomar un descanso para hacer ejercicios en el gimnasio de la iglesia, y luego se comió una ensalada de col rizada. Aun así, su mente no se podía enfocar.

Honestamente, después del incidente de anoche, nada más parecía importar. Si lo que había presenciado era cierto. Y eso era un gran, si así fuera—

Alguien golpeando a la puerta trajo una bienvenida

interrupción. Hasta que vio a Rubio entrar con su forma flagrante e histérica. "¿Qué pasa ahora, Rubio?" Daniel se recostó en su silla.

Rubio se estiró el labio inferior. "Te molesto demasiado. Por supuesto". Se giró para irse.

"No, lo siento. Solo estoy ocupado hoy".

"¡Bueno, ya somos dos!", comenzó Rubio, claramente viendo la disculpa de Daniel como una excusa para divagar. "Yo Simplemente no puedo trabajar con la pianista que me diste. Es inmadura, maliciosa y se niega a tocar la pieza como le sugerí".

A Daniel nada le gustaría más que echar al insulso quejumbroso de su oficina. En cambio, escuchó la queja de Rubio y prometió que hablaría con la mujer. Afortunadamente, eso pareció apaciguarlo, porque después de secarse una lágrima, se fue rápidamente.

Antes de que Daniel pudiera volver al trabajo, entró Marley. Una visita mucho más bienvenida. El hombre siempre tranquilizaba a Daniel, y esta vez no fue la excepción, pues se paró frente a su escritorio y lo observó. "Te ves cansado, Daniel".

"Lo estoy. Toma asiento".

"No, no voy a tardar mucho".

Y no lo hizo. No pasaron más de cinco minutos, durante los cuales le preguntó a Daniel sobre el grupo de jóvenes que planeaba un posible viaje junto con Isabel García, la directora de misiones, para repartir comida a las personas sin hogar en el centro.

"El proselitismo es ilegal", le dijo Daniel, reclinándose en su silla.

"Solo estaremos repartiendo comida. Nada más. Y ofreciendo una sonrisa y una oración. Ya sabes, ayudando a huérfanos y viudas como dice la Biblia".

¿Eso dice? Daniel no recordaba ese versículo. Pero mientras Marley seguía explicando el viaje, no pudo evitar notar la emoción del hombre, su entusiasmo por mostrarles a los jóvenes lo que él llamaba *la religión pura*. Otra frase de la Biblia que Daniel no recordaba. Sin embargo, algo más era diferente en su amigo. Había una mirada en sus ojos que Daniel no podía identificar—una nueva pasión, o tal vez era solo paz. Fuera lo que fuese, Daniel la envidiaba.

Finalmente aceptó el plan de Marley y dijo que resolverían los detalles más tarde y así se despidieron.

Después de otra hora mirando la pantalla, Daniel se levantó para tomarse un café. Esto no iba bien. Anhelaba contactar a Ángel, preguntarle qué había pasado, asegurarse de que estaba bien. La última vez que la había visto, estaba saludando a Greg mientras lo subían en una camilla a la parte trasera de una ambulancia. Ella, Robert y Scottie planeaban reunirse con él en el hospital, así que Daniel decidió irse a casa. Ya había visto suficiente locura por una noche

Y, aun así, no tenía ni idea de qué era lo que había visto en realidad.

"Veo que estás trabajando duro". El tono sarcástico de Tomás irritó a Daniel mientras se servía una taza de café.

"Lo he estado haciendo. Solo me estoy tomando un descanso".

"¿Ya casi terminas?".

Daniel se giró y vio a Tomás mirando la pantalla del computador.

"Casi". Le mintió. "¿Café?".

"Claro". Tomás pasó junto a Daniel para servirse una taza.

"¿Crees en demonios?", exclamó Daniel.

La taza se le resbaló de la mano a Tomás y aterrizó en el fregadero haciendo un ruido metálico. "¿Qué?" La recogió, por suerte intacta, y volvió a servirse otro café.

"Demonios... ¿ya sabes, espíritus malignos, emisarios de Satanás?".

"Vamos, hombre. No crees en esas cosas, ¿verdad?". Tomás tomó su café y se sentó, frunciendo el ceño. "¿Qué te pasa últimamente?"

Daniel se sentó frente a su amigo. "¿Pero acaso Jesús mismo no expulsó demonios?".

Tomás resopló. "Tú y yo sabemos que lo que llamaban 'demonios' en la Biblia original eran enfermedades mentales, nada más. No hay Satanás, ni espíritus malignos acechando en cada esquina. Ahora lo sabemos mejor".

Daniel asintió. Había estado buscando en las Escrituras toda la mañana. Recordaba vagamente algunas referencias de sus primeros días en el seminario, pero o no las encontraba o la palabra *enfermedad* había sustituido a la palabra *demonio*. Soltó un suspiro y dejó la taza. "No lo sé. Anoche vi algo que no puedo explicar".

Tomás le dio un sorbo a su café, su mirada reflejaba que estaba alarmado. En cualquier caso, Daniel continuó. "Yo creo que fue una liberación demoníaca". Por no hablar de una espada y una sombra que no deberían haber estado allí. Pero no se lo diría a Tomás.

Un gruñido sordo emanó de la garganta de su amigo mientras casi dejaba caer la taza sobre la mesa. "Estabas con Smoke, ¿verdad?"

Daniel frunció los labios.

"Esto se está volviendo ridículo, Daniel. Tiene que parar. ¿Me oyes? ¿Sabes lo mucho que luché por ti con la junta esta semana? ¿Después de que Harold Jakes y la Sra. Brinkenburg les revelaran tu asociación con Smokes?" Se puso de pie de golpe y empezó a caminar de un lado a otro. "Yo les dije que solo intentabas ayudarla a escapar de una secta. Que no salías con ella. Y por mi testimonio, desestimaron la acusación. ¡Y aun así sigues viéndola!".

"Me llamó esa noche".

"Me da igual. No contestes el teléfono. Es obvio que quiere tu dinero. ¿Por qué eres tan tonto?".

La ira se apoderó de Daniel. No estaba acostumbrado a que nadie lo llamara tonto, y menos sus amigos. Se irguió en toda su altura. "Escúchame, necesitaba mi ayuda y fui. Siempre que necesite mi ayuda se la daré. Es mi amiga. Y no voy a permitir que la junta ni nadie me diga de quién puedo ser amigo y de quién no".

Tomás movió la cabeza. "Después de todo lo que he hecho por ti. Después de lo que hizo mi padre. Vas a arruinarnos a ambos con tu arrogante egoísmo". Girando sobre sus talones, salió furioso por la puerta.

Recostándose en la silla, Daniel se frotó los ojos. Tomás tenía razón. Como siempre. Lo lógico, lo mejor, sería correr tan rápido y tan lejos de Ángel y sus amigos como pudiera.

Los sueños despertaron a Angélica una vez más. Eran más frecuentes ahora, más violentos, aterradores, y cada uno con una creciente sensación de urgencia. Se levantó para sentarse, cruzó las piernas, se cubrió con las sábanas y se recostó contra la cabecera con un suspiro. Este en particular había comenzado de maravilla. Eran los preparativos para una fiesta —una boda, al parecer— en un entorno precioso—un jardín exquisito lleno de frondosos arbustos, árboles majestuosos y una miríada de flores exóticas de colores vivos que jamás imaginó que existieran. Una alfombra verde aterciopelada se extendía por el suelo, y una enorme pérgola blanca se alzaba en el centro —con cintas de luces blancas parpadeantes centelleando alrededor. Los sirvientes iban y venían, colocando platos de porcelana pintada y cubiertos relucientes sobre mesas con manteles blancos. Velas con adornos de plata, rodeadas de rosas rojas, ocupaban el centro de cada mesa. Junto a la pérgola, una alfombra blanca conducía a un dosel colocado ante una cascada que brillaba con una luz que no provenía ni de la luna ni del sol. El lugar bullía de alegría y emoción cuando una orquesta empezó a tocar y un coro a cantar.

La escena cambió a una mujer sentada junto a una ventana. Sus amigos la rodeaban, cada uno sostenía una lámpara—la única luz de la casa. Llevaba el vestido de novia más hermoso que Angélica había visto en su vida, y su rostro brillaba mientras esperaba lo que Angélica supuso era la llegada de su novio.

Otra escena apareció de la misma mujer en otra habitación, sola. Su vestido estaba roto, andrajoso y solo a medio coser. Pero en lugar de arreglarlo, encendió la televisión, sacó pizza de la nevera y cogió su móvil. Una voz de hombre se escuchó por el altavoz, y los dos empezaron a decir cosas que solo los amantes ilícitos dirían en privado.

Angélica quiso llamarla para que la ayudara a prepararse, pero solo pudo observar desde lejos cómo la novia estaba sentada en su habitación lúgubre, con su vestido andrajoso, comiendo pizza fría. No tenía ni idea de la extravagante boda que su novio le estaba preparando. No tenía ni idea de la increíble vida que le brindaría, pues era obvio que era de sangre real—un príncipe o incluso un rey. En lugar de prepararse, optó por entregarse a la gratificación instantánea, llegando incluso a traicionar a su prometido con otro.

La oscuridad arrasó la visión, y el mismo hombre que Angélica había visto en otra visión regresó: el que hablaba en el escenario ante una multitud que lo vitoreaba y lo adoraba. Habló con la misma elocuencia, animando a la multitud con sus palabras y promesas. Detrás de él, las dos criaturas con aspecto de lagarto se tornaron de un rojo brillante. Salieron llamas de sus bocas.

Sin embargo, nadie en la multitud pareció notarlo. Los gritos de advertencia de Angélica debieron ser lo que la había despertado.

Doblando las rodillas hasta el pecho, repasó los sueños en su mente, sabiendo que por alguna razón eran significativos. «Padre, no sé por qué me muestras cosas tan horribles. ¿Qué puedo hacer con esta información?». Tras varios minutos de espera en silencio, la paz se apoderó de ella, y supo que Dios revelaría su propósito con el tiempo. Continuó orando, agradeciendo a Dios por la salvación y liberación de Greg, por Melody y Sebastián—sí, incluso por él— y por otros a quienes había atendido en el Bar de las Sirenas la semana anterior, otros a quienes les había contado del amor de Dios. Oró por Francisca y Joel. Y, por supuesto, por su amado Isaac, como siempre lo hacía, rogándole a Dios con temor y lágrimas que lo cuidara, que lo guardara del mal del mundo y del engaño venidero.

Lo cual la llevó a pensar en Daniel. ¿Qué pensaba él de la liberación que había presenciado? Al menos, se había quedado cuando ella pensó que huiría. Pero temía, por su expresión de asombro e incredulidad, que el milagro del poder y el amor de Dios no le hubiera abierto un poco más los ojos. Ahora, no tenía ni idea de qué hacer con él. ¿Dejarlo en paz —como le decía su mente— o correr a verlo mientras su corazón gritaba? *Señor, ayúdame a conocer tu voluntad.*

Terminó su oración con un canto de alabanza, se vistió y se dirigió a la cocina, donde encendió el televisor y sintonizó su canal de noticias por internet.

Un clérigo islámico gritaba algo en árabe desde detrás de un podio:

"En las noticias de hoy, que hacen historia, el Califato Islámico ha resucitado oficialmente. Un Califato, que es un reino islámico, no ha existido desde principios del siglo XX, y muchos musulmanes han soñado con que este día llegara".

Asimilando todo esto y preguntándose por su significado, Angélica encendió la cafetera.

Las noticias continuaban.

Varios ciudadanos informaron haber visto un gran disco metálico en el cielo sobre Rachel, Nevada. También llegan informes de California y Nuevo México. El Pentágono no confirma ni niega estos avistamientos, pero—.

La pantalla se quedó en negro. Agarrando el control remoto, Angélica intentó cambiar de canal y descubrió que los canales regulares seguían funcionando. Volvió a su canal de internet. Escrito en letras blancas brillantes en la pantalla, decía: "Esta estación ya no transmite".

¿Qué? Angélica agarró su teléfono y fue al sitio web que

transmitía la estación. Recibió un mensaje de error que decía "dirección desconocida".

Genial. El IGPP finalmente lo cerró. Llevaban años amenazando con hacerlo, etiquetando a varios sitios de noticias (los que no propagaban sus mentiras) como emisoras de noticias falsas perjudiciales para la humanidad.

Perjudiciales para sus intereses, sería más bien.

Después de esperar a que se terminara el café, se sirvió una taza, se sentó a la mesa y hundió la cabeza en las manos. Mil preguntas le rondaban en la cabeza, pero la que más llamaba la atención era la formación de un Califato. ¿Qué significaba? Había leído sobre las creencias musulmanas del fin de los tiempos hacía mucho tiempo... algo sobre un mesías que vendría durante el caos y la guerra después de la formación de un Califato. ¿Y qué hay de esos avistamientos de discos y los extraterrestres en su sueño? "¿Qué significa todo esto, Padre? ¿Qué quieres que haga?".

Ve a decírselo a Daniel.

"¿Decirle qué?".

Lo que has visto. El tiempo apremia.

"¿Vienes pronto por nosotros, Padre? Al menos dime eso". Estaba tan cansada. Muy cansada.

Dile que no está listo.

Quería recordarle a Dios que ese mensaje en particular no había funcionado la última vez que lo había dado. Pero, claro, Él lo sabía. "De acuerdo. Lo haré, Señor". Luego, con su mejor mirada suplicante, miró al cielo. "Luego, ¿dejarás de pedirme que lo vea?".

Gocémonos y alegrémonos y démosle gloria; porque han llegado las bodas del Cordero, y su esposa se ha preparado.
Apocalipsis 19:7 (RVE 1960)

Capítulo 25

Angélica iba muy rápido camino abajo para llegar a la iglesia de Daniel. Ya casi había llegado cuando notó que la luz de la gasolina estaba encendida, pero cada gasolinera que pasaba tenía una fila interminable de autos. La reciente crisis de la gasolina había provocado que la gente entrara en pánico y llenara el tanque cada vez que veían una gasolinera abierta. Tendría que lidiar con eso más tarde.

Una vez más, entró en el santuario principal de la Iglesia de la Gracia de Fort Lauderdale. Y una vez más, se preguntó qué hacía allí. No había avanzado mucho por el laberinto de pasillos cuando llegó a unas puertas cerradas y uno de los guardaespaldas de Daniel la detuvo y le preguntó quién era.

La puso bajo la vigilancia de otro guardia mientras le avisaba a Daniel. En cuestión de minutos, regresó y la acompañó a la opulenta habitación que Daniel llamaba oficina.

Daniel estaba de pie en el centro esperándola, vestía jeans, una camiseta que dejaba ver todos sus músculos y una sonrisa que la hizo retroceder doce años, al chico al que una vez había adorado más allá de lo razonable.

"Ángel, guau, me alegro de verte".

Él cruzó la alfombra y la abrazó antes de que pudiera protestar—antes de que pudiera evitar que la cubriera en oleadas de calor mientras la envolvía en con su fuerza. Oh, cómo había extrañado sus abrazos, sus caricias, la confianza y la profundidad de su voz... todo lo cual la hacía sentir como si nada en el mundo pudiera lastimarla.

Sin embargo, *él* había sido quien la lastimó. De la peor manera posible. Ella debía recordarlo.

Se apartó de él y se giró para que no viera el rubor en su rostro.

"¿Cómo está Greg?", le preguntó.

"Bien. Estupendo, de hecho. Lo dan de alta hoy". Ella lo miró. "Gracias por tu ayuda".

Levantó una ceja. "No hice mucho más que quedarme ahí parado". Suspiró y la estudió, sus ojos azules más intensos de lo que ella no había visto en mucho tiempo. "¿Qué diantres fue eso, Ángel?".

¿En serio? ¿Cómo podía él no saberlo? "Demonios, ángeles caídos, posibles descendientes de los nefilim. Ya sabes, ¿nuestro enemigo? Greg libraba una batalla perdida contra ellos. Casi pierde su alma. Gracias a Dios que invocó a Jesús antes de que fuera demasiado tarde". Respiró hondo. Pero no vine a hablar de ellos.

Frunció el ceño como decepcionado y luego señaló un sofá de cuero que parecía más cómodo que su cama. "¿Y entonces qué?".

Ella se hundió en los fríos cojines, preguntándose por su nerviosismo con este hombre. "Daniel". Tragó saliva. "No sé exactamente cómo decírtelo, le dijo ella. Sentado a su lado, le tomó la mano. Por favor, dime que no vas a romper conmigo otra vez".

Ella se rió. No pudo evitarlo. El hombre era incorregible, seguro de sí mismo, o tal vez solo vanidoso. Estaba a punto de recordarle que él era quien había roto con ella, pero entonces apareció ese encantador hoyuelo, y no quiso amargarle la atmósfera.

"¿Cómo puedo romper contigo si ni siquiera estamos juntos?"

Sus labios se curvaron y levantó la mano para besarla, como en una novela romántica medieval. "¿Acaso no puede un hombre tener esperanza?".

Sintiendo cosas que no debería, ella retiró la mano y se escabulló. "De acuerdo. Esta es la cuestión. A veces tengo sueños… bueno, últimamente con bastante frecuencia. Creo que la mayoría son de Dios. Me muestra cosas que sucederán, advertencias, como premoniciones, a veces visiones del futuro".

Soltó un suspiro escéptico.

Ella bien debería decírselo sin pensarlo. "El fin de esta era está cerca. *Realmente*, muy cerca".

Gimiendo, se recostó en el sofá y se frotó los ojos. "Ángel, ya hemos pasado por esto antes".

"Lo sé. Escúchame. Anoche tuve un sueño de una novia esperando a su novio. Dos novias, en realidad. Una estaba emocionadísima, con un precioso vestido de novia, sentada junto a la ventana con gran expectación. La otra llevaba un vestido a medio hacer y no buscaba a su prometido en absoluto. De hecho, parecía más interesada en la comida, el entretenimiento y en hablar con su amante por teléfono".

Su curiosa mirada la hizo continuar.

"Creo que esta es la manera de Dios de decir que Jesús solo viene por una novia que está lista, que ha sido fiel, que está emocionada por su regreso".

Él frunció las cejas. "¿Estás hablando del arrebatamiento? ¡Vamos, Ángel! Hay tantas teorías sobre ese evento. Ni siquiera estoy seguro de creer que sea bíblico. O sea, ¿creyentes ascendiendo al cielo? Un poco descabellado, ¿no te parece?".

¡*Qué horror*! Esto iba a ser más difícil de lo que pensaba. "Es bíblico, bastante bíblico. Puedo mostrarte los versículos". Hizo una oración silenciosa pidiendo ayuda. "Por el bien del debate, digamos que es real y que sucederá pronto. ¿No sería correcto advertir a la gente sobre esto? Como intento advertirte a ti".

"¿Por qué necesitarías advertirme?" Resopló. "Soy creyente igual que tú".

"Pero tú *no* crees como yo. ¿Y si se necesita más que una creencia genérica en Dios para ser parte del arrebatamiento? Incluso, hasta los demonios creen en Dios y tiemblan, ¿verdad? Pero no irán al cielo.

¿Eh?

Santiago 2:19 dice: "Tú crees que Dios es uno. Haces bien; los demonios también creen y tiemblan", le citó. "¿No recuerdas nada del texto original? En el seminario tenías un gran amor por la Palabra.

"¿Café? Se puso de pie, agarró su taza y se dirigió a su mini cocina.

Angélica suspiró. "No, gracias. Piénsalo de esta manera. Digamos que estás comprometido y has pasado un año entero planeando la boda más elaborada para demostrarle a tu novia cuánto la amas. No solo eso, sino que le has comprado una magnífica mansión a tu nueva esposa, llenándola de grandes muebles y electrodomésticos de última generación. Entonces, el día de tu boda, esperas con ilusión ver a tu hermosa novia esperándote al final del pasillo. Pero no está allí. Cuando la encuentras, no está lista en absoluto. No tiene vestido, ni joyas, y no solo eso, te ha estado engañando. ¿Aún la querrías?".

"Claro que no". Sirvió café en su taza.

"Eso es todo lo que digo. Los creyentes somos la novia de Cristo. Piénsalo, Daniel. Si nosotros—",

"No estoy seguro de qué estás insinuando, Ángel." Giró y dio un sorbo a su café, mirándola por encima del borde. Y no estoy seguro de querer saberlo. Me suena a blasfemia. No somos salvos por obras, sino por gracia. No podemos ganarnos un viaje al cielo".

"¡Por supuesto que no! Y le doy gracias a Dios por eso. Pero estoy hablando de un asunto del corazón". Ella hizo una pausa para ordenar sus pensamientos. "Si esa segunda novia hubiera amado de verdad a su novio, se hubiera comprometido de verdad con él, si estuviera deseando ser finalmente su esposa, entonces habría hecho lo que la otra hizo para prepararse. Pero no lo amaba de verdad, no estaba comprometida con él, y buscó su satisfacción en otra parte. Su falta de obras demostró su falta de amor, mientras que el amor de la otra novia se manifestó en sus esfuerzos por hacer todo lo posible por complacer a su novio".

Daniel continuó sorbiendo su café, con la mirada perdida como si no hubiera oído ni una palabra de lo que había dicho.

Frustrada, rebuscó en su bolso y sacó el libro. "Aquí está, toma lo".

Lo miró, luego dio unos pasos tentativos hacia adelante antes de detenerse como si estuviera contaminado. "¿Te atreves a traer *eso* aquí?".

Una ira inusual se encendió en sus ojos, pero ella había llegado demasiado lejos para dar marcha atrás. "Llévatelo a casa. Léelo. Recuerda tu primer amor, Daniel".

"¿De qué estás hablando? Yo amo a Dios".

"El Anticristo ya casi está aquí. Lo he visto en mis sueños".

Dejó la taza sobre el escritorio y cruzó los brazos sobre el pecho. "El Anticristo, monstruos, meteoritos, el mar convirtiéndose en sangre, todo eso es del Apocalipsis. Es alegórico, Ángel, todo alegoría". Aunque su tono carecía de la convicción habitual. "De acuerdo". Se frotó la barbilla. "Sí, recuerdo que me gustaban estas cosas. Algunas cosas de lo que dices tienen sentido. Y sé que el mundo se ha vuelto loco a nuestro alrededor".

Dejó la pequeña Biblia sobre la mesa y se levantó. "Tengo que irme. Francisca está cuidando a Isaac".

Daniel caminó hacia ella. "Oye, ¿cuándo puedo volver a verte? El viernes que viene me voy a Washington D. C. unos días. ¿Qué tal antes? ¿Te invito a cenar? ¿Podemos salir juntos, tú, Isaac y yo?".

Ella apreciaba que siempre incluyera a su hijo en los panoramas; sin embargo, una vez más, él había desestimado por completo un mensaje importantísimo de Dios. "No sé, Daniel".

"Es solo una cena"

No, cenar nunca ha sido solo una cena con este hombre. "No es que podamos empezar donde lo dejamos; ahora somos dos personas diferentes".

"No tan diferentes, Ángel". Se le acercó y le acarició la mejilla con el dorso de la mano con tanta suavidad que ella cerró los ojos por la sensación. “Todavía nos amamos, ¿verdad?”.

¿Lo amaba ella? Apenas podía pensar con él tan cerca. Pero ya sabía la respuesta. Ella lo amaba. Pero no importaba. Él seguía resistiéndose a Dios. Sintiendo sus labios descender sobre los suyos, abrió los ojos y retrocedió. “Por favor, léela”. Su mirada se posó en la Biblia.

“Si lo hiciera, ¿me dejarías invitarte a cenar?”

“¡Está tan cerca!” Azazel levantó los puños. “Puedo sentirlo”. Se giró hacia Zadquiel, que estaba a su lado, con los ojos brillantes de expectación.

“Te estás involucrando demasiado, amigo mío”, le advirtió Zadquiel.

Azazel suspiró, mirando a Daniel y Angélica, enfrascados en una conversación. “¿Cómo no hacerlo? Su luz brilla con más intensidad cada vez que ella le dice la verdad y la vida”.

Zadquiel sonreía con orgullo. “Me complace que obedezca al Padre, incluso cuando eso abre tantas viejas heridas, pero su verdadera prueba se acerca”.

“Y una para Daniel también”.

Zadquiel solo asintió.

Los dos ángeles observaban cómo Angélica se alejaba de Daniel, acechada por el Miedo, siempre vigilante, intentando penetrar su escudo.

Dudó antes de responder, como si buscara la sabiduría del Padre. “Deberías querer descubrir la verdad por ti mismo”, dijo finalmente. “Pero consideraré cenar contigo si lees algunos de los pasajes prohibidos y deseas hablar de ellos”.

Zadquiel estaba de acuerdo con Angélica. “Eso sí que es sabio”.

“Y él lo está considerando”. Azazel se frotó las manos con entusiasmo. “Mira cómo la oscuridad se aleja de su alma”.

“No te adelantes, amigo mío.” Zadquiel miraba a Angélica mientras salía de la habitación.

Azazel, más que complacido, observó a Daniel tomar la Biblia. "¿No dijiste que el Padre tenía grandes planes para él? Quizás este sea el comienzo".

"Solo recuerda, los planes del Padre nunca son lo que esperamos. Ahora, debo irme". Agarrando la empuñadura de su espada, Zadquiel se dirigió a la puerta.

"Ella está en peligro."

Luchando contra un torrente de emociones indeseadas, Angélica corrió por el pasillo y no vio a Tomás siguiéndola hasta que la agarró del brazo y la hizo girar.

"Veo que no has aprendido la lección".

Angélica contenía las lágrimas. "¿Qué quieres, Tomás?".

"Ya te lo dije. Quiero que te alejes de Daniel; sin embargo, aquí estás".

"Tenía algo que decirle. Ahora me voy". Empezó a girarse para irse, pero él la sujetó del brazo con fuerza.

"*No* le vas a contar lo de Isaac".

"Eso no es asunto tuyo". Aunque eso sería lo *último* que haría.

"*Es* asunto mío. Siempre lo ha sido".

Ella lo observaba, recordando lo fiestero que solía ser, pero al mismo tiempo, siempre tan inseguro de sí mismo, pero una dureza se había apoderado de su expresión, impenetrable y permanente. "Doce años es mucho tiempo, y aquí sigues acechando a su sombra. Quizás deberías buscarte una vida, Tomás.

Él la empujó con su rostro furioso como si quisiera golpearla, pero entonces esa sonrisa fingida volvió a aparecer en sus labios. "No vas a arruinarme esto".

"No intento hacerte daño, Tomás. Solo intento hacer lo correcto. Quizás Isaac merece saber la verdad".

La sujetó con más fuerza del brazo. "Aquí está *mi* verdad", le dijo furioso. "Si siquiera consideras contárselo a Daniel, no le quedará ningún hijo para abrazar".

El terror la invadió, dejándola sin aliento. "¿Qué quieres decir con eso?".

Soltándole el brazo de golpe, se alejó tranquilamente. "Espero que nunca lo averigües".

Ella empezó a perseguirlo, pero el temblor en sus piernas la detuvo. Con el corazón en la garganta, se tambaleó hacia la pared en busca de apoyo, intentando recuperar el aire y sentir las piernas. Cuando lo logró, salió corriendo de la iglesia tan rápido como pudo.

Tomás la amenazó con matar a Isaac... Tomas la amenazó con matar a Isaac. Las palabras resonaban en la mente de Angélica mientras conducía a casa desde la iglesia. Sin embargo, incluso a pesar del miedo, las piezas empezaron a encajar. Los disparos en SeaWorld, el coche que la atropelló... ¿Habrá sido todo obra de Tomás?

"Padre, se acabó. Estoy harta. No puedo volver a ver a Daniel. Y debo mantener a Isaac lejos de él. No me pidas que haga nada más". Estacionó, apoyó la cabeza en el volante y comenzó a sollozar. "Por favor, no me quites a mi hijo".

Todavía conmocionada e incapaz de dormir, Ángel se levantó al día siguiente, dejó a los niños en la escuela y pasó el día caminando por la playa orando. Hacía un calor sofocante para ser septiembre, se abría paso entre las olas que rompían en la orilla, aturdida por el terror. Incluso el sonido de las gaviotas, la gente hablando, las risas de los niños y los truenos lejanos se desvanecieron en el fondo mientras sus pensamientos se centraban en su hijo y su seguridad. Le rogó una y otra vez a Dios que lo protegiera. Que los ángeles rodearan a Isaac. No podía perderlo. Aunque Dios había dicho que el tiempo era corto, Su idea del tiempo y la de ella eran muy diferentes. "Padre, ayúdame".

Sin embargo, a pesar de todo su caminar, orar, suplicar y llorar, el cielo estaba en silencio, y no se sentía mejor para cuando tuvo que recoger a Isaac de la escuela. Aun así, fingió una sonrisa cuando él se metió al auto y luego le dio un abrazo tan fuerte que no se podía soltar de ella. “Mamá, para. Los niños están mirando”.

“Lo siento”. Ella comenzó a viajar por la carretera. “Te quiero mucho, ¿Lo sabes?”.

“Sí”. Él le sonrió. “Yo también”.

Como de costumbre, le preguntó sobre las tareas y lo que había aprendido ese día, mientras continuaban por la carretera hacia la escuela de Joel, un sonido de ahogo salió de su motor, y todo el auto comenzó a dar tirones. Una mirada al indicador de gasolina, y se dio cuenta de lo que había hecho. “¡Rayos!”

“¿Qué pasa, mamá?”

“Nos hemos quedado sin gasolina”. Pisó el pedal, pero el auto continuó ahogándose hasta que finalmente se apagó el motor. Rápidamente encontró un lugar para estacionar —un lugar prohibido, por supuesto, frente a un campo de béisbol abierto, pero no pudo evitarlo.

Era toda su culpa. Se había olvidado de la gasolina. “Bueno, venga. Vamos a buscar el bidón y a buscar una gasolinera”. Ojalá antes de que un policía viera su coche.

Sacó el bidón de gasolina del maletero, cerró el coche con llave y ella e Isaac se dirigieron calle abajo. “Mejor llamo a Francisca”. Buscó el celular en el bolso para avisarle a su compañera de piso que llegaría tarde a recoger a Joel cuando...

Un enorme ¡BUM! sacudió el aire, y lo que pareció una pared de puños los empujó a ella y a Isaac al suelo.

“Es la hora”, gritó Zadquiel a Azazel, mientras ambos ángeles corrían hacia Angélica e Isaac.

Azazel miró hacia atrás, al coche de Angélica. “¿Estás seguro?”

“Sí. Tirémoslos al suelo y cubrámoslos de la explosión”.

Llegaron hasta los humanos y Azazel hizo lo que le ordenaron.

Empujó a Isaac al suelo mientras Zadquiel hacía lo mismo con Angélica.

Entonces los dos ángeles extendieron las manos y los cubrieron con una fortaleza espiritual impenetrable.

Una avalancha de calor se abalanzó sobre Angélica. El asfalto áspero le rozó la mejilla. Con la poca fuerza que le quedaba, luchó contra la fuerza que la sujetaba y se arrojó sobre Isaac. Apenas lo hizo, el calor abrasador se disipó. Solo quedó el crepitar del fuego, el aire caliente y los olores a gas, aceite y metal quemado. Supo antes de levantarse lo que vería. Y ese pensamiento —junto con el terror que le produjo—la mantuvo firme sobre Isaac, escudándolo, protegiéndolo.

Ojalá pudiera hacerlo para siempre.

Pero los gritos y las voces de la gente y el movimiento de Isaac la obligaron a apartarse de él y ponerse de pie, arrastrándolo a su lado. Ambos se giraron a la vez para ver lo que quedaba de su coche, envuelto en llamas que atravesaban el cielo. Agarrando la mano de Isaac, los apartó varios metros del calor y de los trozos de metal quemado que cubrían el suelo.

No podía formar un pensamiento, una palabra, ni siquiera un sentimiento mientras permanecía allí de pie, observando lo que habría sido para ella e Isaac arder vivos.

De no ser por el tanque de gasolina vacío.

Miró a su alrededor. La explosión había derribado una valla que rodeaba el campo de béisbol, había lanzado un carrito de compras vacío varios metros y había subido una llanta del auto más cercano a la acera.

Pero ellos estaban ilesos. Empujando a Isaac hacia atrás, lo examinó para asegurarse de que no tuviera heridas antes de abrazarlo de nuevo. Algo los había empujado al suelo antes de la explosión. Algo... o alguien. *Ángeles*. Tenían que ser. Protegiéndola a ella, protegiendo a Isaac.

A pesar del horror que la embargaba, dio gracias a Dios

mientras se movía y se sentaba en la acera antes de desmayarse.

El humo que salía de su auto llenaba toda la calle. La gente se agolpaba a su alrededor, señalándola. Una sirena sonaba a lo lejos. Un hombre se acercó y le preguntó si estaba bien.

El resto fue un sueño... responder a las preguntas del policía, ver a los bomberos apagar el fuego, ella e Isaac sentados en una ambulancia abierta mientras los revisaban por lesiones, y finalmente el amable policía que los llevó a casa.

Francisca la recibió en la puerta. "¿Dónde has estado? Estábamos muy preocupados".

Isaac—completamente recuperado del trauma— pasó corriendo junto a ella. "Nuestro auto explotó", dijo con indiferencia.

El corazón de Angélica se detuvo por un momento al observar la habitación y ver a Joel. "Gracias a Dios. Lo recogiste. Lo siento mucho".

"Llamaron de la escuela. He estado intentando llamarte, pero me sale el buzón de voz". Francisca la siguió a la sala, donde Angélica se dejó caer en una silla. "Espera". Francisca se detuvo y la miró con los ojos muy abiertos. "¿Dijo, Isaac, que tu auto explotó?".

¡*Su teléfono*! Lo tenía en la mano. Angélica rebuscó en el contenido de su bolso. No estaba.

Isaac agarró un mando y empezó a jugar un videojuego con Joel. "Sí. Fue genial. ¡Boom! Todo estaba en llamas".

Francisca miró a Angélica boquiabierta. "¿Qué?".

"Sí, más o menos". Intentó sonreír.

"¿Están ustedes bien?".

"Ni un rasguño. Gracias a Dios".

"¿Qué quieres decir?".

"Si hubiéramos estado en el auto, si no me hubiera quedado sin gasolina, y no hubiera salido corriendo de las colas tan largas anoche. "Sabes que siempre hay una gasolinera en Atlantic abierta". "No Anoche".

"Mmm", dijo su amiga. "Bueno, me alegro de que no estén

heridos.

"Nos quedamos sin auto". ¿Cómo se suponía que podría comprar otro? Sin duda, su seguro no cubría explosiones aleatorias.

Su incrédula amiga se deslizó a su lado en el sofá. "No te preocupes. Puedes usar el mío mientras tanto".

Las lágrimas le ardían en los ojos a Angélica. "Eres demasiado buena para ser verdad. Gracias".

"No te preocupes". Francisca sonrió. ¿Por qué no te das un baño caliente? Sé cuánto te relaja. Prepararé la cena para los chicos.

Ni el baño caliente, ni las burbujas, ni sus oraciones calmaron los nervios de Angélica. Sabía que Dios los había salvado a ella y a Isaac. Pero también sabía que si Tomás — La explosión tenía que ser obra suya— se esforzaba tanto por alejarla de Daniel, no se rendiría fácilmente.

Así que, para cuando se secó y se puso la sudadera, ya había tomado una decisión.

Francisca confirmó su decisión más tarde esa noche, cuando los chicos dormían.

"Tengo una pregunta". Le dio una taza de té y le indicó que se sentaran en el sofá.

Angélica dudó al ver la expresión inusualmente seria en el rostro de su amiga. "¿Sí?".

"Me he estado preguntando... ¿Es Isaac... hijo de Daniel?". Miró a Angélica directamente a los ojos.

Angélica soltó una carcajada, dio un sorbo a su té suave y encogió las piernas en el sofá. Finalmente, suspiró. "¿Cómo lo adivinaste?".

"No lo sé. Solo por cómo te has comportado últimamente. Y nunca me dijiste quién era su padre.

Angélica bajó la barbilla, sintiendo una pizca de culpa. Rompimos antes de que tuviera oportunidad de decírselo.

Francisca suspiró y movió la cabeza. ¡Guau! ¡Pero tiene tanto dinero! Podrías estar en una buena posición, chica.

Angélica se rió. "Hay cosas más importantes que el dinero".

"No me imagino qué". Se reía en forma burlona, pero luego frunció el ceño. "Ah, claro. La protección de Isaac. ¿Estás segura de lo que dices sobre ese tal Tomás?".

"Él cree que voy a arruinar la carrera de Daniel. Me ha amenazado varias veces, pero nunca lo tomé en serio. Su última amenaza a Isaac fue bastante clara. Además, ¿quién más querría verme muerta? No soy nadie".

"¡Pero es *pastor*!"

"Sí. Una locura, ¿eh?".

"En fin, Ange, lamento decirlo, pero yo que tú me alejaría de Daniel. Es un bombón y tiene un montón de dinero, pero nada vale esto.

Dejando el té, Angélica se abrazó a sí misma. "Créeme, he estado intentándolo, pero Dios parece tener otros planes".

"¿Dios, eh? Francisca la miró con picardía. "¿Cómo se atreve a obligarte a pasar tiempo con un tío guapo, rico y famoso?"

Angélica pensó en sus besos y esperó que el calor que la recorría por dentro no se hubiera manifestado en un rubor en su rostro. "Lo sé. Pobre de mí, ¿verdad? Pero honestamente, no tengo ningún deseo de salir con un pastor que no cree en toda la verdad de la Palabra de Dios. Por Isaac".

Francisca le encontró la razón y Angélica se preguntaba cuánto de eso entendía.

Abrazándose a sí misma se sinceró. "Tengo mucho miedo por Isaac. No solo por esta nueva amenaza, sino por todo. Este mundo, la crueldad, la corrupción, la inmoralidad, las ideas retorcidas, ¿cómo puede un padre criar a un hijo?".

"No puedes preocuparte por todo eso, Ange". Francisca se inclinó hacia adelante y le apretó la mano. "Solo vive el día a día y haz lo que puedas".

Angélica miró a su amiga, asombrada por su fe. ¿O era solo una felicidad ignorante? "Bueno, una cosa tengo clara y es que no volveré a hacer nada que ponga en riesgo a Isaac".

En el amor no hay temor, sino que el perfecto amor echa fuera el temor; porque el temor lleva en sí castigo. De donde el que teme, no ha sido perfeccionado en el amor.1 Juan 4:18 (RVR 1960)

Capítulo 26

¿Cómo alejarse de un hombre que todos los días me envía un ramo de flores con cartas tan románticas que parecen sacadas de una novela?

¿Cómo alejarse de un hombre cuyo hijo no para de preguntar cuándo lo volverán a ver? Y, sobre todo, ¿cómo alejarse de un hombre que le regala un flamante Mercedes Benz con un gran lazo rojo?

Por supuesto, Angélica lo devolvió enseguida. Sabía que Daniel no intentaba comprar su afecto, sino ser amable, pero no podía aceptar un regalo tan extravagante, por mucho que lo necesitara.

Y, realmente, lo necesitaba. Como sospechaba, su seguro no cubría la explosión de una bomba y no tenía dinero ni crédito para comprar un auto nuevo.

Sinceramente, todavía estaba conmocionada por el suceso que la tuvo cercana a la muerte, y la sola idea de hablar con Daniel por teléfono la aterrorizaba. No había dormido bien, tenía un nudo en el estómago y hasta sus oraciones parecían dispersas, en el mejor de los casos. Ahora, mientras conducía el coche de Francisca al trabajo, se preguntaba cómo aguantaría ocho horas sirviendo bebidas a clientes ebrios y lujuriosos mientras rechazaba las insinuaciones de Sebastián.

El único punto positivo de su noche sería volver a ver a Greg. Era su primera noche de su regreso, y estaba deseando ver la diferencia en él desde que se unió al Reino. Con ese pensamiento para animarse, aparcó el auto, lo cerró con llave y entró por la puerta de empleados. Después de guardar el bolso en una taquilla y revisar su maquillaje, salió a la pista, o lo que a ella le gustaba llamar el "campo, listo para la cosecha".

Apenas había cogido la bandeja y la libreta de órdenes, cuando Greg apareció de detrás de la barra y le dedicó la sonrisa más radiante que ella jamás había visto. "¡Hola, Angélica!".

"Greg, te he echado mucho de menos". Se inclinó sobre la barra de madera y le tomó la mano. "¿Cómo te sientes?".

"Como si me hubiera sacado la lotería". Tras una rápida mirada por encima del hombro, se inclinó hacia ella y le susurró: "No tengo palabras para agradecerte".

"Yo no hice nada". Ella señaló al cielo. "El de arriba tenía tu nombre en Su Libro, eso es todo".

Él se rió. "No sé por qué elegiría a un perdedor como yo, pero le estoy muy agradecido".

"¿Qué es esto? ¿Una fiesta y no estoy invitado?", la voz de Sebastián irrumpió en Angélica como una pesadilla. "¡A trabajar, ustedes dos!".

"Y buenas noches a ti también, Sebastián". Angélica le dedicó una sonrisa, le guiñó un ojo a Greg y se dirigió a una de sus mesas asignadas.

Zadquiel estaba de pie contra la pared trasera del Bar de las Sirenas. A ambos lados estaban Pesha y Kazich. Las bocas de los tres guerreros se torcieron con disgusto ante la depravación del lugar, el desolado mundo, las almas vacías. Los tres ansiaban desenvainar sus espadas y luchar contra las hordas de demonios que rondaban a los presentes; algunos entrando en sus almas para establecerse, otros susurrándoles mentiras al oído. Todos gruñendo a los tres guerreros santos, retándolos a detener su juego sucio.

Zadquiel cambió de postura y los ignoró. Tan cierto era lo que había dicho el único ateo humano, Jacques Vallee, incluso en su propia ignorancia: "Los seres humanos están bajo el control de una extraña fuerza que los somete a formas absurdas, obligándolos a participar en un extraño juego de engaños".

Bastante astuto para alguien que no creía en Dios. Si tan solo estas personas pudieran ver las horribles criaturas que los controlaban, correrían a toda prisa a los brazos del Salvador.

Pero ese no era el camino de Jehová. Él les dio a las personas la verdad sobre Sí mismo y luego les permitió decidir si servirlo o rechazarlo. ¡Cuánto le dolió al Padre que la mayoría de la humanidad eligiera el camino ancho y popular—el que conduce directamente al infierno!

Pero también había hijos de luz allí. Esa era la razón de porque los guerreros estaban presentes—para observar, vigilar y proteger. Zadquiel seguía con la mirada a Angélica mientras se movía por la sala, tomando pedidos y hablando con los clientes. El espíritu de Miedo rondaba a su alrededor, buscando entrar. El inmundo demonio ya había cavado una pequeña zanja en su armadura de luz y buscaba otra grieta donde cincelar.

"Ella ha sufrido mucho", dijo Pesha a su lado.

"En efecto. El brillo de su luz no ha pasado desapercibido para nuestro enemigo. Ha enviado fuerzas adicionales para romper su armadura".

"Sí, lo estoy viendo. Y observa las grietas que se están formando en su escudo de fe".

" Ella teme por su hijo".

"No está confiando en el Padre", comentó Kazich, pero su mirada estaba fija en su protegida, Melody.

Zadquiel frunció el ceño. "Ella confía en Él. Solo que no del todo en este asunto. Es su debilidad, y el enemigo lo sabe. Pero tiene muchas fortalezas, y espero que se apoye en el Padre para superar su debilidad".

La mirada de Pesha se posaba en Greg, quien silbaba una melodía detrás de la barra mientras hablaba con los clientes, animándolos, fortaleciéndolos y compartiendo su nueva esperanza. "Estoy totalmente de acuerdo. Su influencia ha ayudado a que Greg finalmente entre al Reino. Por eso, estoy muy agradecido. Qué alegría verlo servir al Padre".

"Todo el cielo se regocija, amigo mío". Zadquiel se volvió hacia Kazich. "Como pronto lo harán por Melody. Ella está cerca".

El pequeño ángel asintió. "Ha estado leyendo la Biblia que le dio Angélica. Se le están abriendo los ojos. Es algo maravilloso de presenciar. Somos realmente privilegiados".

Un destello de luz atrajo la atención de Zadquiel, quien se giró para ver a Angélica hablando con dos mujeres de mediana edad en su tercera ronda de bebidas.

"Ah, les está hablando del Salvador". Kazich se emocionó al ver destellos de luz brillante que caían sobre las mujeres y, en lugar de rebotar como la mayoría, se impregnaban en su piel y aparecían como destellos en sus almas.

"En efecto". Zadquiel continuó observándola mientras se movía de una mesa a otra, llevando consigo la luz. La oscuridad se retiraba a cada paso, alejándose aún más cuando ella abría su boca. Anhelaba que ella lo presenciara—que supiera la diferencia que marcaba.

Recorriendo la sala con la mirada, Pesha cruzó los brazos sobre el pecho. "¿Cuántos de estos lo lograrán?".

"Muy pocos," respondió Zadquiel. "Estrecha es la puerta y angosto el camino que lleva a la vida, y pocos son los que lo encuentran. No queda mucho tiempo".

"Espero con ansias la boda", dijo Kazich.

"Será un gran evento. Y qué maravilloso ver a nuestro Señor finalmente casado".

"Ha esperado mucho".

"Demasiado". Zadquiel suspiró. "Y su novia está casi lista". Se mantenía vigilante, observando a Angélica compartir el amor de Dios mientras iba de mesa en mesa y, luego, viéndola hablar con Melody y presenciando cómo la luz comenzaba a manifestarse poco a poco en su interior, viendo cómo la oscuridad se disipaba cuando ella y Greg se arrodillaban juntos y oraban en la sala de descanso. Y finalmente, viendo a

Sebastián llamarla, furioso, a su oficina.

Angélica ansiaba sentarse y aliviar el dolor de pies, aunque solo fuera un momento, pero había aprendido a las malas que a Sebastián no le gustaba que nadie se sentara en su presencia. Así las cosas, se sentaba tras su ostentoso escritorio y la observaba como un rey a un súbdito. ¿Por qué tenía que llamarla a su despacho ahora? Solo le quedaban quince minutos de turno y lo único que quería era irse a casa y meterse en la cama.

Esperó la diatriba que se avecinaba, esforzándose por cubrirse con la bandeja para evitar esos ojos que la desvestían.

Soltando un largo suspiro, él le movía la cabeza como lo haría un director a un niño travieso. "¿Qué te he dicho sobre esparcir tus estupideces sobre Jesús aquí?".

Oh, no. Angélica se mordió el labio. "Yo no he—".

"No me mientas. Los clientes se están quejando".

"¿Quiénes?". Todos con los que había hablado parecían receptivos a sus palabras.

"No importa. Te dije que, si recibía una queja más, te despediría".

El miedo la apuñaló en el estómago. "De verdad, Sebastán, solo soy amable con la gente y les digo que Dios les ama. Y que Jesús murió por ellos para que pudieran vivir con Él para siempre. Y un par de cosas más. ¿Qué hay de malo en eso?".

"Lo malo es que a la gente no le gusta". Empujó la silla hacia atrás y se levantó para rodear su escritorio. "Lo malo es que no vienen aquí a escuchar hablar de Jesús. Vienen a ver sirenas semidesnudas y a emborracharse".

Al acercarse, Angélica miró hacia la puerta, planeando su salida si se ponía demasiado libidinoso. "Solo les doy esperanza", susurró.

"¿Esperanza? ¡No seas idiota! ¡Eso no existe!". Se detuvo frente a ella; la cadena de oro que llevaba alrededor del cuello le brilló en los ojos. "Debería despedirte en el acto".

Angélica bajó la mirada. "No puedes. O sea, por favor. Acabo de perder mi coche y no tengo dinero en el banco. Necesito este trabajo".

Pudo ver el momento preciso en que el poder se apoderó de sus ojos. Se acercó un paso más. Tan cerca que podía oler el brandy en su aliento y su olor corporal.

Él se inclinó para besarla, y sin pensarlo, ella le dio una bofetada.

Sus ojos le ardían de furia. Se frotó la mandíbula. "¡Eres una puta!". La atacó y ella retrocedió. "¡Estás despedida! ¡Lárgate ahora!", le dijo, señalando la puerta.

Ella lo dudó, estaba demasiado aturdida para moverse.

"¡Te dije que te fueras!"

Tropezando con sus tacones altos, salió corriendo por la puerta que cerró de golpe, provocando un temblor en su cuerpo mientras dejaba la bandeja. La conmoción la golpeó en oleadas morbosas. Quería despedirse de Greg y Melody, pero su mente y sus emociones se enredaron en un torbellino caótico. En cambio, cogió su bolso del colgador y se adentró en la noche.

Directo a Daniel.

Su aroma a Aqua Velva y su pecho duro como una piedra lo delataron. Después de todas las malas noticias, todo el caos, todo el miedo, en lugar de apartarse, se dejó abrazar y empezó a sollozar.

De inmediato, esos brazos gruesos la rodearon con calidez y seguridad mientras él apretaba su cabeza contra su pecho. "Shh. Shh. Todo está bien, Ángel. Shh". Esa voz profunda resonó, esas palabras de consuelo que la invadieron como una ola cálida, aflojando sus nervios, junto con su determinación de liberarse de ese hombre".

"¿Qué pasa? ¿Qué ha pasado?", preguntó.

"Me acaban de despedir", sollozaba, apartándose de él.

"¿Qué? ¿Por qué?" La agarró de los brazos.

"Sebastián, mi jefe...". ¿Debería decirle la verdad? No. Daniel solo iría corriendo y lo dejaría plano de un puñetazo. Y eso no resolvería nada. Solo quiero irme a casa.

"Claro". La rodeó con sus brazo y la atrajo hacia sí. "Estás temblando".

Sí, estaba temblando. Podía sentirlo en las piernas mientras la conducía a su coche, verlo en sus manos mientras las extendía ante ella. No era propio de ella estar tan débil. Pero habían pasado demasiadas cosas. Demasiadas cosas habían salido mal.

"Yo puedo conducir", le dijo. "Ando en el auto de Francisca".

"No en tu estado. Te dejaré en tu casa y podemos recoger el coche de tu amiga mañana".

Ella Quería discutir con él, quería apartarlo de un empujón y salir corriendo. ¡Si Tomás los viera juntos, mataría a Isaac seguro! Pero apenas podía caminar, apenas podía formar una frase coherente.

Y ella lo necesitaba. ¡Que desgracia! pero lo necesitaba.

Apenas notó el camino a su apartamento, apenas notó a Daniel subiéndola por las escaleras, abriendo la puerta con sus llaves y acomodándola en el sofá. Encendió la luz, cerró la puerta y lo oyó rebuscar en la cocina. Minutos después, apareció con un vaso de agua y con una mirada de preocupación.

Bebió un sorbo y luego dejó el vaso, con los nervios finalmente calmados.

Él se deslizó en el sofá a su lado. "¿Qué pasa, Ángel? Estás demasiado nerviosa. No es normal en ti".

Esos profundos ojos azules suyos, tan llenos de amor, comenzaron a derribar sus defensas. Anhelaba abrirle su corazón como tantas veces en el pasado. Quería decirle que el mundo se estaba hundiendo en el caos, que la Tercera Guerra Mundial estaba a punto de comenzar, que su hijo estaba siendo adoctrinado en la escuela y que ahora no tendría dinero para alimentarlo. Y, ah, sí, el pastor asistente de Daniel estaba intentando matar a Isaac. Pero en lugar de eso, solo dijo: "Han pasado muchas cosas".

Él asintió.

"¿Por qué fuiste a mi trabajo?", le preguntó.

"Te he extrañado. No contestas mis llamadas. Y devolviste el coche".

"Perdí mi teléfono cuando mi coche explotó. Y no puedo aceptar semejante regalo tuyo".

Debió de notar su temblor de nuevo, porque agarró una manta y se la echó sobre los hombros. "Morí de miedo cuando me enteré lo del coche. Pasé por aquí dos veces y luego por tu trabajo tres veces, pero nunca te pude encontrar. Estaba tan preocupado, Ángel".

"Han pasado tantas... demasiadas cosas...". *Y si Tomás supiera que estás aquí, la vida de mi hijo correría peligro*. La idea volvió a acelerarle el corazón y se llevó una mano a la frente.

"Aquí, reclínate". Levantándose del sofá, le colocó una almohada detrás y la ayudó a reclinarse.

Se sintió bien. Sobre todo, cuando le tomó la mano y empezó a acariciarla. "¿Y qué pasó en el trabajo?"

Movió la cabeza y exhaló profundamente y, finalmente, se sintió capaz de hablar. "Mi jefe me tenía amenazada. Llevamos semanas discutiendo. No vale la pena hablar de eso".

"¿Cómo estás de dinero hasta que encuentres algo más?".

La última vez que lo comprobó, solo tenía veinte billetes del Nuevo Orden Mundial en su cuenta. "Bien".

"No te creo." Le sonrió débilmente.

"Te ayudaré hasta que puedas recuperarte".

"Eso no estaría bien, Daniel".

"Claro que sí. Para eso están los amigos".

"¿Es eso lo que somos?". Sin saber por qué abrió esa puerta, de repente deseó no haberlo hecho.

Se frotó la barba incipiente de la mandíbula. "Tú Dime. Tú sabes lo que yo quiero".

Sintiéndose repentinamente vulnerable, se levantó y se sentó en el borde del sofá. Él le había dicho que aún la amaba. Pero ella no quería oírlo. No podía oírlo. No solo por su propio bien. Sino ahora, por el de Isaac. Quizás si fuera mala, se marcharía. "El amor de Daniel Cain siempre tiene condiciones", espetó, haciéndole retroceder de golpe, sorprendido.

"¿De qué estás hablando?".

"Has dejado muy claro que solo quieres una relación conmigo si dejo mi supuesta secta".

Él arrugó el ceño. "Por tu propia seguridad".

Ella lo miró con severidad. "Por tu carrera".

"Admito que es parte de ello". Se pasó una mano por el pelo. "Sin embargo, no es lo principal. Simplemente no quiero verles ni a ti ni a Isaac metidos en un campo de la FEMA en algún lugar".

Ella lo miró fijamente, deseando con todas sus fuerzas convencerlo. "No obstante, el mismo Jesús predijo que algunos de sus seguidores serían encarcelados por su fe. Si esa es su voluntad para mí, ¿cómo puedo huir de ella?".

"Pero tienes un hijo en quien pensar. Por Isaac, te lo ruego, guarda tu fe para ti misma".

"Eso no es lo que dice la Biblia".

Suspirando se recostó en el sofá. "Lo sé, la he estado leyendo".

"¿Lo has hecho?" No pudo negar su emoción.

"Fragmentos". Sonrió. "Después de todo, era la condición para una cita".

Le apretó la mano. "Me alegra mucho oír eso".

"No te emociones tanto. No voy a dejar mi iglesia para echar fuera demonios en la playa".

Ella se rió. "Eso sí que es esperanzador".

Rejuvenecida por su declaración, Angélica se recostó en el sofá y levantó los pies. Pasaron las siguientes horas simplemente hablando—como solían hacerlo cuando eran jóvenes y estaban enamorados. Hablaron de Dios, de surf, de pesca y de Isaac. Hablaron del estado del mundo, de su objetivo de asesorar al presidente, de sus esperanzas para el futuro de Isaac. Se rieron de las travesuras que habían hecho de jóvenes adultos, de la música que habían escuchado, de los conciertos en la playa a los que habían asistido. Mientras tanto, ella observaba cada chispa en sus ojos, cada flexión de su mandíbula, cada gesto y movimiento, y la forma en que se apretaba el tabique nasal cuando se sentía incómodo.

Y era como si nunca hubieran pasado doce años.

Se estaba enamorando de él otra vez. Una mezcla salvaje de sentimientos la retorció por dentro al pensarlo, pero el miedo triunfó— miedo por Isaac, miedo por arriesgarse a otro corazón roto, miedo por el alma de Daniel. Sin embargo, en medio de todo, la esperanza estalló ante la emoción de su tacto, ante la posibilidad de que tuvieran una oportunidad... pero lo más importante, que él estaba volviendo lentamente a Dios. La verdad se abría paso en el espíritu de Daniel y desalojaba las mentiras. Ella podía sentirlo. Sobre todo, cuando él mencionaba sus días de evangelización en la playa y sus ojos se iluminaban de emoción.

Ahora, mientras sus ojos se llenaban de pesadez y su corazón se llenaba, él se acercó a ella, la rodeó con un brazo y la atrajo hacia su hombro. "Duerme, ángel mío. Pronto amanecerá".

No bromeaba. En lo que parecieron solo minutos, oyó la voz de Isaac.

"¡Daniel, estás aquí!".

Al abrir los ojos con fuerza, encontró a su hijo saltando frente al sofá.

Intentó estirarse, pero enseguida se encontró atrapada entre el abrazo de Daniel y su pecho. Horrorizada, se apartó de él y se apartó, entrecerrando los ojos ante la luz del sol que entraba por la ventana. Esta cayó sobre Daniel, brillando en la barba incipiente de su mandíbula, su pelo de punta en mil direcciones y la hinchazón de sus ojos.

Y recordó lo maravilloso que había sido despertar junto a este hombre.

"¿Qué haces aquí, Daniel? Te he echado de menos".

"Yo también te he echado de menos, amigo. Daniel estiró los brazos. Tu madre y yo estábamos hablando y seguro que nos quedamos dormidos".

"Oye, le dijo Isaac. ¿Podemos ir a surfear olas?

"Isaac, deja al pobre hombre en paz. Acaba de despertar.

"Te diré una cosa, dijo Daniel. Iré por el desayuno y comeremos en la playa. Pero nada de surfear todavía, está demasiado tranquilo por la mañana".

"¡Sí! Isaac sonrió radiante. Llevaré mi frisbee. ¿Puedo, mamá?"

"Claro".

Después de que el niño saliera corriendo a vestirse, Ángel se enfrentó a Daniel y lo encontró mirándola con tanto amor que apartó la mirada rápidamente. Debía de estar hecha un desastre con el maquillaje corrido y el pelo enredado. "No tienes que hacer esto".

¿Estás bromeando? Quiero hacerlo. Inclinándose, la besó en la frente, cogió las llaves de la mesa y se dirigió a la puerta, silbando. "Nos vemos en la playa de enfrente en media hora".

Así que así sería estar casada, tener un hombre en casa, un padre para Isaac. Sonrió, pero borró esa sonrisa al instante. No debería estar pensando esas cosas.

Media hora después, como había prometido, Daniel se arrastraba por la arena, con una bolsa de pan y queso crema en la mano— media hora en la que Angélica se había esforzado por limpiarse la cara, peinarse y preguntarse qué diantres estaba haciendo, arriesgando su vida y la de Isaac. No debería haberse quedado despierta toda la noche con Daniel. No debería haber permitido que la llevara a casa. Y no debería haber aceptado ese picnic en la playa. Pero había estado tan angustiada la noche anterior y todo parecía estar bien.

Si no fuera por la amenaza de Tomás.

¿Pero qué hacer? Vio cómo se iluminó el rostro de Isaac al ver a Daniel dirigiéndose hacia ellos, como si ya supiera, en algún lugar de su conciencia, que ese hombre era su padre.

Después de devorar los panes, Isaac sacó a Daniel a jugar al frisbee, y Angélica disfrutó más que nada viendo la relajada camaradería entre ellos. Sin mencionar el físico musculoso de Daniel mientras corría y saltaba por la arena.

Suspiró profundamente. "¿Por qué soy tan débil, Señor? ¿Está bien que pase tanto tiempo con este hombre? ¿e Isaac? Tengo mucho miedo".

Confía en mí.

Las mismas dos palabras que había estado escuchando durante la última semana. Confiar no era fácil cuando se trataba de su hijo. El miedo siempre ganaba cuando pensaba que le pasaría algo malo. Oraba por él todos los días, lo dejaba en manos de Dios. Pero en cuanto se levantaba, el miedo regresaba. Casi podía oír al demonio mordisqueándola como un castor royendo madera. El único problema era que el miedo estaba devorando poco a poco su preciosa fe.

Díselo.

¿Qué? Angélica seguramente estaba oyendo cosas. *Dile que Isaac es su hijo.*

"No puedo, padre. Sabes que no puedo".

Si lo hacía, Tomás sin duda los mataría a ambos.

Mirad las aves del cielo, que no siembran, ni siegan, ni recogen en graneros; y vuestro Padre celestial las alimenta. ¿No valéis vosotros mucho más que ellas?
Mateo 6:26 (RVR 1960)

Capítulo 27

Angélica subió las escaleras hacia su departamento, temiendo lo que tenía hacer. El miedo una vez más mermó su fe... su paz. Necesitaba orar. Necesitaba pasar tiempo con el Padre para recuperar las fuerzas. Pero primero, tenía que contarle a Francisca lo que estaba pasando. Ella tenía derecho a saberlo.

Después de cerrar la puerta, dejó las llaves del auto en la mesa de la cocina y encontró a su amiga acurrucada en una silla, leyendo. Levantó la vista y le sonrió.

Qué amiga tan maravillosa tenía. Angélica extrañaría compartir vivienda con ella. E Isaac extrañaría a Joel. Incluso ahora, podía oírlos a los dos jugando en una de las habitaciones.

"Joel tiene un nuevo juego de Legos", le explicó Francisca.

Angélica le sonrió. "Ya te devolvieron tu auto. Gracias. Siento haberlo dejado en el trabajo".

"No hay problema. Te dije que no lo necesitaba hoy". Francisca le hizo un ademán con la mano.

Angélica se dejó caer en el sofá y encogió las piernas. "Tenemos que hablar".

Francisca arqueó las cejas y dejó el libro que estaba leyendo en su regazo. "Suena serio".

"Bueno, más o menos lo es". Angélica suspiró. ¿Por dónde empezar? "Para empezar, perdí mi trabajo anoche".

Su amiga la miró espantada. "Rayos. Lo siento mucho, Ange. ¿Qué pasó?".

"He sido una tonta. Hice enfadar a mi jefe. De todas formas, me tenía amenazada".

"¿El que no paraba de hacerte proposiciones?"

Angélica asintió.

"Probablemente tengas un buen caso para demandarlo".

"No fue por eso. Les estaba hablando a algunos clientes sobre Jesús".

"Oh". Francisca le hizo una mueca.

"En fin, no sé cuándo encontraré algo más, si llegara a conseguir algo, con esta economía. Así que quizá quieras buscar otra compañera de departamento".

Francisca lo negó. "No seas tonta. No quiero otra compañera de departamento. Ya encontrarás algo".

Los ojos de Angélica se humedecieron ante la amabilidad de su amiga. "No lo sabemos, y no puedes pagar el alquiler sola".

"Claro que lo sabemos". Señaló el libro que tenía en el regazo y solo entonces Angélica se dio cuenta de que era la Biblia que le había regalado

La emoción disipó sus miedos. "¡La estás leyendo!".

"Por supuesto. ¿Cómo no iba a leerla después de que me dijiste que todas las profecías se cumplirían?". Un nuevo brillo iluminó los ojos de Francisca que conmovió profundamente a Angélica.

"De hecho", continuó Francisca, enrollando un mechón de su largo cabello negro alrededor de un dedo. "Creo que Dios dice algo aquí sobre proveer para todas tus necesidades".

La vergüenza recorrió la columna de Angélica ante su propia falta de fe. "Así es".

"Entonces encontrarás otro trabajo. Un trabajo *mejor*".

Angélica solo pudo mirarla con asombro.

"Y parece que Dios también te ha enviado a un buen hombre". Le guiñó un ojo.

Junto con la euforia por Francisca, Angélica no se atrevía a nombrar emociones que luchaban en su interior ante ese pensamiento.

"En todo caso, ¿qué pasó entre ustedes dos?", le preguntó

Francisca. “No entiendo por qué dejarías ir a un tipo así”.

Angélica cerró los ojos un momento. Nunca le había contado a nadie la historia. Había sido demasiado doloroso. Pero Francisca tenía derecho a saberlo.

“Yo tenía veintiún años, era camarera de cócteles, y él estaba en su primer año de seminario”. Todavía recordaba su primera cita paseando por la playa. "Tuvimos una conexión inmediata y, en el transcurso de un año, nos enamoramos profundamente. O eso creía. Durante ese tiempo, se acercó más a Dios y me impresionó mucho con su celo y sus esfuerzos por alcanzar a los perdidos. Era increíble en aquel entonces”.

“Al parecer, todavía lo es. Mira la gente que atrae”.

“Sí, supongo”. Dejaría la conversación sobre la religión verdadera y la falsa para otro momento. “Bueno, hacia el final de nuestro primer año juntos, me dijo que quería casarse conmigo, pero que ya no podíamos acostarnos. Lo admiraba muchísimo por eso. Pero luego descubrí que ya estaba embarazada”.

“¡Vaya! ¿Por qué no se lo dijiste?”.

“Iba a hacerlo, pero tuvimos una fuerte discusión esa noche. Al parecer, el decano del seminario se enteró de mí y le aconsejó a Daniel—*encarecidamente* —que no me volviera a ver. Pensaban que ser camarera y no creyente era una mala influencia para él”. Se encogió de hombros. “Probablemente tenían razón. Aunque Daniel no quería separarse, me sentí insultada. Dije algunas cosas contra su seminario y Dios que no debería haber dicho”.

Francisca dejó la Biblia sobre la mesa y se inclinó hacia delante. “¿Y eso fue todo? ¿Rompieron?”

No. No lo creo. O sea, la gente siempre está en desacuerdo. Ya habíamos quedado en cenar la noche siguiente, pero cuando fui al restaurante, Tomás estaba allí. Me dijo que Daniel no quería volver a verme.

Francisca se mostró sorprendida. Vaya. Eso debió haberte dolido mucho.

Más de lo que nadie pudiera imaginar. Angélica se apretó el corazón, donde un dolor crecía incluso al recordarlo. "Cuando le dije a Tomás que estaba embarazada, se puso histérico. Me dijo que nunca se lo dijera a Daniel, porque ambos sabíamos que haría lo correcto. Pero arruinaría su carrera y su vida. Lo expulsarían del seminario. Me dijo que Daniel estaba destinado a grandes cosas y que yo solo me interpondría en su camino. De hecho, me ofreció dinero para abortar y no volver a ver a Daniel".

"¿Lo aceptaste?".

"No. No quería su dinero. Pero sabía que tenía razón. Solo era una camarera sin futuro. Daniel iba a ser alguien importante. Todos lo sabíamos. Además, él no me quería, de todos modos".

Los ojos de Francisca se humedecieron. "Así que simplemente te fuiste y nunca le hablaste de Isaac. Vaya. ¿Y nunca intentó contactarte?"

"Sí. Supongo que cambió de opinión. Llamó varias veces e incluso vino a mi apartamento. Pero nunca le contesté. Al final me mudé, cambié de número y él se rindió. No podía arruinar su carrera. Lo amaba demasiado".

Inclinándose hacia ella, Francisca puso su mano sobre la de Angélica. Pobrecita. Lo siento mucho.

"No creo que mi corazón haya sanado del todo". Contuvo las lágrimas, pero aun así salieron. Francisca le dio una caja de pañuelos de papel, y ella cogió uno y se secó los ojos.

"Bueno, entiendo perfectamente por qué no confías en él".

Bueno, ahora viene lo difícil. Angélica respiró hondo. "Oye, hay otra razón por la que debería irme, además de que no puedo pagar el alquiler".

Francisca se recostó en su asiento y levantó una mano. "No te quiero ni oír hablar de eso. Te quedas, y punto".

Hablo en serio. Esto es serio. No quiero que tú y Joel corran peligro. Quién sabe qué hará Tomás cuando descubra que he vuelto a pasar tiempo con Daniel".

Francisca le dijo enfáticamente. "¿Estás preocupada por

nosotros? ¡Chica loca!"

"Me moriría si les pasara algo a ti o a Joel por mi culpa. Otra razón para que busques una nueva compañera de piso. Ojalá alguien que no he esté siendo perseguido". Su risa salió más amarga de lo que pretendía.

"No seas ridícula, Ange". Francisca le hizo un gesto con la mano, restándole importancia. "Además, creo que deberías contárselo a Daniel".

"¿Sobre Tomás?"

"Bueno, sí, eso también. Pero más importante aún, sobre Isaac. Él tiene derecho a saber que tiene un hijo".

"Justo lo que Dios le había dicho. Angélica se puso de pie de un salto, con el corazón latiéndole con fuerza. "No puedo hacer eso. No puedo poner la vida de Isaac en más peligro aún".

Frunciendo el ceño, Francisca estudió a Angélica y luego señaló la Biblia sobre la mesa. "¿Tienes miedo de un hombre malvado? ¿Dónde está tu fe?"

Angélica tragó saliva y miró boquiabierta a su amiga.

"¿No dice la Biblia" —Francisca tomó un cuaderno y empezó a hojearlo— "que, si Dios está contigo, ¿quién contra ti? ¿Qué te puede hacer el hombre? ¿Que Él mandará a sus ángeles que te guarden en todos tus caminos?" Se detuvo en una página y la hojeó con el dedo. "Jesús dijo aquí en Mateo: No temáis a los que matan el cuerpo, pero no pueden matar el alma, y Pablo dijo en Romanos"—ella movió el dedo por la página— "Porque no habéis recibido un espíritu de esclavitud para volver al temor, sino un espíritu de adopción, por el cual clamamos: "¡Abba! ¡Padre!".

Angélica se quedó mirando a su amiga. ¿Ya había estado anotando las Escrituras? Y lo que era más importante, ¿por qué su tono, sus expresiones, estaban tan llenas de fe? Una fe que parecía lamentablemente ausente en ese momento en Angélica.

Sintió un nudo en el estómago al darse cuenta de lo que había hecho. Con las rodillas temblorosas, se dejó caer en el sofá, con los pensamientos dando vueltas y la vergüenza aplastando su alma. La palabra de Dios desmanteló todos sus argumentos. Francisca tenía razón. Ella se había dejado llevar por el miedo. No solo recientemente con esta nueva amenaza. Sino durante años. Desde el día en que nació Isaac, se había preocupado, inquietado y temido por él, por su seguridad física, espiritual y emocional. Día tras día, le había suplicado a Dios entre lágrimas que cuidara de su hijo.

Y, sin embargo, no había confiado realmente en que Él lo hiciera.

El miedo—ese espíritu atormentador, ese demonio repugnante que constantemente le robaba la paz, la tenía atrapada en el alma y hacía que su fe menguara. Y ella lo había permitido. Año tras año, el Padre le había pedido que pusiera a Isaac completamente a su cuidado, y año tras año, ella se había negado e intentado protegerlo ella misma.

Y fue Francisca, precisamente, una nueva creyente —pues ahora podía ver la luz en sus ojos—, una bebé en Cristo, quien reveló su mayor debilidad.

"Así que has estado leyendo la Biblia". Angélica sonrió. "Me has avergonzado".

"No pretendo avergonzarte. Tengo el mismo problema con Joel, así que busqué el miedo en la concordancia y anoté cada versículo que lo menciona". Sus ojos brillaron.

Angélica exhaló un profundo suspiro, sintiendo que se le quitaba un peso de encima. "Ahora lo conoces".

Francisca asintió y las dos se pusieron de pie y se abrazaron tan fuerte que Angélica pensó que iba a estallar.

Secándose las lágrimas, retrocedió. "Necesito ir a orar. Después, si no te importa podrías cuidar a Isaac, tengo algo importante que decirle a Daniel".

Daniel se dirigió a la puerta de su casa, deseando con todas sus fuerzas que fuera Ángel. La noche anterior había sido increíble, simplemente hablando con ella, compartiendo sus corazones, sueños y recuerdos, acurrucados juntos en el sofá hasta el amanecer. Y luego la mañana en la playa, desayunando, riendo y jugando con Isaac. Sinceramente, Daniel no recordaba un momento más feliz.

Pero había sido la mirada en los ojos de Ángel lo que le llenaba el corazón de alegría incluso ahora. La mirada que recordaba con tanto cariño de antaño, una mirada de amor puro, una mirada de conexión entre ellos que ni el tiempo podría borrar. Por fin había llegado a ella. Lo sabía. Y tenía la intención de volver a hacerla suya, casarse con ella como debería haberlo hecho años atrás. Si tan solo dijera que sí.

Y abandonara su secta.

Seguramente, después de presenciar las multitudes que él trajo a Cristo a través de su ministerio, se daría cuenta de cuánto bien podría hacer uniéndose a él que andando con esos fanáticos. Su iglesia simplemente tendría que lidiar con su pasado. Y a los poderosos de Washington D. C., que seguramente tenían más esqueletos en el armario que Ángel, no les importaría después de escuchar el discurso de Daniel y comprobar por sí mismos su valor. Todo saldría bien, lo sabía. Dios lo bendeciría por todo el bien que había hecho.

Por eso silbó al abrir la puerta.

Pero el silbido se le agrió en los labios. Abriéndose paso a empujones, Tomás entró con el ceño fruncido.

"La viste otra vez". Sin volverse, entró pisando fuerte en la sala de Daniel y se detuvo ante las puertas de cristal, mirando la piscina.

"Sí. Y no es para nada asunto tuyo". Daniel regresó a su asiento en el sofá y se quedó mirando su laptop, donde había estado dando los últimos toques a su discurso.

Tomás gruñía. "No sé cómo hacerte entender".

"¿Por qué no te rindes entonces?"

Daniel se recostó, juntando las manos tras la cabeza. Tomás se giró, rojo de furia. "Renunciar a todo por lo que hemos trabajado? ¿Es eso lo que estás pidiendo?".

"No seas tan dramático". Levantándose, Daniel se dirigió a la cocina. "¿Quieres un poco de jugo?".

"No, no quiero jugo. Quiero que recuperes la cordura".

Daniel vertió lo que quedaba del jugo que acababa de exprimir en su taza y miró fijamente a su amigo. "La amo, y va a funcionar. Ya verás".

"¿La amas?". Tomás se burlaba. "¿En serio? ¿Una mujer que te rompió el corazón, se fugó con otro y te ha estado mintiendo todos estos años?".

"¿De qué estás hablando?"

"Digo que realmente no conoces a Smokes en absoluto. No sabes de lo que es capaz. Pero yo sí".

Daniel terminó su jugo y dejó el vaso, tratando de controlar su ira. Tomás era un buen amigo, pero ya era suficiente. "¿Ah, sí?"

"Recuerda, fui yo a quien enviaste a verla esa noche".

Claro que Daniel lo recordaba. Nunca lo olvidaría. Ángel y él habían estado discutiendo y ansiaba verla como habían planeado, decirle cuánto lo sentía. Pero en el último minuto, uno de sus profesores le exigió que asistiera a un seminario, y no pudo negarse. Intentó llamarla una y otra vez, pero no contestaba, así que envió a Tomás con sus disculpas y una invitación para que Ángel se reuniera con él más tarde en su cafetería favorita.

"Yo fui quien cargó con la peor parte de su ira", continuó Tomás.

Daniel tragó saliva de dolor al recordarlo. Ángel le había dicho a Tomás que no quería volver a ver a Daniel y que ya se había enrollado con otro chico.

"Yo fui", dijo Tomás, "quien tuvo que decirte la verdad y ver cómo el corazón de mi mejor amigo se desmoronaba ante mis ojos".

Daniel volvió a sentarse en el sofá. "Ahora, ella es diferente".

Tomás se pasó una mano por el pelo, despeinándolo. "Pero

no sabes toda la verdad".

Daniel lo miró fijamente, cada vez más frustrado. "Escucha, tengo que terminar este discurso".

El rostro de Tomás se suavizó al sentarse frente a Daniel. "Puede que te cueste oír esto, pero ahora veo que *debes* oírlo. Tú tienes que saber qué clase de mujer es".

"Sé qué clase de mujer es. Nada de lo que digas podrá cambiarlo. Ahora, si no te importa…" Daniel señaló la puerta, preguntándose si tendría que echar a su mejor amigo de casa.

"Esa noche" —Tomás se inclinó hacia delante sobre sus rodillas, con voz hosca— "me pidió dinero".

Daniel consideró ridícula la idea. "¿Por qué necesitaría dinero?".

Tomás dudó un momento antes de mirar a Daniel a los ojos. "Porque estaba embarazada de tu hijo".

Una punzada al rojo vivo le atravesó el corazón.

"¿Qué?"

"Sí, amigo, tu hijo. Se acababa de enterar por el médico". "¿Mi hijo?", repitió Daniel, aturdido. ¿Ángel había estado embarazada de su hijo? No, se lo habría dicho. Un pensamiento aterrador le atravesó la cabeza. "¿Ella no... ella no lo haría...?". Ni siquiera pudo decirlo.

"No, se lo quedó".

¡*Isaac es mi hijo*! Daniel se puso de pie de un salto, en parte eufórico, en parte furioso, tremendamente confundido. "¡Estás mintiendo!".

"Piénsalo, Daniel. El cumpleaños de Isaac es el 11 de noviembre, ¿verdad? En serio, para que eso funcionara, ella tendría que haberse embarazado a las pocas semanas de dejarte".

Poco a poco, el mundo de Daniel empezó a derrumbarse a su alrededor. Ni siquiera le había preguntado cuándo era el cumpleaños de Isaac. Simplemente había asumido que no le mentiría. Aceleró el paso, intentando calmar su corazón acelerado. "Confié en ella. Nunca cuestioné... Nunca pensé que me ocultaría algo así".

“Se quedó callada porque le pagué”, dijo Tomás. "Con diez mil que recibí de mi padre”.

“¿Qué?”. Daniel se detuvo, mirando a su amigo, preguntándose si su corazón podría aguantar otro golpe. “¿Le pagaste? ¿Cómo pudiste... por qué lo hiciste?”. Flechas de traición lo acribillaron por todas partes.

“Para que no usara al niño para obtener la manutención”. Tomás se levantó con una súplica en la mirada. “Como pretendía hacerlo. Te habría arruinado”.

“¿Se llevó el dinero?”.

Tomás asintió. “Por su silencio”.

La ira, la traición, el miedo y, sobre todo, el dolor luchaba en su interior hasta que sintió que el corazón le iba a estallar. Miró a Tomás con enojo. “¿Por qué no me lo dijiste? Todos estos años… *tengo un hijo”*. Se dejó caer en el sofá y hundió la cabeza entre las manos.

“Lo hice por ti, Daniel. No estarías donde estás hoy, quien serías hoy, si te lo hubiera dicho.

¿Entonces por qué me lo cuentas ahora? murmuró Daniel sin levantar la vista.

“No se me ocurrió otra manera de mostrarte su verdadera naturaleza… para impedir que la sigas viendo.

Daniel gruñó y cerró los ojos. Pero seguro que ahora sabes que quiero formar parte de la vida de mi hijo”.

Tomás dejó escapar un profundo suspiro. “Sí, eso es lo que temía. Pero le he dado vueltas. Podemos darle un giro bonito. Ya sabes, una historia sincera sobre una mujer que te mantuvo alejado de tu hijo durante tantos años. Y ahora que lo has descubierto, luchas por ser padre, por hacer lo correcto.

Cuando Daniel finalmente levantó la vista, vio a su amigo paseándose de un lado a otro, con los ojos brillantes mientras inventaba la historia que les contaría a los medios. “Y te acostaste con ella solo una vez. Te sedujo... un joven e inocente seminarista, y ella, una camarera de cócteles desenfrenada”.

Pero Daniel ya no lo escuchaba. Sus emociones estaban en

una montaña rusa cada vez más acelerada... subiendo al máximo al descubrir que tenía un hijo y desplomándose al pensar en la inadmisible traición de Ángel.

Pero él la desenmascararía.

y conoceréis la verdad, y la verdad os hará libres.
Juan 8:32 (RVR 1960)

Capítulo 28

”Hola Daniel”. Angélica esperaba su usual radiante sonrisa, la habitual chispa de emoción en sus ojos al verla. Pero en cambio, su rostro era de acero, sus ojos de granito frío, y su ceño fruncido podía asustar al más valiente de los guerreros.

Cruzando los brazos sobre el pecho, se apoyó en el marco de la puerta de su casa. “Pero si no es la mentirosa”.

Angélica dio un paso atrás, con un dolor familiar encendiéndose en su corazón. “¿Qué? ¿Qué pasa, Daniel?”.

“Tomás me lo contó todo”.

Lo miró fijamente un momento, con la mente dándole vueltas. “Así que sabes lo de Isaac”.

“¿Que es mi hijo?” La atravesó con la mirada.

Susurrando una oración, bajó la mirada. "En realidad venía a decírtelo”.

“Qué conveniente”.

“A eso vine, me creas o no”. Lo que ella no podía creer, lo que no podía entender, era por qué, después de todas las amenazas, Tomás se lo contó a Daniel de todos modos.

“¿Por qué, Ángel? ¿Por qué? El dolor le humedeció los ojos. "¿Por qué ocultarme algo tan importante? ¿Por qué tomaste el dinero de Thomas?”.

“¿Eso te dijo?”. Ella lo negó con la cabeza—conmoción, ira y dolor, todo mezclado en una mezcla brutal. “Lo siento, Daniel, hice lo que creí mejor para ti”.

“Para ti, quieres decir. Todo este tiempo, he estado jugando con el niño. Sin saber que es mi hijo. Y tú solo te quedaste mirando, sin duda riéndote de mi ignorancia”.

"Debería habértelo dicho". Tragó saliva. "Quería decírtelo". Retrocedió un paso más. El sol la golpeaba con fuerza.

Se lo merecía.

Él entrecerró los ojos. "Ya ni siquiera te conozco, Ángel. Y no quiero que nadie como tú críe a nuestro hijo".

Una alarma la invadió. "¿Qué estás diciendo?".

"Simplemente que voy a conseguir los mejores abogados posibles y pelear por la custodia. ¿Y adivina quién va a ganar? ¿Un prestigioso hombre de Dios que pueda darle a Isaac todo lo que necesita o una camarera de cócteles desempleada y mentirosa?". Al volver a entrar en su casa, le cerró la puerta en las narices.

Dejándole muy claro por qué Tomás se lo había dicho. Era la manera perfecta de mantenerlos separados.

El camino a casa fue borroso. Todo era borroso a través de las lágrimas que no dejaban de llenarle los ojos. Aparcó el coche y cruzó la calle hacia la playa, necesitando un momento a solas antes de enfrentarse a Francisca *y* a Isaac. La idea de perderlo la destrozaba.

Se quitó los zapatos de un tirón, los tiró a un lado y se dejó caer de rodillas en la arena, ajena a la gente que la rodeaba, a sus charlas, a la música, a las risas, ajena a las olas y al sol, ajena a todo menos a la agonía de su corazón.

"¿Qué debo hacer, Padre? Lo perdí todo. Mi trabajo, a Daniel, y ahora a Isaac. Confié en Ti". Ella, finalmente, había confiado en Él; finalmente, había entregado a Isaac en sus manos. "Iba a hacer lo correcto y decírselo. ¡Lo iba a hacer! ¿Por qué has permitido que esto pase?". Dejó caer la cara en la arena y lloró como nunca antes.

No hubo respuesta, solo el romper de las olas en la orilla y las miradas de los curiosos que sin duda la creían loca.

Tal vez lo estaba.

¿Acaso no estaba cometiendo el mismo error una y otra vez? Seguía sin confiarle Isaac a Dios. Sí, las cosas eran mucho peores de lo que jamás hubiera imaginado, pero Dios no había cambiado.

Inclinando la cabeza, vio cómo sus lágrimas caían para humedecer la arena. “Padre, lo siento. Voy a confiar en ti esta vez. Pongo a Isaac una vez más en tus manos. Cuídalo, protégelo y que se haga tu voluntad, no la mía”.

Zadquiel se quedó solo en la playa, observando a Angélica luchar contra tres poderosos demonios—Miedo, Desesperanza y Angustia. Gruñendo y chasqueando los colmillos, los demonios se deslizaban a su alrededor, susurrándole al oído y hurgando en su armadura, buscando entrar.

Agarrando la empuñadura de su espada, Zadquiel no pudo hacer nada más que quedarse de pie y observar. Oh, cómo le picaban los dedos por poner a estos viles espíritus en su lugar. Pero la prueba había comenzado, y la voluntad humana prevalecerá. A pesar de su elección errónea y a menudo devastadora.

Pero no para Angélica. ¡O eso esperaba! Había pasado por demasiado, había recorrido el camino estrecho durante demasiado tiempo, se había parecido demasiado a su Salvador como para perder la batalla ahora.

Sin embargo, se estaba debilitando. Podía verlo en sus ojos, en la oscuridad que se adentraba en su alma.

¡No! Sé fuerte, pequeña guerrera, porque algún día gobernarás con Él.

Finalmente, cerró los ojos, lágrimas se derramaban por sus mejillas, y buscó la voz del Padre en su interior, buscó Su paz.

La oscuridad estaba en retirada.

Ella inclinó la cabeza y lo entregó todo al Padre. Zadquiel sonrió mientras Miedo, Desesperanza y Angustia gritaban al unísono, proferían una serie de maldiciones repugnantes y se alejaban a toda velocidad, dejando un hedor putrefacto a su paso.

Un golpe en la puerta de la oficina de Daniel atrajo su mirada hacia la Sra. Clipton.

"Sí, pase". Le hizo un gesto para que pasara mientras observaba su discurso en la pantalla de su computadora. Mañana por la mañana volarían a Washington D. C., y al día siguiente se presentaría ante los jefes de estado, los líderes espirituales del país y el propio presidente para dar el discurso de su vida. Al menos eso esperaba. Sinceramente, no había podido concentrarse del todo desde que le había cerrado la puerta en la cara a Ángel.

¿Era posible que la misma mujer le rompiera el corazón dos veces? Al parecer sí—el dolor en su pecho era una clara indicación de ello. Y también de lo estúpido que era. Creía que ella lo amaba de verdad. Creía que había cambiado desde la joven que se había fugado con otro hombre hacía tantos años. Pero ¿qué clase de mujer le impide a un hombre salir con su propio hijo? ¡Diez años! Y todo el tiempo haciéndose la difícil. Una tontería. Solo lo había estado tentando, preparándolo para el asesinato.

Atrayéndolo para que se casara por su dinero y estatus.

"Aquí tiene la copia de su discurso, Sr. Cain". La Sra. Clipton dejó los papeles sobre su escritorio. "Y una tal Srta. Rollins quiere verlo".

"No conozco a ninguna tal Rollins". La despidió con un gesto. "No tengo tiempo ahora. Que pida una cita".

"Me verá. Y me verá ahora". La voz de la mujer enojada lo atrajo de golpe para que levantara la mirada y viera a Francisca, la compañera de cuarto de Ángel.

"Lo siento, Pastor Cain". La Sra. Clipton lo miró asustada. "Le dije que esperara en mi escritorio".

"Está bien. Puede irse".

La anciana salió corriendo.

Él se quedó mirando a Francisca, su largo cabello oscuro

cayendo por la blusa hasta sus pantalones Capri. “No tengo nada que decirte”.

“Pero yo tengo mucho que decirte”. “Seguro que no es nada que quiera oír. Así que, si no te importa…” Señaló la puerta. “Tengo trabajo que hacer”.

“Eres el mayor idiota que ha pisado la tierra”. Se acercó a su escritorio. “Y Dios sabe qué ve en ti, pero me escucharás, Daniel Cain, y no me iré hasta que hayas escuchado todo lo que te he venido a decir”.

Recostándose en su silla, Daniel suspiró. “¿Te envió ella?”.

“No. No sabe que estoy aquí”. Francisca se echó el pelo por encima del hombro y le dirigió una mirada que asustaría a un sargento de instrucción. “Déjame contarte una pequeña historia, pastor. Se trata de una joven enamorada que discutió con su novio y que estaba desesperada por reconciliarse, que lo esperó pacientemente en un restaurante, solo para descubrir que había enviado a su amigo idiota a romper con ella”.

Daniel resopló. “Más mentiras”.

“Ni siquiera podrías hacerlo en persona, ¿verdad?”. Ella resopló.

“Yo no —“

“No he terminado”. Ella levantó una mano. Esa noche quiso decirte que estaba embarazada de tu hijo, pero tu amigo Tomás le dijo que te arruinaría. Que te expulsarían del seminario”.

Daniel resopló. “Seguro que los diez mil la ayudaron a aliviar su dolor”.

Francisca lo señaló con el dedo. Eres más tonto de lo que pareces, Dan. Nunca aceptó dinero. No lo quería. Te quería a *ti* y tú le rompiste el corazón.

“Más mentiras y lo sabes”. Daniel dejó caer el bolígrafo, reacio a dejar que sus mentiras le penetraran el corazón. “Tomás me dijo que quería terminar con todo. Me dijo que había conocido a otro y que solo quería extorsionarme para la manutención”. Él movía la cabeza angustiado. “Aun así, la llamé y llamé. Pasé por su casa varias veces. Si me quería tanto, si quería que supiera lo del bebé, ¿por qué no contestaba mis llamadas?".

Francisca apoyó los nudillos en su escritorio. "Porque sabía que habría arruinado tu carrera. Y te quería demasiado para hacer eso".

"Tanto que corrió a los brazos de otro hombre".

Cerrando los ojos por un momento, Francisca negó con la cabeza. "Nunca hubo nadie más, imbécil. No ha habido nadie desde que tú la dejaste".

Atónito, Daniel se limitó a mirarla. Algo… algo de lo que ella dijo sonó cierto en lo más profundo de él, sonó cierto para la Ángel que él conocía.

Francisca lo miraba intrigada. "Es obvio que tu amigo, ese tal Tomás, te mintió y lleva años mintiéndote".

Daniel se apretó el tabique nasal, buscando la verdad entre tantas mentiras. "No lo creo". No era posible. Tomás era su mejor amigo. Siempre había estado a su lado, defendiéndolo, animándolo, ayudándolo en cada aspecto del ministerio. Él nunca haría algo así. ¿O sí? Sin embargo… ¿acaso Tomás no había puesto siempre la carrera de Daniel por encima de todo? Miró furioso a Francisca. "¿Esperas que te crea a ti—¿En dónde trabajas" ¿En Walmart? ¿Y a una camarera de cócteles antes que a mi propio pastor asociad—?". La despidió con un gesto, diciéndole, "Fuera".

"Mmm. Como te dije, no tengo ni idea de qué ve en ti. La trataste como basura cuando vino a contarte lo de Isaac. Claro, debería habértelo dicho antes. Pero le aterraba perderlo. Después de que le rompiste el corazón una vez, necesitaba saber que podía volver a confiar en ti. Sobre todo, con Isaac. ¿Puedes culparla?". Si lo que decía esta loca era cierto, entonces no, no podía. Pero eso significaría que la persona en la que más había confiado en el mundo no había hecho más que traicionarlo durante años.

"Yo sabía que estaba perdiendo mi tiempo". Moviendo la cabeza, Francisca se dirigió a la puerta. Solo hazme un favor. Si tienes un ápice de decencia, si alguna vez amaste a Angélica y si amas a tu hijo, por favor no le arrebates a Isaac". Luego, girándose, salió furiosa de la habitación tan rápido como había llegado.

Dejando a Daniel sumido en la confusión.

Se quedó allí sentado, con la mirada perdida, intentando analizar todos los hechos y sentimientos que lo atormentaban cuando Tomás asomó la cabeza por la puerta. "¿Tienes un minuto?".

"Claro". La mirada de Daniel lo siguió como un león tras su presa.

"Gran discurso". Tomás dejó la copia que Daniel le había dado sobre su escritorio. "Vas a impresionarlos. ¿Qué ocurre?".

"Me mentiste. Ángel no rompió conmigo. Quería que siguiéramos juntos. Quería contarme lo del bebé".

Un destello de miedo cruzó el rostro de su amigo. "¿Quién te dijo esas tonterías?".

"No importa. Dime la verdad. ¿Qué le dijiste en ese restaurante?"

Un ligero tic se registró en la comisura de los labios de Tomás. "Le dije lo que era mejor para ustedes".

Y en ese momento, Daniel supo la verdad. Empujó su silla hacia atrás y se puso de pie, resistiendo el impulso de rodear el escritorio y golpear a su amigo. "¡Me mentiste! Todos estos años".

La traición le devastó las entrañas.

Como si presintiera el peligro, Tomás retrocedió. "Y si no lo hubiera hecho, si te hubieras encontrado con ella más tarde esa noche y te hubiera contado lo del bebé, no estarías en esta gran oficina ahora mismo, ¿verdad?. No tendrías una iglesia en absoluto, y mucho menos una mega iglesia. Y ciertamente no te habrían invitado a Washington D. C. para hablar en el desayuno anual de oración ni a Bélgica para participar en la conferencia de Religiones Mundiales".

No, Daniel se habría casado con Ángel. Se habría casado

con ella y habría ayudado a criar a su hijo. Pero lo habrían expulsado del seminario. Y sin otras habilidades ni dinero, lo más probable es que hubiera terminado trabajando en los muelles como su padre.

Un perdedor. Aun así, esa hubiera sido su elección. Y se la habían arrebatado. "Pensé que eras mi amigo".

"Lo soy, ¿no lo ves?". Tomás lo miró suplicante. "El mejor amigo que alguien podría tener. Todo lo que he hecho, lo he hecho por ti".

"No estoy tan seguro". Por primera vez, vio a su amigo bajo una luz diferente —una luz codiciosa y ávida de poder— y le disgustó.

"Me robaste diez años con mi hijo... once años con la mujer que amo. ¿Cómo pudiste hacerme eso?".

"Lo siento, Daniel. De verdad". Tomás se dejó caer en una silla y hundió la cabeza entre las manos.

Y por primera vez, Daniel percibió remordimiento en su voz. Levantó la vista con ojos suplicantes. "Oye, vamos a Washington D. C. mañana. Da tu discurso y luego arreglamos esto a la vuelta, ¿vale? Esto es demasiado importante para arruinarlo ahora. Sobre todo, por Smokes".

Escupió su nombre como si fuera una blasfemia.

Daniel quería gritar, quería gritarle obscenidades a su amigo y darle un puñetazo en el estómago. Quería correr hacia Ángel y abrazarla. Pero Washington D. C. se interpuso en su camino. No había llegado tan lejos para renunciar a todo. No, se concentraría en el viaje, daría el discurso de su vida y, al llegar a casa, se ocuparía de Tomás.

Pero lo más importante, iría con Ángel y le pediría perdón.

Porque el Señor mismo con voz de mando, con voz de arcángel, y con trompeta de Dios, descenderá del cielo; y los muertos en Cristo resucitarán primero. 17Luego nosotros los que vivimos, los que hayamos quedado, seremos arrebatados juntamente con ellos en las nubes para recibir al Señor en el aire, y así estaremos siempre con el Señor.
1 Tesalonisenses 4:16-17 (RVR 1960)

Capítulo 29

Una brisa salada acariciaba el rostro de Angélica, acariciaba mechones de su Cabello, le hacía cosquillas en la nariz. Detrás de sus párpados, un tono rojizo disipaba la oscuridad de la noche. Pero aún no estaba lista para abrir los ojos. Quería saborear la asombrosa euforia que se expandía en su alma, una inquietud, una emoción... una alegría increíble. Tan diferente del tormento que había soportado durante su larga noche de insomnio

Por alguna razón, aunque había intentado mantener las distancias con Daniel, su rechazo la había herido más profundamente esta vez que doce años atrás, marcando su alma con un dolor insondable. Había clamado a Dios en las largas y solitarias horas, buscando su consuelo.

Y lo encontró en su dulce presencia.

Sus palabras de aliento, de amor, incluso en medio de sus lágrimas, habían suavizado las agudezas de su agonía. Él tenía un plan. Uno bueno. Y nunca la abandonaría. Nunca abandonaría a Isaac. Aunque Daniel lo llevara por el mal camino y se viera inmerso en la apostasía, Dios no abandonaría a su hijo.

Todas las cosas obraban para bien a quienes amaban al Padre. Ella lo sabía y lo repetía cada vez que el temor por Isaac crecía en su interior. Cada vez que el temor de cómo encontrar trabajo y cómo alimentarse empezaba a debilitar su fe, se aferraba a esa verdad de Romanos 8. Y la paz regresaba.

Pero su corazón aún le dolía por Daniel. Había intentado llamarlo varias veces, pero él la ignoraba. Cumpliera o no con sus amenazas de custodia, quería que supiera cuánto lamentaba haberle mentido, haberle negado el placer de conocer a Isaac durante todos estos años.

Un extraño rayo de sol rojo se deslizó sobre sus párpados, una vez más, mientras la brisa de Dios le acariciaba la mejilla. Abrió los ojos y giró la cabeza cansada hacia la ventana. Las cortinas blancas de algodón la saludaban, danzando vibrantemente en la extraña luz. Un coro llegó a sus oídos. Fuera de su ventana, docenas de pájaros cantaban en una armonía tan nítida que avergonzaban a las orquestas humanas.

Se quitó las sábanas, arrastró los pies por el borde de la cama, se frotó los ojos y se dirigió a la ventana. Apartó las cortinas, se arrodilló y cruzó los brazos en el alféizar, contemplando el amanecer más brillante que jamás haya visto. Cintas carmesí y doradas se curvaban en el horizonte como si envolvieran un hermoso regalo azul. Y en el centro, un arco de luz solar dorada se alzaba como un rey ascendiendo a su trono.

Su espíritu saltó dentro de ella. Realmente saltó. Tan fuerte, que lo sintió en su cuerpo. "¿Qué está pasando, padre?", susurró.

Una ráfaga de viento barrió la calle, levantando ramas de árboles y hojas de palmera y arremolinando basura hacia el cielo, como si todo alabara al Creador. Incluso la basura. Se rió entre dientes y volvió a mirar el océano, de un precioso tono azul rey intenso, aún más hermoso por las coronas doradas que el sol naciente proyectaba sobre cada ola.

Los autos congestionaban la calle, las bocinas sonaban. Se oía música desde algún punto del paseo marítimo. Un bebé lloraba. Pero Angélica apenas lo oía. Una paz dichosa la invadió, como si estuviera separada de la realidad... de una parte de este mundo, pero alejándose cada vez más de él con cada segundo que pasaba.

A pesar de que tenía el corazón roto y su futuro era incierto, una oleada de alegría la consumía y empezó a reír sin control. ¡Qué mañana tan maravillosa!

Pasó la siguiente hora alabando a su padre antes de levantarse para preparar a los niños para el colegio.

Curiosamente, Francisca también presentía algo. Se había despertado con una alegría inusual y una emoción desbordante, tanta que no podía concentrarse en nada y seguía sonriendo sin motivo aparente. Los niños estaban igual de alegres, y Angélica se preguntó si debería consultar las noticias, aunque no se fiaba. Quizás algo raro estaba sucediendo en el ambiente.

Sin embargo, no se reportaba nada inusual, excepto una noticia que la impactó. Varios países acababan de atacar a Israel: Irán, Turquía, Libia y Rusia, entre ellos. La pantalla estaba llena de tanques, tropas, aviones y explosiones. Angélica se dejó caer en el sofá junto a Isaac, que estaba comiendo su cereal, y llamó a Francisca.

"Yo creo que esto es Gog-Magog".

"¿Qué es Gog-Magog?" le preguntó Francisca, mordisqueando una tostada.

"Ezequiel 38". Angélica corrió a buscar la Biblia en su habitación y regresó rápidamente, pasando a la página correcta. Le leyó el pasaje y luego señaló la pantalla.

Francisca se dejó caer en el sofá y dejó su tostada a medio comer sobre la mesa. "¡Madre mía!", fue todo lo que dijo.

A pesar de los horrores que mostraba la pantalla del televisor, Angélica no se preocupó. En cambio, lo apagó, miró a Francisca y, con la comprensión que les había dado haber sido compañeras de piso durante tantos años, ambas decidieron olvidarse del trabajo y la escuela y llevar a los niños a la playa. Parecía un día así.

Por supuesto, Isaac y Joel estaban eufóricos. En cuanto sus pies tocaron la arena, salieron disparados para hacer un castillo cerca del agua, mientras Angélica y Francisca buscaban un sitio para sus toallas.

Solo quedaba una línea rosa en el horizonte, pero el cielo era de un azul brillante—casi turquesa, como el color de las islas tropicales. Y las nubes. Sus bordes brillaban como si estuvieran trenzados con diamantes. Angélica se giró hacia Francisca y la encontró mirándola también.

"¿Has visto, alguna vez, un cielo así?", le preguntó finalmente.

Angélica lo negó con la cabeza. "No puedo dejar de mirarlo, es tan hermoso".

"Sin embargo, solo unos pocos parecen darse cuenta", comentó Francisca, mirando hacia la playa. "La mayoría solo hace lo suyo".

Qué extraño. Aunque era temprano, familias con niños pequeños y algunos adolescentes que deberían estar en la escuela buscaban los mejores lugares para aparcar sus cosas.

"Algo pasa, ¿verdad?", Francisca se acomodó un mechón de cabello detrás de la oreja. "Algo importante. Espiritual". Miró a Angélica.

"No tengo ni idea, pero yo también lo presiento". Le sonrió a su amiga. "Estoy tan contenta de poder contar contigo ahora para compartir las cosas de Dios".

"Yo también". Con las manos en la espalda, Francisca estiró las piernas y contempló el mar cristalino, con una expresión tan apacible como las olas rompiendo en la orilla.

Pero Angélica estaba inquieta. Un impulso repentino la obligó a ponerse de pie, tan fuerte que no tuvo más remedio que obedecer. "Tengo que ver a Daniel".

Francisca asintió y sonrió. "Entonces vete".

Angélica subió las escaleras de la Iglesia de la Gracia de Fort Lauderdale con sus jeans con agujeros en las rodillas, una camiseta, el pelo revuelto y sin una pizca de maquillaje. No pudo evitar sonreír al ver la diferencia con respecto a cuando había subido esas mismas escaleras para hablar con Daniel hacía casi tres meses. ¿Tanto tiempo había pasado? Habían pasado tantas cosas.

Había llamado a su administrador y se enteró de que salía para tomar un vuelo a Washington D. C. a las 9:00, y como no la vería, esperaba encontrárselo al salir de su limusina.

Tal y como ya lo había hecho antes.

Solo que esta vez, tenía más que un mensaje entregado a regañadientes y sin cuidado. Tenía una súplica, una súplica desesperada, que salía de su corazón. No tenía nada que ver con ella. Nada de esto había tenido que ver con ella, se dio cuenta, porque el mensaje era el mismo. Pero esta vez, lo decía en serio. Quería que él lo escuchara y respondiera más que nada.

El sol le calentaba el rostro y respiró hondo, una bocanada de esperanza, vida y anticipación. Sobre ella, franjas de luz dorada se extendían por el cielo azul. Tan extraño, pero tan hermoso. Un paso más y vio la limusina a su izquierda, con un hombre de traje de pie junto a la puerta del copiloto. Otro paso más arriba y las puertas principales de la iglesia se abrieron y salieron corriendo Daniel y Tomás, con dos guardaespaldas cubriéndoles las espaldas.

Daniel estaba bien afeitado, su cabello bien peinado y un traje caro le sentaba a la perfección sobre su musculosa figura. Sus gemelos de oro y su pasador de corbata con joyas brillaban a la luz del sol. Pero eso era todo lo que brillaba. Una profunda tristeza lo embargaba mientras miraba los escalones de piedra blanca. Tomás guardaba silencio a su lado. Uno de los guardaespaldas se dirigió hacia ella.

Dando otro paso, se detuvo cuando Tomás levantó la vista y profirió una maldición. "¿Tenemos que conseguir una orden de alejamiento para mantenerte lejos?", gruñó mientras se acercaba. "Acompaña a esta mujer a su coche", le ordenó al guardaespaldas.

Antes de que el guardia pudiera tocarla, ella miró a su alrededor. "Daniel, solo necesito hablar contigo. Por favor".

Sus ojos, ensombrecidos y enrojecidos, se posaron en los de ella y al instante cobraron vida. El guardia la agarró del brazo. "Está bien", le dijo Daniel finalmente. "Aléjate".

Soltándola, el hombre retrocedió un paso, mirándola como si quisiera volarse a sí misma y a todos con ella. Daniel se acercó, tímidamente al principio, pero luego sonrió. “Me alegra mucho verte”

“¿De verdad?”, preguntó Angélica, sorprendida, aferrándose a sus manos extendidas. “La última vez—”

La abrazó. “Olvídate de eso. Ahora sé la verdad y lo siento mucho”.

Ella se derritió contra él, deseando quedarse en sus brazos para siempre. Las lágrimas le nublaron la vista y retrocedió, para no manchar su bonito traje. “Yo también. No debería haberte alejado de Isaac. Lo siento”.

Le secó una lágrima de la mejilla con el pulgar. “A los dos nos engañaron”. Miró a Tomás, que parecía como si acabara de tragarse una granada.

“Tenemos que irnos, Daniel”, le instó Tomás. “Vamos a perder el avión”.

Sintiendo la presión del tiempo, Angélica oró en silencio. “¿Recuerdas lo que hablamos? ¿La boda, el novio y la novia que se preparó? ¿Recuerdas el—?”.

“Sí, claro. Pero escucha”. Él le apretó las manos. “Tengo tanto que contarte. Tanto tiempo que compensarte. Pero tengo que irme. Hablaremos cuando vuelva. Lo prometo”.

“Ven conmigo, Daniel. No vayas a Washington D. C.”, espetó.

Tomás gimió. “Daniel, vamos. El avión no nos esperará. La verás en unos días”.

Sin embargo, Daniel permaneció allí, mirándola fijamente, con sus ojos azules llenos de dolor y amor. Las sombras lo consumían desde arriba, y miró hacia arriba para encontrar un banco de nubes blancas que se extendían sobre el sol.

No, no eran blancas… más brillantes que la nieve pura, con los bordes escarchados de plata. Se ondulaban al moverse, como olas rompiendo en la orilla. A lo lejos, la oscuridad se alzaba en el horizonte, densas nubes alquitranadas que se elevaban cada vez más.

Los guardaespaldas, el conductor e incluso Tomás alzaron la vista ante la inusual visión.

Angélica parpadeó y vio cuatro ángeles de pie en los escalones a su derecha, su ángel entre ellos. Su mirada la abarcó brevemente antes de volver a la acción, pero creyó ver una leve sonrisa en sus labios.

Soltándole las manos, Daniel le dio un beso en la mejilla. “Tiene razón. Te llamaré desde Washington D. C.”. Luego, girándose, caminó hacia la limusina.

“Daniel”, lo frenéticamente ella, y él la miró. “Ya casi es la hora. Aléjate de las cosas de este mundo, la fama, el dinero, la versión humana de la verdad. Entrégale todo tu corazón a Dios. Solo se necesita un giro, un paso de tu corazón en la dirección correcta, solo uno—antes de que sea demasiado tarde”.

Tomás gimió y la miró con odio. “Déjame en paz, Smokes. ¿Sabes con quién estás hablando?”. Agarró el brazo de Daniel. “Vamos, lo prometiste”.

Daniel se soltó de su agarre, con la mirada fija en Angélica, una batalla se libraba en su interior.

Padre, ayúdalo a ver.

El viento soplaba sobre ellos, tan fuerte que casi tiró a Angélica del escalón. Pero plantó los pies con más firmeza.

Los ángeles desenvainaron sus espadas, el espeluznante tintineo como clavos en una pizarra. Solo entonces Angélica vio la horda de demonios que corría hacia ellos desde el interior de la iglesia—criaturas oscuras y horribles, algunas armadas con cuchillos y lanzas, otras solo con sus garras, todas echando espuma por la boca para atrapar a todos los que pudieran y arrastrarlos al infierno.

Una brillante mancha de luz apareció Sobre ella en el centro del cielo, creciendo cada vez más, apartando el azul a su paso, rodeada por un arcoíris de colores brillantes.

Sin embargo, el horizonte seguía siendo un caldero negro y espumoso.

Los ángeles se enfrentaron. El sonido del metal contra el metal llenaba el aire, las maldiciones de los espíritus, los lamentos y gruñidos de la batalla. Sin embargo, nadie lo oía excepto ella.

El hedor a carne podrida y azufre le apretaba la nariz.

Un grito retumbó en el cielo. Una orden, amorosa pero fuerte. "¡Amada, ven conmigo!".

Todos miraban fijamente los altavoces que enmarcaban las puertas principales de la iglesia. Todos menos Angélica. Ella levantó la vista, sonriendo.

Su príncipe la llamaba a casa.

Una trompeta sonó, fuerte y prolongada. Los hombres, confundidos, buscaron de dónde provenía. Los guardaespaldas desenfundaron sus armas.

Por primera vez, el miedo apareció en el rostro de Tomás.

"¿Daniel?", Angélica extendió la mano. "¡Por favor!".

Zadquiel, Azazel, Arithem y Ethos acabaron rápidamente con el enjambre putrefacto que intentaba pervertir la voluntad de los dos indecisos.

Zadquiel había sido advertido por el Señor de los Ejércitos de que habría una gran resistencia en estos últimos minutos, y por lo tanto, él y sus amigos estaban completamente armados y preparados para la batalla.

Ahora, mientras los guerreros santos se giraban para encarar a sus adversarios, con las espadas aún desenvainadas, divisaron a los demonios que se habían colado entre sus defensas—invitados por aquellos cuyo destino aún estaba en juego. Avaricia, Orgullo, Fama, Confusión e Ira atacaron a Daniel, atravesándolo con lanzas y disparándole flechas.

Azazel comenzó a cargar, pero Zadquiel lo detuvo. "No hasta que se resista. No podemos".

Con una mueca, Azazel permaneció inmóvil, aunque Zadquiel podía ver la angustia en su rostro. Sufría por su amigo.

Conocía bien el dolor de ver a un humano que había estado bajo su protección desde su nacimiento luchar en la encrucijada entre la muerte y la vida. Zadquiel había estado allí cuando Angélica se enfrentó a esa prueba. Y se había sentido eufórico cuando ella eligió el camino correcto. Y se mantuvo en él.

Sin embargo, Azazel se había visto obligado a soportar la constante traición de Daniel a Aquel que murió por él. Incluso ahora, cuando le habían dicho la verdad, cuando las señales lo rodeaban por todas partes, flaqueaba bajo su propio orgullo e ira.

Solo les quedaban minutos.

Angélica le tendió la mano a Daniel. Los demonios que lo atacaban se retiraron, pero solo a una corta distancia.

Una luz comenzó a brillar en su interior. Azazel respiró hondo con esperanza.

Angélica sonrió y asintió con la cabeza para animarlo.

Tomás lo llamó. "¿Qué estás haciendo? Lo perderás todo". Dio un paso hacia él. "Podrás hablar con ella cuando regresemos. ¡Pero ahora mismo, tienes que subirte a este auto!"

Los demonios asaltaron a Daniel una vez más.

La luz dentro de él se atenuó. Y lentamente... muy lentamente... se giró y miró a Tomás.

Apenas Daniel miró a Thomas, una descarga eléctrica resonó en el aire con tanta fuerza que el dolor le atravesó los huesos. Un poder lo invadió y volvió a enfrentarse a Angélica. La desesperada súplica seguía escrita en su rostro, atrayéndolo a abandonarlo todo —su pasado, presente y futuro— para entregarlo todo al Dios al que él decía servir.

En lo más profundo de su ser, lo deseaba desesperadamente.

Pero...

Un rayo cayó justo donde estaba Ángel, tan brillante que Daniel tuvo que apartar la vista. El olor metálico de la electricidad llenó el aire, y le hizo hormiguear la piel. Antes incluso de abrir los ojos, buscó a tientas su teléfono en el bolsillo, con la intención de llamar al 911. *¡Dios mío...! ¡A Ángel le ha caído un rayo!*

Se llevó el teléfono a la oreja, abrió los ojos. Y parpadeó.

Angélica ya no estaba allí. Se giró, observando las escaleras, la iglesia, el aparcamiento; no la veía por ningún lado.

"¡Tank ha desaparecido también!", gritó el otro guardaespaldas mientras peinaba la zona con el arma en la mano. "¿Qué está pasando?"

La luz se desvaneció. Daniel alzó la vista. Nubes negras y agitadas se alzaban desde todas direcciones, engullendo el sol. Luego desapareció totalmente y la oscuridad cubrió la tierra. Un trueno rugió, haciendo temblar las escaleras bajo sus pies.

Curiosamente, oyó llantos a lo lejos.

El teléfono se le escapó de la mano a Daniel.

Zadquiel se despidió de Azazel. "Te necesitará ahora más que nunca. Sé fuerte, amigo mío".

Lágrimas brotaron de los ojos de Azazel.

He aquí, os digo un misterio: No todos dormiremos; pero todos seremos transformados, 52en un momento, en un abrir y cerrar de ojos, a la final trompeta; porque se tocará la trompeta, y los muertos serán resucitados incorruptibles, y nosotros seremos transformados.
1 Corintios 15:51-52 (RVR 1960)

Capítulo 30

Angélica flotaba hacia arriba a través de una luz transparente. A través de ella, podía ver estrellas, millones de ellas galaxias, supernovas de todos los colores imaginables

. ¡Tan hermosa! Tan clara. Perfecta. Los colores y matices tan vibrantes y vivos.

Otras personas—muchas otras— sonriendo y riendo, la rodeaban.

El dolor de pies había desaparecido, el cansancio familiar se desvaneció, sus párpados privados de sueño se sintieron repentinamente ligeros y su estómago ya no rugía de hambre. Se sentía fuerte y llena de energía, y miró hacia abajo para ver que tenía un nuevo cuerpo—muy parecido al anterior, pero diferente, brillante, poderoso, más hermoso en su fuerza y magnificencia.

¡El arrebatamiento! ¡Realmente había sucedido! Apenas podía creerlo. La euforia la invadió.

Su ángel apareció a su lado, mirándola con aprobación. Se veía igual que en la tierra—alto, musculoso, largo cabello blanco, ojos intensos y armado con una docena de armas, pero aquí parecía más sólido, más lleno de luz, más real.

"¿Cómo te llamas?"

"Zadquiel".

"Has estado conmigo desde el principio, ¿verdad?".

"Sí".

Sus pensamientos se dirigieron a su hijo. "¿¡Isaac!?".

"Está bien. Lo verás pronto".

"Daniel". Ella miró hacia atrás y vio la tierra en toda su belleza azul haciéndose cada vez más y más pequeña.

Zadquiel lo negó con la cabeza.

Si era posible sentirse triste en un estado tan glorioso, Angélica sintió una punzada en el corazón. Yo le fallé. Le fallé al Padre".

"No temas, pequeña. Hiciste la voluntad del Padre".

"No entiendo".

"Tu trabajo fue decirle la verdad, abrirle los ojos. De lo contrario, habría caído en el engaño que se avecina sobre el mundo entero". Zadquiel miró hacia abajo, al planeta que giraba en el espacio, y ella sintió su dolor. Pero entonces él la volvió a mirar. "Gracias a ti, él lo sabe". Él le sonrió. "No temas, él hará grandes cosas para el Padre durante el tiempo más difícil que el mundo jamás experimentará. Él traerá miles al reino".

¿Miles? Angélica tragó saliva con una emoción indescriptible. ¿Daniel? ¡Daniel finalmente volvería a Dios! Qué noticia tan gloriosa. Qué noticia tan maravillosa. Y, sin embargo, soportaría tanta tragedia, tantos horrores.

"Pronto lo volverás a ver".

Justo entonces Angélica recordó su última visión de Daniel, la única que aún no había sucedido—ella, Daniel e Isaac caminando de la mano por ese asombroso campo de flores.

Zadquiel la acompañaba. "Cuando haya completado su tarea, será martirizado".

"¿Martirizado?" Angélica tragó saliva.

El ángel asintió y señaló hacia una luz tan brillante que no pudo ver nada más. "Pero ahora, tu Príncipe espera".

Girándose, la emoción la invadió, continuó ascendiendo y emergió en una enorme plataforma de luz que flotaba en el espacio. Arcoíris de más colores de los que ella conocía rodeaban el escenario en una cúpula de luz vibrante, mientras que cada paso que daba era sobre cristal reluciente. Multitudes de las personas más felices que jamás había visto corrían de un lado a otro, abrazándose, riendo y rebosando de alegría. Todo era tan vívido, tan real y hermoso. Era como si un velo sombrío se hubiera levantado de sus ojos, haciendo que todo en la tierra pareciera una mera sombra comparado con esta realidad mucho mayor.

Isaac corrió a sus brazos. "¡Mamá!". Lo abrazó con fuerza y lo besó en la coronilla mientras Francisca aparecía de la mano de Joel, con enormes sonrisas en sus rostros. Greg corrió hacia ella, luego Melody, Robert y Anna, Scottie y todos los demás de su iglesia. Se veían iguales, pero diferentes —¡tan magníficamente diferentes!—, más fuertes, más jóvenes, mejores versiones de sí mismos sin el sobrepeso, la demacración, los estragos de la enfermedad y las líneas de la edad, el dolor y la angustia en sus rostros.

Más gente emergió de la bulliciosa multitud—personas cuyos nombres desconocía, pero cuyos rostros siempre recordaría. Personas a quienes les había hablado de Jesús en el Bar de las Sirenas, personas que creía que no la habían escuchado, que no les había importado. Uno a uno, se acercaron y se pararon frente a ella. Algunos le dieron las gracias. Otros la besaron en la mejilla. Muchos otros tenían lágrimas de alegría corriendo por sus rostros. ¡Cientos de ellos! ¡*Había cientos de ellos*! Humilde, Angélica apenas podía creer lo que Dios había hecho a través de ella.

La música danzaba en sus oídos, el sonido de una orquesta completa con instrumentos que nunca antes había escuchado. Era la melodía más dulce que jamás había escuchado, las notas tan vivas y rebosantes de alegría, que le llegaban al alma. La gente comenzó a cantar y a balancearse al ritmo de la música cuando una luz apareció cerca del centro de la plataforma, más brillante que el sol.

"¡Es Él! ¡Es Jesús!", gritó alguien. Isaac la miró. "Mamá, por fin le veremos cara a cara".

"Sí, hijo. Sí, lo veremos. Y estaremos con Él para siempre".

Y ellos le han vencido por medio de la sangre del Cordero y de la palabra del testimonio de ellos, y menospreciaron sus vidas hasta la muerte.
Apocalipsis 12:11 (RVR 1960)

Epílogo

Daniel se frotó los ojos, agobiado por el cansancio, y miró fijamente la pantalla plana de la pared de su oficina, como había estado haciendo, los últimos días. Escenas de caos y descontrol desfilaban ante su vista—disturbios, violencia, anarquía por todo el mundo, mientras tanto los ciudadanos como los gobiernos luchaban por lidiar con la repentina desaparición de millones de personas.

La guerra en Oriente Medio continuaba, con numerosas bajas en ambos bandos. Un meteorito se había estrellado en España, dejando medio país en llamas. Otros aterrizaron en el mar, provocando tsunamis que se precipitaron hacia la costa, arrasando ciudades enteras.

Y en medio de todo esto, un solo hombre saltaba a la fama. Era atractivo, alto y elegante como una gema pulida. Tras él, los recién llegados, observadores silenciosos de la humanidad. Palabras como "paz mundial" y "cooperación" resbalaban de sus labios como seda y flotaban sobre multitudes de adoradores, cautivándolos a un estado de adoración comatosa.

El Anticristo.

Daniel lo había aprendido todo sobre él durante los últimos tres días. No había comido. No había dormido. En cambio, había leído toda la Biblia que Ángel le había dado. Y había orado. ¡Oh, cómo había orado! Postrado boca abajo la mayor parte del tiempo. Sollozando y gimiendo en arrepentimiento por lo tonto que había sido, lo engañado, lo egoísta, ambicioso y codicioso que se había vuelto.

Y la dulce Ángel había hecho todo lo posible por despertarlo. Incluso después de todo el dolor que le había causado. Incluso después de su rechazo, había venido una última vez a suplicar por su alma.

Ahora, ella se había ido. Y su hijo con ella.

No solo ella, sino también Marley e Isabel, y la querida Sra. Clipton, junto con varios miembros de su personal.

En algún momento durante la segunda noche de su agonía, Jesús se le había aparecido a Daniel. Se acercó a Daniel y le tocó la cabeza, ordenándole que se levantara.

"El tiempo de llorar ha pasado. Tienes trabajo que hacer" . Su voz era fuerte, pero tan llena de amor que Daniel solo pudo mirarlo fijamente mientras las lágrimas corrían por sus mejillas.

"Yo te amo, hijo. Sé fuerte y valiente. Yo siempre estoy contigo", le dijo.

Y luego se fue.

Daniel se había derretido en la alfombra, abrumado por la presencia del Espíritu Santo y un amor intenso que había saturado su alma.

Apagó el televisor. Había leído el libro. Sabía lo que sucedería después.

Y no iba a ser agradable.

Tomás asomó la cabeza. "Amigo, te ves terrible". Entró. "¿Todo esto es porque Smokes se ha ido?".

Daniel movió la cabeza. Aunque había intentado explicárselo todo a su amigo, Tomás seguía sin entender lo que estaba pasando.

"Por supuesto, los extraño a ella y a Isaac, pero no es solo eso. Te lo dije, se los llevaron en el arrebatamiento. Y seguimos aquí. ¿No te pone eso ni un poco nervioso?".

"¿Qué? ¿el arrebatamiento?"

Tomás cogió una manzana de un bol y le dio un mordisco.

"Ya oíste lo que dijeron. Esas criaturas—los observadores de otro planeta—dijeron que las personas desaparecidas están perfectamente bien, a salvo, y que están siendo reprogramadas. Tienes que admitir que esos cristianos locos se estaban pasando de la raya". Terminó su bocado y se sentó en el sofá. "Es decir, sus ideas arcaicas estaban frenando la civilización. ¿Imaginas lo que podemos hacer ahora sin ellos? El cielo es el límite". Señaló a Daniel con una sonrisa. "Y tú vas a ser parte de ello".

Daniel se apretó el tabique nasal. "No están siendo reprogramados, Tomás. Ellos están en el cielo".

Tomás frunció el ceño. "No te preocupes, la verás a ella y al niño de nuevo. Cuando vuelva a la normalidad".

Daniel soltó un profundo suspiro, preocupado de que su amigo estuviera tan engañado. Había estado orando por Tomás y continuaría hasta que el hombre viera la luz.

Tomás se inclinó hacia adelante sobre sus rodillas. "Escucha, tienes que dejar de decir tonterías. Han reprogramado el desayuno en Washington D. C. Estamos de vuelta. Nada ha cambiado".

"Excepto que el mundo se ha vuelto loco y han llegado extraterrestres".

"Me parece genial. Tiene sentido. Fueron ellos quienes pusieron a Adán y Eva aquí y han estado viendo evolucionar a la humanidad desde entonces, hombre"—se puso a silbar—"¿Quién lo hubiera pensado? Es casi demasiado increíble para creerlo".

"Estoy de acuerdo con eso", dijo Daniel.

"Son mucho más inteligentes que nosotros. Increíble. Además, lo único que quieren es ayudarnos a salvar nuestro planeta y a nuestra gente".

¿Cómo podía Tomás creer semejante disparate? Daniel miró su reloj. "Mejor me voy". Era domingo, y aunque la gente había estado entrando a la iglesia a trompicones desde el arrebatamiento —aterrorizada y confundida, rogando por ver a Daniel—este no había hablado con nadie. Primero tenía que pasar tiempo con Aquel que tenía las respuestas antes de poder ayudar a nadie más.

Agarrando su Biblia, se dirigió a la puerta.

"¿Vas a predicar en jeans? Al menos péinate". Tomás lo siguió por el pasillo. "Dudo que a alguien le importe". Daniel recorrió el laberinto de pasillos y finalmente entró tras bambalinas, donde saludó afectuosamente a los músicos, y notó el miedo que había en sus rostros. Miró a Kimberly y a dos de sus otros pastores mientras subía las escaleras del escenario.

Comenzó a sentirse avergonzado. Sus pastores, miembros de la iglesia—personas que estaban bajo su discipulado,—todavía estaban allí.

Pero fue en el escenario donde se llevó la mayor sorpresa.

La mitad del auditorio estaba lleno. La mitad de las personas que habían escuchado sus sermones semana tras semana, la mitad de las personas a las que aconsejaba y enseñaba, no habían sido arrebatados.

Se quedó allí, paralizado, observando los rostros aterrorizados de su rebaño mientras el silencio los envolvía. No había preparado nada. Ningún sermón, ningún mensaje. No tenía palabras grandiosas y elocuentes que decir. Pero en ese momento, sintió un poder que lo recorría... el poder del Espíritu Santo.

Aclarando la garganta, se dirigía al podio cuando Tomás lo agarró del brazo y lo hizo girar, con la mirada furiosa fija en el libro que Daniel sostenía en la mano. "¿Es eso lo que creo que es?".

"Si crees que es una Biblia, entonces sí".

"¿Una original?"

"Por supuesto. Ángel me la dio". Soltándose bruscamente del agarre de su amigo, continuó adelante.

"Te arrestarán. Estaremos arruinados. ¿Qué crees que estás haciendo?".

Daniel tomó un micrófono, lo miró por encima del hombro y le guiñó un ojo. "Por fin, estoy predicando El Evangelio".

Sobre la Autora

AUTORA GALARDONADA Y SUPERVENTA, MARYLU TYNDALL soñaba con piratas y aventuras marítimas durante su infancia en la costa de Florida. Con más de diecisiete libros publicados, no se disculpa por los profundos temas espirituales que se esconden tras sus románticas aventuras. Su esperanza es que los lectores no solo se entretengan, sino que se acerquen al Creador que los ama más allá de toda medida. En una cultura que acepta sin pestañear lo oculto, los magos, los zombis y los vampiros, MaryLu espera mostrar la impresionante presencia y los poderosos actos de Dios en un mundo moribundo. Nominada al premio Christy, MaryLu vive con su esposo, sus seis hijos, sus tres nietos y varios gatos callejeros en la costa de California.

Para echar un vistazo a los personajes y las escenas del libro, ¡visita mi página de Pinterest When Angels Cry!
Si te ha gustado este libro, una de las mejores formas de dar las gracias a la autora y ayudarle a seguir escribiendo es dejar una reseña favorable en Amazon, Barnes and Noble, Goodreads, Kobo, iTunes (¡y en cualquier otro sitio!). Te agradecería mucho que te tomases un momento para hacerlo. ¡Muchas gracias!

¿Comentarios? ¿Preguntas? Me encanta saber la opinión de mis lectores, así que no dudes en ponerte en contacto conmigo a través de mi sitio web:
http://www.marylutyndall.com Or email me at:
marylu_tyndall@yahoo.om

Sígueme en:
BLOG: http://crossandcutlass.blogspot.com/
PINTEREST: http://www.pinterest.com/mltyndall/

Para recibir noticias sobre precios especiales y nuevos lanzamientos que solo reciben mis suscriptores, ¡suscríbete a mi boletín informativo en mi sitio web o blog!
http://www.marylutyndall.com

Otros Libros de MaryLu Tyndall

THE REDEMPTION

THE RELIANCE

THE RESTITUTION

THE RANSOM

THE RECKONING

THE RECKLESS

THE RESOLUTE

THE SUMMONS

THE SENTINEL

THE FALCON AND THE SPARROW

THE RED SIREN

THE BLUE ENCHANTRESS

THE RAVEN SAINT

CHARITY'S CROSS

SURRENDER THE HEART

SURRENDER THE NIGHT

SURRENDER THE DAWN

FORSAKEN DREAMS

ELUSIVE HOPE

ABANDONED MEMORIES

ESCAPE TO PARADISE TRILOGY

SHE WALKS IN POWER

SHE WALKS IN LOVE
SHE WALKS IN MAJESTY
VEIL OF PEARLS
WHEN ANGELS CRY
WHEN ANGELS BATTLE
WHEN ANGELS REJOICE
TEARS OF THE SEA
TIMELESS TREASURE
THE LIBERTY BRIDE

www.ingramcontent.com/pod-product-compliance
Lightning Source LLC
LaVergne TN
LVHW020703110826
845149LV00012B/2091
* 9 7 9 8 9 8 9 6 0 4 6 9 2 *